一笑

古龍自署

國際學術研討會

古龍武俠小說 領先時代半世紀

【記者賴素鈴／報導】江湖代有才人出，這廂古龍凋零二十載，那廂今朝懸賞百萬獎新秀，浪淘不盡，唯有武俠熱愛，不隨時間變易，在學術研討會上更見分明。以「一代鬼才：古龍與武俠小說」爲主題，淡江大學第九屆文學與美學國際學術研討會昨起在國家圖書館，展開爲期兩天的議程，紀念武俠小說家古龍逝世二十周年，新生代學者與古龍故舊齊聚一堂，以文論劍話武俠。

日前與淡大中文系教授林保淳共同發表《台灣武俠小說發展史》，武俠小說評論家葉洪生昨天在專題演講中，直批胡適1959年底發表「武俠小說下流論」是「胡說」，學界泰斗的不當發言以及隨即展開的「暴雨專案」，反而促成1960年起台灣武俠新秀的繁興，「武俠小說迷人的地方，恰恰在門道之上。」，葉洪生認定，武俠小說審美四原則在文筆、意構、雜學、原創性，他強調：「武俠小說，是一種『上流美』。」

集多年心血完成《台灣武俠小說發展史》，葉洪生認爲他已爲從十歲起迷上武俠小說的半世紀畫上完美句點，並且宣布他「以後決心退出武俠論壇，封劍退隱江湖」。

雖然葉洪生回顧武俠小說名家此起彼落，套太史公名言「固一世之雄也，而今安在哉？」，認爲這是值得深思的嚴肅課題，昨天意外現身研討會而備受矚目的溫世禮，則爲了紀念同是武俠迷的哥哥溫世仁，推出第一屆「溫世仁武俠小說百萬大賞」，即日起至今年10月3日截止收件，經兩階段評選後於明年12月7日公布首獎得主，預料將會是一場武林新秀的龍虎爭霸戰。

看明日誰領風騷？風雲時代出版社發行人陳曉林眼中的古龍，其實領先他的時代半世紀，以致如今雖然古龍逝世20年，陳曉林認爲大家對古龍的了解仍然有限，預言未來世代更能和古龍的後設風格共鳴。

昨天這場研討會，也凸顯武俠小說作爲一項文學研究門類，仍有待開發學習空間。多位與會者都指出，武俠小說的發表、出版方式和管道具考證難度，學術理論與論文格式的建立待加強。而武俠名家的版權之爭、市場競爭力，也增加出版推廣困難，古龍武俠小說的版權糾紛、司馬翎作品的版權官司也成爲研討會的場外話題。

與

武俠小說

第九屆文學與美

古龍兄為人慷慨豪邁、跌蕩自如，變化多端，文如其人，且纔多奇氣，惜英年早逝、余與古兄當年交好，且喜讀其書，今除不見其人，又無新作可讀，深自嘆惜。

金庸

一九九六、十、十一、香港

古龍

古龍

真品絕版復刻 2

蒼穹神劍

中

古龍 著

古龍真品絕版復刻說明

由於版權限制之故，本專輯「古龍真品絕版復刻」所集六種古龍最早期武俠作品，在台灣已絕版很多年，而本版推出後也不會再印行問世，故稱「絕版復刻」。此版本限量發行，只以饗有緣人。

殘金缺玉，碎鑽散翠，卻可由此透視後來光芒萬丈、膾炙人口的古龍武俠諸名著，其最根柢處的靈氣之源和俠情之始。凡對古龍作品有真正興趣、愛好的讀友，必會收存這個專輯，並可由此看出：當古龍將這些金玉鑽翠串綴起來時，是何等的璀燦奪目？

目錄

目錄

第十四回

四儀掠飛鴻，粉蝶多事凌雲狂傲
一劍鬥鐵膽，迴風舞柳塞外飛花

此時店方開門，那些店伙正睡眼惺忪地在抹著桌椅，熊倜昂然走了進去。

那些店伙見熊倜昂然直入，又不知他來路，但店中江湖人來往本多，心想這沒有穿鞋子的人，許也是店主之友，遂也不敢問，熊倜見了那些店伙面上的表情，腹裡覺得好笑，他也不管，直往後院走去。

那尚未明像是宿酒未醒，這時正在院中迎著朝氣吐納，一見熊倜這個樣子從店外跑了回來，也覺奇怪，問道：「大哥到哪裡去了，怎麼鞋子也沒有穿，手裡還拿著柄劍呢。」

熊倜笑著將方才所遇的事，向尚未明簡單說了一下，尚未明也覺有趣，笑道：「像這樣的誤會，我倒也願意遇上幾次。」

兩人正談笑間，那葉老大也走了出來，神態甚是慌張，但見了熊倜，卻笑道：「原來你已經跑到院子裡來了，昨天可喝醉了吧？」

熊倜笑著說：「下次我可再也不喝那麼多酒了，現在還有點酒氣呢。」

葉老大又笑說：「我說你也是，今天早上小丫頭送東西到你們房中去，看見你們倆全不在，我還以為你們失蹤了呢。」

熊倜以為他所說的「你們倆」是指他和尚未明兩人，便說：「他雖沒有失蹤，我可真失蹤了老半天，差點兒回不來呢。」

葉老大說道：「我真佩服你了，你到底弄些什麼玄虛，昨天你剛說夏姑娘傷勢很重，今天一大早你就把人家帶到哪裡去了？」

熊倜聽了，這一驚卻非同小可，忙問道：「怎麼，她不在屋裡？」

葉老大也奇道：「怎麼，她沒有和你在一起？屋裡沒人呀！」

熊倜立刻急得如同熱鍋之蟻，話也不說，立刻便往夏芸所住的房中衝去。

夏芸的床褥仍然凌亂著，但是床上已無人跡，熊倜暗忖：「芸妹傷勢仍未痊癒，怎會獨自起床去走動，除非……」

他這一想，心裡更著起急來，張惶地高聲喚著：「芸妹，芸妹。」

尚未明與葉老大也趕進房來，葉老大也著急地說：「怎麼，夏姑娘真的失蹤了？」

尚未明眼神四掃，忽然瞥見屋頂正樑上，飄動著一張杏黃色的紙條，忙道：「大哥，你看那是什麼，會不會是夏姑娘留下的紙條？」

熊倜明知道絕不可能，夏芸身受重傷，怎能竄到樑上去貼這張條子，而且更無此必要。

於是他搖了搖頭，他原想說這可能是屋中早有的，但是葉老大突然說：「這條子我看倒來得非常蹊蹺，此屋中先前並沒有呀。」

尚未明一聽，更不答言，微一縱身，向那紙條處竄去，哪知他人在空中，卻發現熊倜正也像電光火石般向那紙條竄去。

於是他雙腿一撐，人在空中猛然停頓了一下，一換真氣，人便飄然向下而落，他身形雖不如熊倜般那麼安詳而佳妙，但卻輕靈無比，身體每一部分卻被極周密地運用著，像是一頭靈雀。

他落在地上後，抬頭一看，卻見熊倜仍然停留在樑上，他一隻手搭在樑上，身體便平穩地垂直在空中，另一隻手卻正掌著那杏黃色的紙箋在細細地看著，面色顯得甚是憂慮，但卻不驚惶了。

片時，熊倜像一團飛落的柳絮，落到地上，眼中滿是思慮之色，無言地將那字條遞給葉老大，尚未明忙也湊了上去。

尚未明一見那字條上的字竟是用朱筆寫上的，心中便明白了幾分，他只見上面寫著：

「茲有女子姓夏名芸者，擅自竊取我武當掌教歷代所傳之『九宮連環旗』，似乃有意對我武當不敬，今已將該女子擒獲，得江南女俠東方瑛之助，解上武當山，聽候掌教真人發落，特此字諭。」

下面的具名是寫著：「武當山，掌教真人座前四大護法」。

尚未明眉心一皺，正想發話，那葉老大卻一挑雙眉怒道：「這武當四子也未免欺人太甚，就算是官府拿人，也沒有聽說半夜裡將一個受了傷的女子從床上架走的，他武當派算是什麼東西。」

尚未明與葉老大相識以來，尚未見過他如此說話，知他也動了真怒。

那葉老大雙手一分，將那字條撕得粉碎，說道：「什麼字諭不字諭，武當四子憑什麼就敢如此驕狂，我葉老大倒要見識。」

熊倜一直沒有說話，此刻突然道：「其實芸妹被解到武當山，我倒放心些了，先我還怕她遭了什麼不測，想那武當派，到底是武林正宗，諒也不會對一個女子如何的，唉，事情那麼湊巧，我若不是那時出去了，也不會有這種事發生。」

尚未明臉一紅，說道：「小弟也慚愧得很，就在這個房子裡，發生了此事，小弟竟睡得像死人似的，一點也不知道。」

熊倜忙道：「賢弟也不用說這樣的話，現在唯一需做的事，就是該想辦法怎麼解決此事，唉，說良心話，芸妹當日也確有不是之處，但他們武當派也未免太狠了，既然將人擊傷，還要來這麼一套，說不得到時候，只有和他們翻臉了。」

葉老大道：「那紙上所寫的江南女俠，是不就是那飛靈堡主東方靈的妹妹，怎麼她也來蹚上這一淌渾水。」

熊倜苦笑了一下，他知道這裡面必然又夾纏著一些兒女私情，但他想東方靈一向世故，怎的卻讓他妹妹做出此事呢。

他哪裡知道東方靈卻根本不知此事呢。

原來當晚東方靈兄妹在屋頂上的時候，夏芸嗯了一聲，東方靈息事寧人，強著將妹妹拉走。

但那東方瑛卻也是七竅玲瓏之人，心知屋下必有古怪，兩人回到店房時，那武當四子正在大怒，聲言必要找著熊倜、夏芸兩人。

原來熊倜救走夏芸後，東方兄妹隨即追去，武當四子卻覺得人家既已受了重傷，此事也算可以扯過了，遂仍留在院中。

凌雲子性情本傲，人又好勝，此刻回身對丹陽子道：「師兄，你看我的劍法可又進步了些，這招用得還不錯吧。」

他話剛說完，忽覺身後似有暗器破空之聲，但手法卻甚拙劣。

須知凌雲子武功高強，對暗器也是大大的行家，此刻聽那風聲，來勢甚緩，而且無甚勁力，手法普通得很，怎會放在心上，隨手袍袖一拂，便將那些暗器拂開，轉身正想發話。

哪知他剛一轉身，卻又有一粒石子向他面門打來，那石子非但無聲無音，來勢之快，更是驚人，是被人用一種內家的絕頂陰柔之力所發出的，而且部位甚刁，好像早就知道凌雲子會轉臉到這裡來，這粒石子就在那地方等著似的。

凌雲子大意之下，發暗器之人手法又超凡入聖，在此情況，凌雲子焉能再躲，吧的一聲，鼻樑上被那石子打個正著。

屋頂上冷冷一笑，一個極為輕蔑的聲音說道：「少說大話。」

這院中俱是身懷絕技之人，反應本快，身形動處，全上了屋頂，但見星月在天，四野茫然，連條人影都沒有看見。

武當四子在江湖中地位極尊，武當派又是中原劍派之首，他們哪裡吃過這種大虧，尤其是凌雲子，素來心高氣傲，目中無人，如今不明不白吃了苦頭，連人家影子都沒有看到。

他們自是不知這是毒心神魔侯生所為，丹陽子更武斷地說：「此地一夜之間，絕不會來如許多高人，想此人身手之速，內力之妙，我看除了熊倜之外，絕非他人。」

凌雲子怒道：「起先我見那熊倜年輕正派，武功又得自真傳，對他甚是愛惜，卻想不到他竟如此卑鄙，對我施下了這樣地暗算，這樣一來，我若不將他整個慘的，他也不知道我武當四子的厲害。」

這武當四子雖是出家人，但身在武林，哪裡還有出家人的風度，東方靈兄妹回來時，他們正在怒罵著熊倜和夏芸。

東方瑛對熊倜情深一往，但熊倜卻處處躲著她，而且她看著熊倜和夏芸同行，又冒著極大的危險將夏芸救了出來，女孩子心眼本窄，愛極生恨，恨不得武當四子連熊倜也一塊兒對付了，夏芸更是被她恨得牙癢癢的，因愛生妒，原是常理。

此時她便悄悄地又溜了出來，再往適才聽見「唔」了一聲的地方去查看。

這時候正是熊倜和夏芸在找著店招之際，東方瑛遠遠看到熊倜緊緊抱著夏芸，夏芸的一隻手還勾著熊倜的脖子，更是氣得要死。

但她卻不敢再往前走，也不敢發出一絲聲響，怕驚動了熊倜。

接著她看到熊倜縱身進了一家店鋪，就未再出，此時天色已亮，她遠遠望清了那店的招牌，才回到客棧去。

自然，東方靈少不得要問她跑到什麼地方去了，東方瑛心靈嘴巧，說了一個謊，東方靈也沒想到會生什麼事故，便也罷了。

當天下午，東方靈急著回去看若蘭，便要東方瑛一齊回去，東方瑛卻說要去找峨嵋雙小玩玩，叫東方靈一人回去。

東方靈拿他這位妹妹一向無甚辦法，而且東方瑛的武功防身絕無問題，再加上自己在武林中的地位面子，於是他就放心一人走了。

東方靈一走，東方瑛就將夏芸、熊倜藏身的地方，告訴了武當四子，依著凌雲子，便要立刻找去，和熊倜一見高下。

但東方瑛的主要目標，到底不是熊倜，人類的情感，往往是極端微妙和難以解釋的，此刻她卻反怕武當四子真的傷了熊倜。

於是她便說道：「現在光天化日的，不要弄得連地面上都驚擾了，我看還是晚上去的好，反正那女子受了傷，一時之間，他們絕不會走的。」

武當四子一想，這也未嘗不是道理，遂都答應了她所說的。

東方瑛用心不可謂不苦，對熊倜的情感，也不謂不專，哪知她這樣一來，反弄巧成拙，到後來終不能和熊倜結為連理。

晚上，東方瑛帶著武當四子到熊倜和夏芸的存身之處，在路上，他們突然看見兩條人影，以無比的速度走向城外，丹陽子暗歎道：「看來武林之中，真是大有奇人，就在這小小的地方，居然又發現了此等人物，身手卻又比我等高出幾許了。」

無巧不巧地，那兩條人影卻正是毒心神魔和熊倜兩人，是以他們到時，熊倜已不在店中了。

他們在葉氏兄弟的店中，極小心的探察了一遍，尚未明及葉氏兄弟、馬氏雙傑，正因酒醉而熟睡，並未發覺這幾人的行動。

甚至當凌雲子故意弄出聲音的時候，屋裡也沒有任何反應，凌雲子奇怪道：「熊倜武功極高，怎的耳目卻這樣遲鈍。」

此時偌大一棟房屋裡，除了丫頭小廝外，唯一清醒的只有夏芸一人，她聽到外面的人聲，卻以為是熊倜。

於是她挑亮了燈，正想出去看看，但胸腹之間仍在隱隱發痛。

她看見窗子仍然開著未關，又想去關窗子，哪知風聲颼然，凌雲子和東方瑛已由窗口竄了進來，她大吃一驚，身又受傷，動彈不得。

此刻她唯一能做的事，就是張口呼喚，哪知她聲音還沒有發出，東方瑛嬌軀一閃，電也似地出手點了她耳旁「靈飛」穴。

凌雲子隨即閃入另一間屋，那正是熊倜所睡的，凌雲子見床下放著雙鞋，床上的人卻不知去向了，他暗忖此屋必是熊倜所睡，但他人呢。

東方瑛連被一卷，將夏芸嬌怯怯的身子橫放在肩上，說道：「我們走吧。」

凌雲子道：「還有熊倜呢。」

東方瑛道：「只要捉了夏芸，熊倜還怕不來找她嗎？」

凌雲子心想：「這粉蝶果然心思靈敏。」遂取出杏紙朱筆寫下了這張條子，也正因為是他寫的，所以語氣才會那麼狂妄。

且說熊倜等人看了他們留下的紙條，葉老大一問東方瑛，熊倜就想到其中又可能牽涉到自己和東方瑛之間的情感，一時沒有答話。

尚未明見了，暗忖道：「我這個大哥，英俊倜儻，真是人如其名，看這個情形，東方瑛橫加一腳，說不定是在吃夏芸的醋呢。」

於是他望著熊倜一笑。

熊倜被他這一笑，有些訕訕的不好意思，但他隨即想到此事的嚴重，就說道：「看來不管會惹出什麼後果，我都要到武當山一行的了。」

尚未明說道：「這個當然，我也不必要趕回兩河，正好陪大哥一齊去。」

葉老大立刻說道：「這件事是在我兄弟處發生，我兄弟也要算上一角。」

熊倜感激地說：「這倒不用了，有我和尚賢弟一起去，已經足夠應付了，何況你的事情又多，怎可為了這小事，而耽誤了正事呢。」

老大想了一想，他們本都是直腸的磊落漢子，也不多作虛偽，說道：「這樣也好，只是你二人萬一有甚麼應付不周的事，可千萬要馬上通知我，凡是有古錢為記之處，都可留話。」

熊倜心急如焚，簡單地包了幾件衣服和些銀兩，因為武當山就在湖北境內，路途不遠，是以也未騎馬，就和尚未明匆匆走了。

出了城門，他們就走到渡頭，尋覓船隻過江，但此時正是長江貨運最盛之際，他們到時又已近午，找了半天，渡船不是有貨，就是有人，簡直沒有一條空船可以渡江。

此時陽光將江水閃耀成一片金黃，岸邊雖船桅林立，風帆如牆，但他們直找了將近一個時辰，也未找到渡船。

尚未明見熊倜焦急得很，安慰地說：「大哥何必著急呢，反正我們也不差在一時，我們不如到前面去看看，也許那裡倒有船。」

熊倜道：「不是我要爭這一時半刻，實不瞞賢弟說，此刻我真是中心無主呢。」

尚未明笑道：「那自然了，要是我心愛的人被人擄了，我會更要著急呢。」

熊倜聽尚未明說「心愛的人」，臉上微微一紅，但也不願分辯，反而覺得心中甜甜地，和尚未明並肩向渡頭前面走去。

他們兩人俱都年少英俊，在陽光中望之，更如一雙臨風之玉樹，引得岸邊的船娘，頻頻注目。

走了一會，已是渡頭之外了，岸邊也沒有什麼人跡，熊倜不禁埋怨尚未明道：「這種荒僻的地方，更找不到渡船，我想還是回頭吧。」

尚未明道：「反正那邊也沒有船，而且那些船上的女子，見了我們像是怪人似的，一直看著，討厭得很，倒是這種地方，只要有船，必定肯搭我們過江的，最多多給船資就是了。」

熊倜無可無不可地跟著尚未明往前去，心中卻在想著心事，他盤算著到了武當山，最好能夠不動干戈，將夏芸帶回。

面。

尚未明突然笑道：「怎麼樣，我說有船吧。」熊倜往前一望，果然有艘小船泊在前面。

於是他們快步走上前去，見那船的後梢蹲坐個船伕，便道：「喂，船家，幫幫忙，快點渡我們過江，船錢不會少給你的。」

那船家沉著臉說：「對不起，這艘已經前面的相公包了，不能搭別的客。」

尚未明道：「可不可以找那位相公商量一下，船錢我們出好了。」

哪知艙中突有一人不耐煩地說：「什麼人這樣嚕嗦，這船我已一個包了，任你是誰都不能再上來，你聽見了嗎。」

尚未明一聽此人說話這麼橫，不禁有氣，說道：「喂，朋友你客氣點好不好。」

艄艙那人好像氣更大，叱道：「我不客氣又怎麼樣。」

人也跟著走了出來，是個衣著非常華麗的少年公子，熊倜見了一愣，認得是孤峰一劍邊浩，便知道這又是一場麻煩。

邊浩一走出艙，橫身一望兩人，突然看見熊倜，冷淒淒一聲長笑道：「好極了，好極了，今天又碰到了閣下。」

他又橫眼一望尚未明，說道：「怎麼閣下那位女保鏢的，現在卻換了個男的呀。」

尚未明倒真的愣住了，他以為兩人本是素識，但怎地此人又話帶譏誚呢。

熊倜雖覺邊浩狂傲太甚，但他想邊浩既能與東方靈齊名，被並稱為「南北雙絕」，而且與東方靈又是朋友，想必此人除了狂傲之外，絕無惡跡，便也不想和他結仇，是以並未反唇相譏。

邊浩卻以為熊倜怕了他，而且他早對熊倜不滿，又不知道熊倜的姓名來歷，是以狂態更作，說道：「我當是誰敢硬要搭人的船，卻原來是閣下，只是閣下的那位女幫手沒來，我看閣下還是省省事吧。」

尚未明見他越講越不像話，便向熊倜說：「大哥，你認識他嗎？」

邊浩一陣狂笑，說道：「認得又怎樣，不認得又怎樣，難道你想架個横樑子嗎。」

熊倜此刻也沉不住氣了，叱道：「姓邊的，你最好少說廢話，我不過看你是我東方兄之友，才讓你三分，你卻別以為我熊倜怕了你。」

邊浩一聽「熊倜」兩字，真是所謂「人的名，樹的影」，也微微一愣，隨即笑道：「噢，原來閣下就是熊倜呀，看來今日我的劍倒真的過過癮了。」說罷又是一陣狂笑。

尚未明等他笑過，突地哈哈也笑了起來，而且笑的聲音更大。

邊浩又是一愣道：「閣下又是何許人也？」

尚未明冷冷說道：「我是笑今日你的劍只怕真要過癮了。」

邊浩本狂，卻是不得別的人狂，怒道：「你是什麼東西，也配向我叫陣。」

尚未明道：「我正要問你什麼東西，也配向我大哥叫陣。」

他朝邊浩輕蔑地招了招手，又道：「像你這樣的東西，只配和我這樣的東西較量，來來，我保險讓你過癮就是了。」

熊倜忙道：「賢弟不要包攬，這人是我的，不管你的事。」

邊浩見他兩人搶來搶去，竟將自己看成消遣似的，再也擺不出名家的架子，怒道：「你們兩個一齊來好了，讓邊大爺教訓你們。」

尚未明冷削地說道：「只怕今日是誰教訓誰還不一定呢。」

邊浩怒極，一點甲板，身形便飄了起來，叱道：「我先教訓教訓你。」

他身在空中，雙掌齊出，便向尚未明擊下，孤峰一劍得以享名江湖，名列「雙絕」，武功實是不凡，他這一施展出掌力，只覺風聲虎虎，滿地飛砂，聲勢的確驚人得很。

鐵膽尚未明也知道此掌非同小可，但他自幼遇師，苦練多年，招式也許沒有熊倜以及邊浩兩人因各有名師奇緣而施出的巧妙，但掌力確絕不遜色，是以他曾和熊倜對了一掌，也是扯個平手。

此刻他微一挫腹，雙掌驀翻，吐氣開聲，又硬生生接了邊浩一掌。

這一掌兩人俱是全力而施，比起熊倜和他的一掌，又自不同，只聽一聲大震之後，尚未明固是連退數步，邊浩在空中一翻身，險些跌在地上。

這一下，他們兩人俱皆出乎意料之外，皆因他二人都不知道對方是誰，是以也俱都未料到對方會有這樣的武功內力。

熊倜突地一步站在他兩人當中，說道：「你兩人都不能動手。」

邊浩、尚未明俱都不知道他說此話的原因，尚未明問道：「為什麼？」

熊倜指著邊浩問尚未明道：「你認得此人姓甚名誰嗎？」

尚未明搖了搖頭。

熊倜又指著尚未明向邊浩問道：「你又知道他是什麼人嗎？」

邊浩自也搖了搖頭。

熊倜笑道：「這就好了，你兩人既然互不相識，怎能隨便動手呢。」

他這一番歪理，倒將兩人都問住了。

於是熊倜又對邊浩說道：「可是你我兩人又不同了，你自認得我，我也知道你就是鼎鼎大名的邊浩，我們動手，就合理得很了。」

邊浩被問得啼笑皆非，正不知如何答話才好，尚未明卻又橫身一掠，搶到熊倜前面，對邊浩說道：「原來閣下就是孤峰一劍呀。」

邊浩精神一振，說道：「你也知道呀。」

尚未明道：「當然，當然。」他又指著自己的鼻子說道：「我就是鐵膽尚未明，你知道嗎，鐵就是鋼鐵的鐵，膽就是月旁加個詹字。」

此番輪到邊浩和熊倜兩人不知他在弄什麼玄虛了，邊浩自然也聽到過尚未明的名字，說：「這樣看來，今日之會，真的更有意思了，原來閣下就是兩河綠林道的總瓢把子。」

尚未明笑嘻嘻地說道：「豈敢，豈敢，正是區區在下。」

他又回頭對熊倜道：「現在他認得了我，我也認得了他，我和他動手，也很合理了吧。」

熊倜暗忖道：「看樣子我這位尚老弟，倒也挺喜歡打架。」

於是他笑著點了點頭。

尚未明再向邊浩說道：「好了，好了，你過癮的時候到了，快動手吧。」

他話方說完，身形一晃，一個箭步竄了上去，左手曲肱而側，右掌一抖，竟像化成三個圈子，這本是劍法中的「梅花三弄」，但他卻用之於掌上，威力仍見異常奇妙。

邊浩見他話到人到，而且一出手就是絕招。也不敢絲毫疏忽，須知邊浩雖是驕狂，但若真的遇見大敵，卻仍慎重異常。

這是一個武林中人，幾乎必備條件，邊浩等到掌已臨頭，不退不閃，身形卻突地一斜，腳跟牢牢釘在地上，人卻往左側斜成坡，右手乘勢揮去，「天女散花」，亦是峨嵋心法。

尚未明見邊浩閃避和出擊，確是和一般人大不相同，哼了一聲，雙掌一錯，連環拍出數掌，頓時但見掌影如繽紛之落英，漫天飛舞。

他所施的正是西域異僧的奇門掌式「塞外飛花三千式」，名為三千式，其掌法的繁複變化，可想而知，邊浩卻靜如山嶽，展出峨嵋心法，以不變應萬變，來應付尚未明的掌式。

那操舟的船伕，哪曾見過這等場面，蹲在船上，竟嚇得呆了。尚未明和邊浩，俱是江湖上一等一的身手，變招之速，出招之快，反應之敏，連站在旁邊的熊倜，也看得呆了。

晃眼，兩人已拆了數十餘招，邊浩雖是守多攻少，但卻每一出手，必是要穴。

熊倜知道兩人這一動手，正是兩虎相爭必有一傷，而且除非有個武功高絕的人來，否則誰也不能分開此仗，自忖自身武功雖比兩人高出少許，但想拆開此兩人，也是萬萬不能的。

須知他雖不願意尚未明受到任何傷害，但卻也不願邊浩受傷。皆因邊浩這一動手，他更生出愛才之念，覺得他除了生性狂傲些外，無論人才武功，都端的是個人物，若然傷了，豈非可惜。

兩人瞬息又拆了十餘式，邊浩突地一聲長嘯，掌式一變，竟自施出峨嵋旁支的一套亦是招式變幻甚多的「迴風舞柳」掌法。

這一下兩人的掌式俱是以快制快，身形變幻不息，招式亦是繽紛多采，只見掌影漫天飛舞，和方才又是另外一番景象。

熊倜知道邊浩這一變換掌式，片刻便要分出勝負，不禁更為留意的觀看著，希望能夠在最緊要的關頭，加以化解。

此時正是陽光最烈的時候，但在此荒僻的江岸，可說是絕不會另有人來。

哪知此時滾滾江水中，卻突然冒出兩個人來，而且俱是年紀甚大的老者。

尚未明與邊浩兩人正在凝神動手，並未曾留意。但熊倜和那船伕，卻看見此兩人，那船伕更是驚得一聲怪叫，連滾帶爬，跌回船裡。

船伕這一聲怪叫，倒使正在酣鬥著的孤峰一劍和鐵膽尚未明兩人一驚，兩人不約而同的擊出一掌之後，便斜斜分開，不知發生何事。

那兩個老者，俱都鬚髮俱白，少說些也正六十以上，慢慢自江水中走上岸來，像是對任何人都不會注意一眼，即使是那麼輕微地一眼。

最怪的是兩人穿著的竟都是長衫，但自水中爬起後，卻仍然是乾乾的，沒有一粒水珠，連頭髮，鬍子都是乾的。

熊倜，尚未明，邊浩都是聰明絕頂之人，一眼便看出了此兩個老者的異處，若不是光天化日，他們真要將此兩人視為鬼怪。

那兩個老者一高一矮，但都瘦得只剩一把骨頭，此兩人慢慢走到岸上，往地上一坐，才將眼光向三人看了一看。

那較矮的老者側臉對另一老者說道：「這幾個小娃娃在這裡又吵又鬧地，把我們兩位老人家的午覺都吵醒了，你說該打不該打。」

那身材較高的老者，臉上像是僵硬已極，眼光也是空洞洞地，聽了那矮老者的話，低頭想了半天，才說道：「該打，該打。」

那矮老者隨即笑了起來，說：「確實該打。」

這邊三人被這兩個老者的奇異的出現而深深驚異了，面面相覷，作聲不得。

那矮老頭指著三人說道：「喂，你們三個小子，在老人家睡午覺的時候，都不肯安靜一點，在這裡又叫又鬧的，趕緊脫下褲子，爬在我老人家面前，每人打五十下屁股。」

熊倜等人一聽這矮老者所說的話，不禁啼笑皆非，孤峰一劍臉上，已露出難看的神色來，雖然他並不敢說出難聽的話。

那矮老頭似乎已看出他的不滿，笑指著他說道：「你這個娃娃像是不大賣我老人家的賬嘛，喂。」他又側臉對另一老者說道：「有一個娃娃居然不賣我老人家的賬，你說該怎麼辦？」

另一老者，全身都似乎是麻痹的，喜、怒、哀、樂、痛、癢、痠，這等人類的感覺，似乎都完全不能影響他。

他聽了那矮老者的話，又低下頭去，深深地思索著，像是這一句極簡單的話，他都要深思很久，才能瞭解。

他想了許久，說道：「先打他的屁股。」

說著，好像他身體下面，有什麼東西撐著似的，仍然坐著，就平平飛落到邊浩的身前，說道：「快脫褲子，我老人家要先打你的屁股。」

熊倜和鐵膽尚未明見了這老頭子的這一手，又驚又樂，驚的是這老者的輕功，竟似已練到傳說中「馭氣而行」的境界。

樂的卻是這老者竟找邊浩的麻煩，不知邊浩怎麼脫身。

邊浩見那老者的這一手，心中更是驚駭，他想：「萬一這老頭子真抓下我的褲子，那我以後還能做人嗎。」他越想越怕。

他看著那老者仍端坐在地上，兩眼微微閉著。心想：「這老頭子的功夫，我若非親見，別人告訴我，我卻不會相信，這種人物我怎能對付，三十六著，走為上著，還是乘他不注意，溜了吧。」

於是他再不遲疑，全身猛力一拔，竟竄起三、四丈高，雙臂一抖，「飛燕投林」，向外又是一竄，又是四、五丈遠近。

那矮老者又笑道：「喲，這娃娃會飛，哎呀，糟糕，讓他跑了，我老人家也追不著。」

熊倜和鐵膽尚未明見這老者滑稽突梯，都忍不住笑了起來。

那矮老者朝他兩人說道：「他跑了，你們笑什麼，是不是想坐他的船，可是你們別忘了，他跑了，我老人家就要打你們兩人的屁股了。」

停了一停，他又說：「你們兩個會不會飛，要是也會飛，那我老人家一人的屁股也打不著了。」

熊倜和鐵膽尚未明兩人，自是知道這兩個老者定是世外高人，遂一齊走上前去，恭敬地彎身施禮。

那矮老頭卻叫道：「哎喲，千萬別來這一手，這一手比會飛還厲害，我老人家不打你們的屁股了。你們也別來這一手。」

熊倜，尚未明只覺眼前一花，那矮老頭子不知怎地又坐回另一老者身側。

他兩人知道，這類奇人，多半也有奇僻，尤其熊倜，更聯想到毒心神魔怕哭的毛病。

於是他兩人走到那兩個老者面前，熊倜說道：「老前輩既不喜多禮，晚輩就從命了。」

那矮老頭子上上下下朝兩人注目了半晌，又轉身向另一老者說道：「你看這兩個娃娃如何？」

那高瘦老者淡淡地一抬目光，望著他們兩人，熊倜也看了那老者一眼。

他只覺得那高瘦老者的僵硬面孔，看來卻十分親切，他暗忖道：「這倒怪了，我以前並未見過這兩位奇人呀，怎麼看來卻如此親切。」

於是他更恭敬地問道：「晚輩不敢請問兩位老前輩的尊號。」

那矮老者哈哈笑道：「你這娃娃真有意思，我老人家還沒有問你的名字。你倒先問起我們兩位老人家的名字來了。」

熊倜忙說道：「晚輩熊倜，這一個是晚輩的盟弟尚未明。」

那矮的老頭子笑道：「尚未明，這個名字倒真有意思。」

他又向身旁的老者說道：「喂，你說尚未明這個名字有沒有意思？」

那瘦長老人卻像是沒有聽見他的話，低著頭輕聲念著：「熊倜，熊倜……」

熊倜和鐵膽尚未明恭謹地站在這兩個奇人面前，那矮老者笑道：「你們兩個娃娃，都有點意思，我老人家高興得很，想送點東西給你們兩個娃娃，喂，你們說，送什麼好呢？」

熊倜，尚未明兩人心中大喜，知道只要這種奇人一高興，自己就能得到不少益處。

那矮老者又笑道：「我問你們兩個也是白問，其實我老人家身上，什麼也沒有，只有幾張花花綠綠騙小孩子的紙，你們要不要。」

熊倜、尚未明忙一齊答道：「多謝老前輩。」

矮老頭子哈哈一笑，從懷中取出二張揉得皺皺的紙，上面稀奇古怪地畫著些花紋，說道：「一人一張，誰也不許將自己的那張給別人看，知道嗎。」

他們兩人都極高興地接著了，他們相信這花紙裡一定有著極高深的武學寶藏。

那矮老頭子仰天打了一個哈欠，說道：「你們兩個小娃娃可以走了，我老人家要睡覺了。」

熊倜、尚未明不敢再耽，就恭身走了。

臨走的時候，熊倜見那瘦長老者仍在低頭念著，心裡更覺奇怪。

他們兩人走到邊浩的船上，那船伕又嚇得面無人色，看見兩人上船，連話都不敢問，趕緊解纜走了。

江水急流，風帆滿引，片刻那船已走出老遠。

一直在低面沉思著的瘦長老頭，忽的抬起頭來，空洞的目光中，滿聚光采，像是終於想起了什麼，但四顧無人，熊倜和尚未明早已走了。

江水東流，嗚咽低語，似乎在訴說著人的聚散無常，悲歡離合，都太短促了。

第十五回 水流千里，豪士壯語 壁立萬仞，異客奇行

熊倜佇立在船頭上，那船伕謹慎地操著舵，旋著槳，順著水流斜斜渡過江面，水勢湍急，小船在江心中微微搖盪著。

熊倜雖是在秦淮河畔，但那秦淮之水怎能與這長江相比，何況他根本不識水性，此刻但覺得有些目眩，他遂伸手扶往船蓬，才敢注目那滾滾東流的江水，一去無返，不禁慨然歎道：「浪淘盡，千古風流人物，縱然你今日是蓋世之雄，終究不免化為一堆黃土而已。」

他轉身向斜坐在船艙裡的尚未明道：「起先我聽到人說『長江後浪推前浪，一般新人換舊人』這句話，雖然能瞭解其中的意思，但卻始終沒有感懷，直到現在，我才能深切的明瞭，這卻原是和流水一般無情的！」

尚未明劍眉一揚，突地哈哈大笑起來，說道：「大哥怎地也會說出這些酸儒之話，須知雖然人生百年，終歸一死，但是大丈夫既生於世，縱不能留名千古，也該做出一番轟轟烈烈的事業來，方自不負父母生我，天地育我，萬物教我之意，若然照大哥如此說，豈非人一生出就立刻死去，才算幸福的嗎？」

熊倜悚然心驚，忖道：「我這二弟倒的確是個英雄，而且他與生俱來，彷彿有一種自然而然攝人的威力，這卻是我所不及的。」

尚未明見熊倜默然無語，以為自己說的話太重，忙轉口笑道：「你看這長江流水，澎湃不息，古人說『黃河之水天上來』，小弟看來，這長江之水，又何嘗不是來自天上呢。」

熊倜放眼江面，只見粼粼金波，燦人眼目，對岸隱現出數座高樓來，望之直如神仙台閣。

他並不太善於言詞，往往不能將自己心中的情感，很明確地表達出來，是以他並不願意多說話。

他本是一位極富於情感的人，但是環境的不幸，使他對人世抱了那種偏激的看法。初出江湖，又碰到粉面蘇秦王智逑那等奸狡角色，於是他更深瞭解到人世的險惡，後來泰山天紳瀑下幽窟裡多年的獨處，他更學習到控制自己情感的方法。

但是後來他遇到了夏芸，又獨自流浪了那麼久，更不期然對人世又有了另一種不同的感覺，而這感覺又包括了情感上的負擔和性格上的不羈，因此，他又常會感覺到自己的情感裡的層層矛盾，這矛盾有時會使得他思端百結，不能自已。

船旋即靠了岸，那船伕見了方才的一番惡鬥，將他們兩人看成兇神惡煞，巴不得他們愈早走愈好。

哪知尚未明卻漫不經心地從懷中掏出一錠銀子，根本看都沒有看一眼，便砰地丟到船板上，船伕偷眼一瞥，見那錠銀子被陽光映得燦然生光，竟是十兩一錠的元寶，心中怦然大動。

尚未明隨口道：「這是給你的船資。」

此時物價奇賤，十兩銀子，少說也夠七口之家數月的嚼穀，那船伕見了，自是喜出望外，連聲道謝，他方才將兩人恨入骨髓，此刻卻覺得他們不但不可惡，簡直有些可愛了。

便是熊倜，也暗自驚訝著尚未明的出手豪闊。

須知他深刻地瞭解到，金錢一物，雖是萬惡，亦是萬能，那若蘭姐妹，豈不就是因著這「身外之物」而至落溷煙花，這是他心中最大的恨事，但尚未明卻是兩河綠林道的總瓢把子，將銀錢直視如糞土。

這就是環境在二個人身上所造成的差異，其實以熊倜的身手，將天下人的錢財都看作他的錢財，亦不為過。

尚未明望著船伕的樣子，微微一笑，把臂同熊倜上了岸。

熊倜心中有事，恨不得脅生雙翼，飛到武當山去，是以他們經過這鄂中重鎮漢口時，也並未流覽，匆匆地穿了過去。

出了城郊，人跡漸少，他兩人腳步功快，卻也不便在光天化日之下，施展出輕身之術。

但饒是這樣，他們的速度已是常人所無法企及的了。

沿漢水而北上，直到夜深，方自趕到雲夢。

鄂省一地，湖泊獨多，本為古雲夢驛舊跡，他兩人遇著湖泊，便不免要繞遠些路途，何況他兩人湖北境的北部，俱未到過，沿途問向，也不免耽誤了時候，尚未明知道熊倜心急，便提議晝伏夜行，以便夜間可以施展輕功，熊倜自大喜稱是。

哪知這樣一來，兩人欲速不達，幾乎永遠到不了武當山了。

過漢水，兩人連夜前趕，夜色蒼茫中，熊倜遠遠望見前面山勢横亙，他兩人輕功超絕，藝高人膽大，也不顧忌什麼，黑夜中便闖上山嶺，山畔有幾間木屋，想是樵夫獵人所居，此時四戶寂然，黑黝黝地沒有一絲燈光，卻早已睡了。

兩人一下山後，才知道這山勢横亙，占地甚高，山的深處更是鳥獸絕跡，但見林木蒼鬱，根枝虬結，澗深峰奇，兩人輕功雖是絕頂，但轉來轉去，竟然迷失了方向，只覺這山勢奇深，彷彿永遠都走不完似的。

熊倜雖目力特異，但山深處，只有鬱鬱蒼蒼地一片，四面都是一樣，如何能分得出方向。

尚未明抬頭一看，天上竟一顆星都沒有，不禁暗中著急：「看來今夜我們是出不了山的了。」

山峰群踞，宛如黑色的怪獸，在向他們窺伺，尚未明機伶伶打了個冷戰，道：「大哥，我們還是歇一下，等太陽出來才走吧。」

哪知熊倜此刻心目中只有夏芸一個影子，其他的任何事，都沒有放在他心上，隨道：「我們再試一試。」他可沒有想到，尚未明的心理如何，這就是「情」之一字，在他心中作祟。

其實千古以來，「情」之一字，不知顛倒這幾許英雄，又何嘗是熊倜一人，為情顛倒呢。

熊倜心中惶急，將輕功施到極處，但見煙光一縷，哪裡還有人影。

尚未明駭然忖道：「我先前只想武林中的輕功，最多也不過只能練到我這樣地步，哪知道大哥的輕功這般出神入化，簡直是匪夷所思了。」腳下雖然加緊，但卻漸漸被熊倜拋遠。

他可沒有熊倜那樣的目力，夜色迷茫中，已沒有熊倜的影子，他心中更急，朝著熊倜逝去的方向，嗖然幾個起落，橫越出數十丈，忽見兩峰夾峙，中間只留出一個兩尺來寬的過道。

他為人仔細，江湖歷練亦豐，不敢冒然闖進去，停住身形，四下一打量，見通道旁似乎立著一塊石碑，連忙走了過去，伸手要掏火摺子，想照著看一看這碑上刻著的是些什麼字。

哪知火摺子卻根本沒有帶著，他靈機一動，伸出右手去摸石碑上的字，一摸之下，掌心不覺微微沁出冷汗，一陣冷氣，直冒到頭頂上。

原來那碑上只刻著四個字：

「入谷者殺。」

他暗中希望自己摸錯了字，又再伸手去摸了一遍，他伸出食指，想沿著那四字的刻痕劃一遍，哪知手指卻正好嵌著刻痕，像是這四個字本也就是人家用手指劃上去的，鐵膽尚未明赫然忖道：「此人能以手指在石上寫字，指上的功夫能練到如此地步，我簡直聞所未聞。」

他立刻轉身，再也不敢走進這谷中一步。

哪知谷裡突地傳出一聲怒喝，尚未明一聽之下，就知道定是熊倜的聲音。

他義氣干雲，再也顧不得自身的安危，雙掌護身，一個「龍形一式」身形宛如遊魚，從夾縫中穿了出去。

他目光一動，見到熊倜正站在谷口不遠之地，忙飛掠了過去，哪知眼前突地宛如打了個電閃，一道劍光齊眉、挑目、削鼻，分三處刺了過來，劍光之厲，劍招之快，無與倫比。

他大驚之下，及時後沉，大仰身，朝後急竄，但覺面目一涼，劍光自他頭上寸許處削了過去，他驚魂初定，嚇出一身冷汗。

他方才避開此招，卻見一條人影又以無比的速度竄了過來，他回肘沉腕，全神戒備，哪知那人影在他面前猛地停住，激得空氣旋起一個氣渦，那人影低喝道：「原來是你呀。」

尚未明仔細一看，那人影竟是熊倜，此刻正靜靜峙立自己面前，就像方才是在緩步中停住身形似的。

若然尚未明也有熊倜的目力，他此刻必可看出熊倜臉上的驚駭。

熊倜右手拿著那柄巧中得來的劍，右手一把拉著尚未明的手腕，低聲道：「這谷中好像不對。」

尚未明忙問：「怎地？」

熊倜道：「方才我慌忙中竄進這山谷……」

尚未明截住了他的話，道：「大哥，你有沒有看到谷口的石碑？」

熊倜詫道：「谷口還有個石碑……」

尚未明道：「快朝來路退。」話聲惶急。

拖著熊倜，猛一長身，熊倜也覺事情有異，不及多問，身形宛如兩隻連袂飛起的燕子，掠至夾縫的出口。

就在這霎眼之間，谷口突然多了一人，冷冷一笑。

熊倜拉著尚未明猛地頓住身形。

那人又冷冷道：「兩個娃娃跑到我這甜甜谷來，還想出去嗎？」

熊倜將手中的劍一緊，劍式斜挑，寫攻於守，尚未明借著劍光一看，洞口站著的那人，行容之奇詭，連畫都畫不出來。

熊倜自也在打量著那人，見他全身都是赤裸裸的，什麼都沒有穿，頭上的頭髮，長得嚇人，拖在身上，圍著身子打了幾個結，身體臃腫得像隻肥豬，但身形卻又靈巧得宛如飛燕。

再一看他臉上，圓餅似的臉，卻連鼻子都看不出來，全身上下，唯一稍具人形的，就是那兩隻眼睛，在黑暗中一閃一閃地放著光。

深山幽谷，陡然見了這樣似人非人的怪物，熊倜、尚未明兩人也不禁魂飛魄散，往後退了一步，齊聲道：「你是人是鬼？」

那人突然吃吃笑了起來，笑聲又嬌又嫩，跟他的外形，簡直是兩個極端，若有人閉著眼聽得這笑聲，一定會以為面前站著的是個千嬌百媚的女子，熊倜等兩人，聽了這笑聲，嚇得腳都有點發軟了。

須知他的笑聲若是刺耳的，熊倜和尚未明兩人反倒不會這樣懼怕，在這樣一個人物口中居然發出這樣的笑聲，豈非更加不似人類嗎？

尚未明看到此人的怪異形狀，再想起那種足以驚世駭俗的指上功力，掌心的冷汗，更泌然而冒。

忽地，他覺得手腕上也是濕濕的，敢情熊倜的掌心也在冒汗。

他兩人的身形不覺有些顫抖，臉上的表情也帶著些驚駭的樣子，被劍上的青綠色的光芒一照，顯得甚是難看。

那人見了，眼中流露出得意的神色，嘿嘿笑道：「你們兩人還是快些自裁吧。」他不但笑聲嬌嫩，連說話都是軟軟的，但是熊倜和尚未明卻絲毫沒有發覺他聲音的好聽。

尤其當他說出叫熊倜和尚未明自裁的時候。

熊倜暗忖：「這廝怎地這樣奇詭，我雖然在江湖上走動的時候不多，但是王智逑、吳詔雲和我的恩師都曾經詳細地將武林中的厲害角色告訴過我，可是我從未聽說過世上還有個這樣的人物呀。」

尚未明忖道：「這傢伙的輕功功夫真有點玄，他怎麼來到這裡的，我連看都沒有看到。」

「這廝雖然不是鬼怪，可也差不多了，我們犯不上和他多夾纏，走為上策。」他兩人心中不禁同樣地有此看法，對望了一眼，腳一頓，身形猛地突高，微一轉折，向後急竄。

那人卻未見追趕。

熊倜和尚未明身形如飛，隱隱約約聽見那柔軟的聲音說道：「你們到了甜甜谷裡，還想逃走，簡直是做夢。」

他兩人頭也不回，熊倜用力抓著尚未明的手腕，兩條人影如電閃而去。

可是當他們身形起落了數次的時候，就不禁停了下來，這倒不是他們不願意再逃，而是他們發覺這山谷竟是個絕地，四面都是千仞高山，抬頭望去，根本連峰頭在哪裡都看不到。

而且這些山峰直上直落，簡直連一點斜坡都沒有，仔細一看，他兩人更不禁叫苦。敢情這山壁上連附生的草木都沒有，饒是你輕功再高，可也無法飛渡，尚未明道：「大哥，怎麼辦，這是什麼鬼地方？」他氣憤地哼了一聲，又道：「虧他還替這地方起了個那麼漂亮的名字。」

熊倜心中何嘗不是驚疑交集，他想起自己一進谷的時候所遇到的怪事，又不禁生氣。

原來熊倜展開身法，回頭一望，見尚未明也遠遠跟來，須知他自服過千年首烏後目力特異，是以尚未明無法看到他，他卻見到尚未明。

他掠出數十丈後，熊倜便也發覺谷縫，他心動道：「說不定這裡是條出路。」一念至此，再也不想別的，腳步微一躊躇，便掠入谷裡，他速度太快，沒有注意到那塊立在谷邊的石碑。

剛進谷，他便發覺有條人影掠來，輕功竟是不在自己之下，他不禁大駭，忖道：「當世人中，居然還有輕功能和我一較短長的。」須知「潛形遁形」的輕功，天下無雙，連武當四子那樣的身手，都無法企及，是以熊倜此時驚異。

他猛地頓住身形，他的輕功全憑一口真氣，所以停下來時，並沒有那種「懸崖勒馬」的急勁。

那人影微嗯一聲，似乎也在驚異著熊倜這種玄妙的身法，此刻他和熊倜距離還有數丈。

他卻並沒有頓住身形，也沒有朝熊倜這邊掠來，斜斜一指，手一揚，熊倜看到一大片暗器急然飛來。

他舉掌一揮，一股狂飆般的勁力向那暗器掃去。

暗器雖被擊落，熊倜可也不免大驚，暗忖：「這人的手勁好強，隔著這麼遠卻能發出暗器，而且一揮就是這麼多，這種手法，真算得上是駭人聽聞的了，誰會有這樣的身手呢。」

他戒心大起，抽出了劍，四下一望，那人影卻已失去了蹤跡。

熊倜眼光四射，希望再發現那人影的蹤跡，突然聽到背後有夜行人衣袂帶起的勁風。

於是他再不考慮，反手削出一劍，直刺後面那人的面門。

反手發劍，而能刺敵之面門，劍式可稱怪異已極，卻正是毒心神魔傳授給他的幾招劍式之一。

一劍落空，他回過身來，發現背後的敵人原來竟是尚未明。

這就是他入谷後的經過，此刻他和尚未明沿著山根飛掠，一面將經過說了出來，尚未明也將谷口的石碑說給他聽，又道：「最怪的是那碑上的字竟是用手指寫上去的，大哥，你說，他這種指上的功夫多駭人。」

熊倜也駭然道：「內家金剛指練到最深的地步，也不過只能穿石如紙，分金裂鐵而已，要拿手指在石上隨意揮寫，也還不行，這樣說來，這傢伙的功夫越發不可思議了。」

兩人沿著山腳查看了一遍，這山谷果然是個絕地，熊倜道：「不管怎麼樣，我們再向那谷口闖一闖，那傢伙只要是人，我就不信以我們兩人的功力，還對付不了他一個人。」

尚未明微一沉吟，熊倜急道：「我們總不能就困死這裡呀，何況……」

尚未明忙接口道：「那當然，不過……」

他原想說等天亮再去，可是見熊倜已急得連聲催促，知道他關心夏芸的安危甚於他自己，遂止住了話。

何消片刻，兩人又來到那夾隙，但卻見隙口空蕩蕩地，居然沒有人影，那怪人已不在了。

尚未明大喜道：「快走。」

他見那夾隙，狹只兩尺，兩人無法並肩而出，便道：「大哥先走。」熊倜嗯了一聲，便竄入隙中，他知道尚未明的謙讓絕不會因自己的話而改變的，為了節省時間，就先進了去。

尚未明也不敢遲疑，剛竄入谷中，突然聽見夾縫中「叮叮，噹噹」一連串聲響，腳步微一遲疑，熊倜已暴退了出來，一把拉住了他，低聲喝道：「快退。」又竄入谷裡。

尚未明知道又生出新的變化，趕緊問道：「大哥，又出了什麼事？」

熊倜一聲不響，兩眼緊緊盯著谷口，臉上竟露出恐怖的神色來，這是他前所未有的事。

原來熊倜竄入夾縫之中，便聽到風聲颼然，又是一大片暗器飛來，他雙掌護身，哪知道那些暗器並不是朝他身上打來的，卻分兩邊向山壁飛去，熊倜微微一愣，哪知「叮叮」一片聲響，那些暗器突地自壁上反擊而出，熊倜大駭，猛往後退，躲過這一陣像雨一樣的暗器，剛一抹汗，腳底又有風聲颼然，他再往上拔，原來那些暗器自壁上落到地下後，又從地上反激而上，跟著向熊倜射去，竟似長著眼睛似的。

熊倜何曾見到過像這樣發暗器的怪異手法，最厲害的是那些暗器經過兩次反擊後，力道仍極強勁，準頭也不差，由此可以想見發暗器那人真力何等驚人，對角度，方向的計算，又是何等準確。

他仗著身法絕快，才避過這陣暗器，可是也不禁駭得色變，哪敢再停留，便恭退了出去。

兩人四隻眼睛，齊都瞪住夾縫，突地夾縫中緩緩踱出一人，全身盡白，長衫飄飄，瀟灑已極，哪裡是前見那人的醜態。

兩人更是一驚，熊倜朝那人的臉上一望，見那人劍眉星目，丰神沖夷，是個極英俊的男子，尤其是他唇邊已有了些短鬚，使他看起來更有一種吸引人的力量，只是他眉心微皺，神情顯得十分憂鬱。

熊倜和尚未明不約而同忖道：「這人好英俊。」他兩人亦是翩翩佳公子，可是此人卻有另一種說不出的蕩人心魄的力量。

那英年男子進入谷裡後，朝熊倜、尚未明兩人微一打量。

此時已近黎明，東方已露出微白，借著這些須微光，練武人的目力已不難看出對方的面目。

是以尚未明能看出他的面貌，他也能看出熊倜和尚未明的面貌，一見之下，也不覺起了惺惺相惜之心，便說道：「兩位敢情是黑夜之中，迷失了路途嗎？」語氣之中並無惡意。

熊倜忙道：「正是，在下熊倜和盟弟尚未明，深山失向，誤闖貴谷，還望閣下能恕在下等誤入之罪。」

那人眉頭皺得更緊，道：「這個……」

突地人影一晃，那詭異的醜人已站在他旁邊，接口道：「不行。」

這兩人俊的極俊，醜的極醜，相形之下，更顯得那怪人醜得駭人，熊倜只覺見了此人後，心中說不出的難受，像是要吐。

可是那英俊男子見了他，臉上卻流露出一種溫柔之色，低聲道：「敏敏，你等一會再說好不好？」

「敏敏」道：「我知道你又來了，你……你是不是想我的這副樣子給別人看。」聲音仍然又嬌又嫩，而且竟然帶著些悽楚的味道，可是他的臉卻仍然是平平板板，冷得入骨的樣子。

熊倜和尚未明見了這兩人的樣子，更是大奇，聽到這醜八怪居然叫「敏敏」，更是又好氣，又好笑。

那英俊男子長歎了一口氣，道：「我知道兩位此刻必定疑團重重，而且我看兩位俱都身懷絕技，可是許多年來，只要入此谷中的人，從沒有一個能全身而退，兩位自也不例外……」

熊倜暗哼一聲，心中大不服氣。

那「敏敏」冷笑一聲，抬頭向那英俊男子道：「你再不動手，我……我就死給你看。」

那英俊男子憐惜地望了他一眼，又長歎了一聲，轉臉向熊倜說道：「兩位都是少年英雄，這樣死去確是可惜，我雖多年來未曾走動江湖，可是卻也看得出兩位必定是高人子弟，兩位可曾聽人說過，十年之前，有位叫做常漫天的人。」

熊倜腦海中極快地搜索著記憶，方自想起一人，尚未明已驚道：「難道閣下竟是十七歲便已接掌西南第一劍派點蒼門戶，江湖人稱玉面神劍的常大俠嗎？」他換了一口氣又道：「常大俠九年前突然失蹤，卻原來是隱居至此了。」

常漫天微微點頭，面上的憂鬱之色更濃，道：「兩位既是知道我的名字，那再好也沒有，我今日權宜作主，只要兩位留下兩樣東西來，便可走出此谷……」

熊倜接口道：「什麼東西？」

「便是兩位的眼睛和舌頭。」

熊倜和尚未明都以為這玉面神劍甚為通達情理，再也想不到他會說出這句話來，一愕之下不禁氣往上撞，冷笑齊聲道：「不然呢？」

他兩人亦是名滿天下的武林高手，此刻縱然前面站的是個鬼魔，也不會再膽怯了，何況還是人呢。

「敏敏」冷笑道：「不然，你們就得把命留下。」

熊倜氣極而笑，朗聲答道：「我兩人雖然是武林後輩，但自出世以來，可還沒有見到像閣下這樣的人物，來，來，我兩人的眼睛和舌頭都在此，閣下只管來取就是了。」

他又朗聲長笑，一揚劍，道：「只是光憑三兩句話，卻也不行呢。」

常漫天一怔道：「你要動手？」

他十七歲便名滿天下，此刻雖僅卅餘歲，但輩份極高，十年前江湖中人，只要聽到他的名頭，莫不頭皮發麻。

他成名在星月雙劍之後，卻又在熊倜藝成之前，是以他並不知道這兩個少年，竟是江湖中聲名赫赫的人物，聽到他們居然沒有被自己的名頭所懼，不禁驚異，熊倜卻已接口道：「正是。」

「敏敏」道：「大哥，快動手嘛，跟他嚕嗦什麼。」

常漫天轉臉向他說道：「你先讓我一個人試試。」

「敏敏」笑道：「我知道這幾年你一定憋得慌，手在發癢是不是？」笑得仍是那麼動聽。

常漫天回過頭去，悄悄閉起了眼睛，似乎將「敏敏」的笑聲看作世上最妙的音樂般聽起。

然後，他眼簾上彷彿掛了一顆淚珠，他伸手抹去了，反腕撤出背後的長劍，青氣森然，也是口利器，他朗聲說道：「兩位請動手吧。」

熊倜傲然一笑，也向尚未明道：「二弟，你也讓我先試試，我不成你再上。」

尚未明點了點頭。

玉面神劍常漫天當劍平胸，一彈劍身，「嗆」地發出一聲龍吟的聲音，道：「兩位還是一齊上吧，這是性命相搏，可不是比武，兩位也用不著客氣。」語氣之中，顯然自負已極。

熊倜緊閉著唇，右手持劍，左手微捏劍訣，一招「金烏初升」，劍尖下垂，慢慢右手平伸，突地向上斜削，正是「蒼穹十三式」裡的起手之式，他這一招神完氣足，意在劍先，勁式，功力，無一不是恰到好處，比在臨城初遇強敵天山三龍鍾天仇時，功力又增進了何止一倍。

他此招看來平平無奇，但其中卻包含著無窮變化，玉面神劍自是識貨，脫口讚道：「好劍法！」

熊倜微微一笑，劍尖帶起一溜青光，直取常漫天的面門。

玉面神劍身形斜走，平劍橫削，剎那間但見劍影漫天。尚未明一旁點頭忖道：「點蒼劍法，端的名不虛傳。」

熊倜二次出師，滿腔壯志，此時斗逢強敵，當下抖擻精神全力應付，「蒼穹十三式」裡加上「飄然老人」親傳的劍法，身形縱橫起落，劍光如花雨繽紛，兩人拆了三數十招，居然未分勝負。

常漫天暗暗心驚：「武林中怎地出了個這樣的好手。」

尚未明在旁邊看得眉飛色舞，卻又不免提心吊膽，生怕熊倜動手時間一長，便抵敵不住這個名滿武林的點蒼名劍手。

「敏敏」的一雙眼神，也隨著這兩人的身形轉動，但是他的臉上，卻仍然沒有一絲表情。

當年玉面神劍接掌點蒼門戶時，天下武林都認為他年紀太輕，而有輕視的意思。須知那點蒼派乃五大劍派之一，好手自是極多，大家見是由這一年僅十七歲的少年來任掌門，心中不服。

常漫天當時少年性傲，重邀武林各派劍手，集會點蒼山，當眾聲言只要有人能勝得他一招，此人若是點蒼門徒，他便將掌門之位相讓，此人若非點蒼門人，他便立刻拜此人為師，退出點蒼派，由點蒼門人重選掌門。

點蒼山集會三天，武林中稍有名氣的劍手，都不遠千里來到雲南，參與此盛會。端的是群雄畢至。

玉面神劍在這三天裡，連敗十一個名家劍手，武林中這才大為驚震，玉面神劍之名，遂也傳遍武林。

他此刻和熊倜動手數十招，卻尤未分勝負，暗忖道：「這少年劍法怪異，竟似不在當年我闖蕩江湖時之下。」

他激起好勝之心，身法突的一變，但見人影閃動，劍光或左或右，四面八方地掠了過來。

熊倜縮小劍圈，凝神招架，突然劍光如虹，施展出「蒼穹十三式」裡的絕招，反守為攻。

但玉面神劍是何等人物，這十年來他株守幽谷，更將武功練得出神入化，劍式雖然沒有熊倜的奇詭變幻，但是他內力之厚，經驗之豐，卻非熊倜能及，原來這常漫天稟賦之佳，並不在熊倜之下。

尚未明冷笑忖道：「原來他也只能和大哥打個平手，他憑什麼要取人家的性命呀。」轉臉一看，那醜怪的「敏敏」仍不動聲色的坐在那裡，彷彿饒是如此，他還是勝算在握似的。

「莫非此人還有什麼煞手，莫非此人比起名滿天下的玉面神劍武功還高。」尚未明不禁心動神眩。

兩人轉瞬又鬥了數十招，熊倜還是絲毫沒有露出敗相。

「敏敏」臉上雖無表情，卻並不代表心中安詳。

原來他此刻心中之焦急，遠在別人之上。

突地他輕輕一笑，慢慢說道：「大哥，你剛剛說這不是比武，所以用不著客氣是不是？」

尚未明此刻又正全神凝注於兩人的劍影中，突然聽見一個極為美妙的聲音，宛如出谷黃鶯，心中一動，轉臉看到，原來他此刻才發現這醜八怪聲音的甜。

須知若是面對著這醜得駭人，怪得無比，又胖又矮的人，他聲音再甜，也感覺不出，何況這人不但醜怪，而且奇詭，根本不大像人呢，來人驚駭，噁心之餘，哪有時間去聽他的聲音。

尚未明暗忖：「這聲音若是放在一個美貌少女口中，那是有多好，卻偏偏……唉，這真是造化弄人，造物不公。」

「敏敏」緩緩又說：「那麼，我就出手了。」

話聲才落，突探手入囊，抓著一把精光耀目的極小的彈丸，原來他不知何時，身無寸縷的身上已掛著一個極大的布囊。

他雙手一揮，那些彈丸便倏地飛出，最怪的是，這些極小的彈丸，偏能穿入看似點水難入的劍影，又像長著眼睛，專向熊倜身上招呼，而且有的明明是打在地上的，突地跳了起來，卻襲向熊倜。

尚未明大驚之下，不假思索，也撤劍進身，身隨劍走，剛剛一劍刺向常漫天，突地風聲颼然，已有三五粒彈丸上下左右向自己襲來，他不得不撤劍自保，但這時常漫天已一劍刺來。

原來這「敏敏」的彈丸，竟是和常漫天的劍式配合著的，最厲害的是這些彈丸並非全部直接向他兩人的身上發出，有的是因地上反彈而出，有的兩顆彈丸互相一撞，分向兩邊打來。

熊倜及尚未明不禁手忙腳亂，這種暗器和劍式互相配合的打法，他倆人連聽都沒有聽過，何況是親自對敵，只有將劍先在自己身前排起一片劍影，暫求自保，但是高手比劍，又豈容你封劍自保呢。

常漫天「刷，刷」兩劍，上挑眉心，中刺玄關。

熊倜一劍斜削，從他劍光的空隙中穿了過去，身形左側，避過來招，本來連消帶打的妙著，哪知突地幾粒彈丸，襲在自己和常漫天的劍上，嗖地，又反激而出，分襲熊倜右腮、咽喉、前胸、脅下、下陰等處要害，風聲颼然，顯見得勁力驚人，打上哪裡還有命在。

常漫天也乘勢兩劍，刺向熊倜臂彎的「曲池」，太陽穴上的「神封」兩處大穴。

熊倜但覺全身上下，無一處不在對方的攻擊之中，竟似有八個武林好手，同時持刃向自己襲來，尚未明眼角微動，也自發覺，但此刻滿天彈雨，他自保尚且不暇，也無法出手援救。

這種暗器與劍式配合得如此嚴密的打法，為天下武林中各門各派所絕無的，須知高手比劍，劍上所帶出的勁風多大，任何暗器若想由這種勁風中穿出，又有多難，何況兩人身形往來的速度，快得驚人，一個不好，暗器就會打中自己人。

但是這醜怪的「敏敏」所發出的暗器，不但能穿出勁風，分出友敵，還能借物反彈，甚至連敵人手中的劍，也成了他暗器的借力之處，這種手法，簡直是神而又神，玄乎其玄了。

第十六回 青芒紫電，流星落地 百媚千嬌，玉璞歸真

多年來武功的鍛煉，多少次動手的經驗以及他本身那一份過人的聰穎，都告訴熊倜他無論左避，右閃，仰或是上拔，都無法躲開這八處攻擊，除了……除了下避。

就在這間不容髮的一剎那裡，他決定了應該做的方法，至於他的決定是否對的，他已不再有時間去考慮了。

他身形急遽的下倒，手中的劍，乘勢上挑，格住了常漫天來的一劍，削開了襲向額角、右腮的兩粒彈丸。

其餘的四粒鋼丸，以及常漫天後發的一劍，都在他身形倒下的那一刻打空，然而卻已都快觸著熊倜的衣服了，若他稍為躊躇或身形稍慢，那絕不可能避開這八處的攻擊。

須知高手對敵時，本身的武功，自然是分出勝負的最大關鍵，然而機智的判斷，有時

卻更能決定勝負，不知若干武林高手，就是在這種關頭上，不能善為判斷，以至往往在可以躲避的情況下，失去了僅有的機會。

在身形倒下時，熊倜絕未停止思考，他知道身形一倒，空門更是大露，此後必定會遇到更危險的攻擊。

他暴喝一聲，左手揚起一股勁風，向常漫天劈去，右肘以及腳跟，猛一點地，向後急竄。

然後，他左臂向右一劃，身形翻轉，倏地變了個方向，向上竄了丈許，腿肘微一曲伸，又一轉折，劍光前引，正是「蒼穹十三式」裡的第五式「落地流星」，帶起一縷銳風，直取站在旁邊的醜人「敏敏」。

「蒼穹十三式」的絕妙招式，再加上「潛形遁影」的無上輕功，就在瞬息之間，他變幻了兩個方向，全力一擊，劍尾的寸許寒芒，在微弱的晨曦裡，彷彿是一道電閃，前後十二年的苦練，使熊倜成了空前的劍手，超邁了數十年來許多在武林中享有盛名的人物。

他這劍放開了常漫天而刺向「敏敏」，正是他聰明之處，須知玉面神劍的劍法並不可怕，可怕的卻是「敏敏」的暗器與劍式配合，他知道只要制住了「敏敏」，對付常漫天，以他和尚未明兩人來說，是綽綽有餘的。

從此山谷的夾隙裡射出的一道旭日的金光，照著熊倜的劍光一閃，「敏敏」的眼光裡，突然有一種奇異的光芒，像是也做了個重大的決定，望著劍光的來勢，非但不避，反有迎上去的意思。

筆下寫來雖長，然而當時卻真是霎眼之間，就像這手上的鐵塊，突然掉在地上的瞬息。

熊倜「嗖」地一劍，已刺中「敏敏」的肩下與前胸之間，卻「噗」一聲，發出一種極奇怪的聲音。

這種聲音，絕不是當一柄利劍，被持在一個內家高手裡，而刺中人體的聲音。

而這時熊倜的感覺，也是奇異的。

那就好像他所刺中的一塊極厚地，而毫無知覺的東西，他本能的手上猛注真力，但是手上的劍，卻只在「敏敏」身上緩緩地劃下寸許。

熊倜這一驚，的確是非同小可。

須知他這劍，固是神兵利器，他手上所發出的真力，又是何等驚人，莫說是人體，就是一塊巨石，也不難一劈為二。

他大駭之下，猛地拔出長劍，遠遠落在地上，瞠目看著這怪異的「敏敏」，只見他面上仍是毫無表情，身上的創口，也絕無一絲血水滲出，只有一雙大眼睛，仍在一閃一閃地望著熊倜。

玉面神劍也不理尚未明，掠了過來，看著「敏敏」的傷口，滿面喜色地說道：「刺進去了？」

「刺進去了。」這一無表情的「敏敏」，聲音裡也滿含喜悅。

熊倜及尚未明，看著這一對怪人的奇怪表情，瞠目結舌，不知所以。

哪知玉面神劍卻走到熊倜面前，深深一揖，道：「這位兄台可是姓熊？」

熊倜怔然道：「不敢，小弟正是熊倜。」

他實不知這常漫天為何先倨而後恭。

玉面神劍敞聲大笑，彷彿心情甚是開朗，面上的積鬱也一掃而空，道：「好好，不知兄台可否移駕寒舍一坐，小弟有些須事，還要請兄台指教。」

尚未明一聽大為錯愕，暗忖：「這廝找我大哥又有何事，莫非有什麼詭計不成？」

他朝熊倜做了個眼色，意思是叫熊倜不要答應。

哪知熊倜對這對怪人，好奇心已起，像是沒有看見尚未明的眼色，道：「兄台寵召，不敢不從命。」

玉面神劍常漫天又連聲大笑，歡然道：「兄台的確是個豪邁英雄，那麼就請兄台到寒舍一敘吧。」

熊倜微一點頭。

常漫天與「敏敏」已連袂掠起，熊倜也隨即展動身形，走到尚未明身前時，微微一頓，低聲說道：「我們也去看個究竟。」

此谷內方圓不過數畝，一眼望去，盡收眼下，熊倜暗忖道：「這兩個怪異角色，不知住在哪裡？」

他這個念頭方即興起，四人身形便已到了峰腳。

玉面神劍回頭微笑道：「到了。」

熊倜及尚未明見前面只是寸草不生的危岩削壁，哪有半間房間，方自一怔，常漫天卻已伸手在一塊突出的岩石上左右推動了兩下，那塊岩石竟然帶起一大片山石，緩緩向後溜去。

熊倜、尚未明齊都一駭，忖道：「原來他兩人是住在山腹裡，只不知道常漫天怎麼能和這樣一個奇醜的人住在一起，而忍受得住。」

那「敏敏」輕悄沒聲響的鑽了進去，玉面神劍常漫天伸手肅客，熊倜及尚未明微一遲疑。

「這兩人太過詭異，而且方才顯然對我等具有深意，此刻引我們到這黑黝黝的山洞來，到底有何用意呢？」尚未明滿腹狐疑，瞅了熊倜幾眼。

熊倜卻忖道：「這兩人的暗器和劍式配合的陣法，天下無雙，我們絕不是對手，何況那醜人武功更深不可測，竟似刀劍難傷，他兩人如要對我等不利，大可不必費這麼大的手腳，將我等引到這山洞來。」

他一念至此，再不考慮，大踏步走進洞裡，常漫天又朝尚未明微微一笑，尚未明見事已至此，只得也走了進去。

熊倜一進洞，便看出裡面是一條極曲折的山道，尚未明卻只能看到一片漆黑，隨又聽見「隆隆」一陣響聲，洞裡光線愈發黑暗，他知道洞門已經被玉面神劍常漫天又堵死了。

這時候熊倜已從容地朝山腹走去，他的驚異遠不及尚未明的多，這一方面固然是他目力特異，另一方面卻是他本身也在山腹裡耽過很長的一段時候，所以他認為這並非什麼太奇怪的事。

然而尚未明卻不同了，在驚異之中，他甚至有些恐懼，他又想去掏火摺子，但手剛掏進懷裡，自己不免覺得好笑，火摺子不是根本沒有帶在身上嗎？這他方才在谷口的夾隙外就知道了。

突然，火光一閃，他望過去，火光後有一張非常英俊的面孔正帶著微笑在看著他。

原來常漫天已點上火摺子了。

於是他們就藉著這並不十分明亮的火光，朝前走去，他們並沒有施展出輕功，但腳底下卻都得快。

漸漸，那火摺子的火焰像是突然小了，常漫天笑了笑，噗地一口將火摺子吹滅，哪知道火摺子吹滅之後，洞裡的光線反更明亮，亮得竟像是在白天，尚未明大奇，熊倜也回過頭來望，原來洞裡的山壁上，嵌著一顆一顆滾圓的珍珠。

光線，就是從這些珍珠上發出來的，尚未明卻識貨，一看便知道每一顆珍珠，少說點都是價值不凡的珍寶，他對這常漫天的一切，不禁又加深了幾分懷疑，若說這點蒼派的掌門居然當起強盜來了，似乎不大可能，但這些珍珠卻又從何而來呢？

玉面神劍忽地又趕上兩步，走到熊倜的前面，回面笑道：「這裡便是寒舍了。」說著話，手又在山壁上推了兩推。

熊倜及尚未明不禁都直著眼看著，忽地眼前照來一道猛烈的光線，一道強光斜斜地照在地上。

走出山壁，他們幾乎不相信自己的眼睛，原來這山壁後是個極大的洞穴，四壁掛滿了各種珍寶，幾乎將山壁都鋪滿了，看不到一片灰色的石頭，珍寶上發出的光芒，照耀得人幾乎睜不開眼來。

常漫天笑道：「兩位稍候，我去去就來。」他滿臉喜色，似乎有什麼非常令他高興的事發生了一樣。

接著，他走到一個用龍眼般大的珍珠織成的簾幕前，走了進去，將滿懷錯愕、驚異的熊倜及尚未明留在這山洞裡。

這山穴非但四壁滿掛珍寶，連桌几都像是玉石所製，散亂地放在地上，最怪的是在這山峰裡，竟似有空氣在流通著。

再一望頂上，也滿掛著珍寶等物，有一處掛的是一片火紅色的瑪瑙，似乎在微微動著，原來那裡有一道很深的裂隙，空氣便由此入。

熊倜暗自驚異：「這樣的山洞，難為怎麼被他們尋來的，這麼多的珍寶，我更是連見都沒有見過。」

尚未明卻走到一個角落裡，看了許久，忽然叫道：「大哥，你快來看。」

熊倜走了過去，只看那邊壁上並排掛著十餘柄劍，長短不一，劍鞘的式樣和質地，也各有不同。

練武之人，都最喜劍，尚未明忍不住抽出一柄來看，「嗆」然一聲龍吟，居然也是口寶劍。

他方自把玩，常漫天也走了出來，朗聲笑道：「看過熊兄的『倚天劍』，這些劍簡直都像廢鐵了。」他不知道倚天劍之外，還有一柄「貫日」劍。

熊倜一驚，暗忖：「他怎的知道這劍？」

常漫天已又笑道：「我知道兩位此刻必定疑團甚多，小弟但望兩位忘卻方才的事，兩位有所不知，小弟實有難言的苦衷。」

說到此處，他臉上又沉露出先前那種憂鬱的神色，但瞬即回復，道：「只是現在好了，只要兩位舉手之勞，小弟多年來的痛苦，不難迎刃而解，小弟只希望兩位念在同是武林一脈，能仗義相助。」

熊倜沉吟了半晌，在猜揣著此人求助的目的，只因此人太過詭異，是以他也不敢冒然允諾。

常漫天眼一瞬，道：「兩位可曾聽到過三十年前，武林中有個極厲害的人物，連當年霸絕江湖的天陰教主蒼虛上人夫婦，武林中俠義道的領袖鐵劍先生展翼，對此人都讓個三分，只因他不但武功高強，輕功暗器更是妙絕人寰。」他微一停頓，更加強了些語氣，道：「尤其厲害的是他易容之術。隨時可以改換自己的容貌，甚至連身材都能改變。」

熊倜突地接口道：「閣下所說之人，是否就是昔年號稱萬相真人的田蒼？」原來飄然老人曾對熊倜說起武林中的各派異人，其中這「萬相真人田蒼」，飄然老人也再三道及。

熊倜當時就很奇怪：「好像他老人家對這萬相真人也很看重。」飄然老人這才將田蒼的一些奇行，告訴給熊倜，並說當今天下武林中，若論輕功來說，除了自己之外，就要數這萬相真人了。

是以熊倜此刻聽了常漫天的一番描述，心中一動，便說了出來。

「正是萬相真人田蒼。」常漫天道：「方才兩位見到的那位，便是萬相真人唯一的愛女，散花仙子田敏敏。」他笑了笑又道：「也是小弟的妻子，小弟多年足跡未現江湖，也是為了她。」

熊倜及尚未明，聽到那醜人「敏敏」，竟是萬相真人的「愛女」，又叫做「散花仙子」，心中又奇怪，又為好笑。

後來一聽她竟是這英俊瀟灑的玉面神劍常漫天的妻子，心中的疑異，再也忍不住要流露出來了。

常漫天招呼熊倜、尚未明在一張很長的石椅上坐下，那張石椅很暖和，不知是什麼東西製的。

而他自己卻在對面一個樹根狀的石墩上坐了下來，一擺手，說出一宗很驚人的怪事來。

原來玉面神劍雖然憑著自身的藝業，鎮住了天下武林的異言，也鎮住了本派中人的不滿，然而點蒼裡有不少比他長了一輩的劍客，對他仍是屢有閒言，說他無論威望和武功，都不足以做這武林五大宗派之一的掌門，這些閒言，自然有不少會流入他的耳中。

這樣過了幾年，閒言仍是不歇，他素性淡泊，年紀又長了幾歲，漸漸覺得江湖上的爭名好勝，極為無聊，考慮了許久，索性將派中的事，都交給他平日相處甚好的一位師叔來掌管，自己卻孤身一劍，飄遊四海，寄情於山水之中。

他本無目的地四處行走，無巧不巧，讓他闖入大洪山裡的幽谷來。在谷口，他就發現那塊「入谷者殺」的石碑，他自負武功，非但不懼，反而想一探這谷中的秘密。

原來這「甜甜谷」本是百數年前的一個盜窟藏寶之地，內中珍寶堆積無數，不知怎地，百十年來大約那些盜黨卻相繼物化，卻被「萬相真人」發覺了這個所在，他見了這些財物，也不覺目眩神馳，竟然帶了自己的女兒田敏敏，住在這絕谷裡了。

萬相真人生性本極孤僻，愛妻死後，出家做了道士，但是「貪、嗔」之念，仍極濃厚，得了這些財寶後，變得更是古怪，見了任何人，卻以為是要來搶他的財物的。

玉面神劍不知究竟，闖入谷去，遇到了萬相真人，三言兩語之下，便動起手來，他武功雖高，卻遠遠不是萬相真人的對手，被萬相真人點住穴道，關在山谷裡想活生生餓死他。

散花仙子田敏敏，此時亦有十九歲了，出落得豔麗非凡，但卻被父親關在這幽谷裡。她情竇初開，平日本就常常感懷，見了英俊瀟灑的常漫天，一顆熾熱的心，竟無法抑制，居然瞞了父親，將常漫天偷偷放走。

不但如此，她自己也跟著常漫天逃出谷了。

正是所謂「窈窕淑女，君子好逑」，兩人一見傾心，一路上情不自禁，在一個月明之夜，情感奔發，便成了好事。

良夜沉沉，長空如洗，月色滿窗，蟲聲刮耳，常漫天一覺醒來，發現懷中的不再是千嬌百媚的心上人，而是個醜怪絕倫的怪物。

他大驚之下，一躍而起，眼前光華燦爛，自己卻又回到「甜甜谷」的幽穴了。

那醜怪的怪物想是也醒了，望著常漫天低語道：「常哥哥，你起來啦！」常漫天一聽這聲音，全身立刻冰冷。

他惶急叫道：「敏敏，你怎麼……」

此刻珠簾後緩緩走出一人，陰笑道：「我索性成全了你們，讓你們在一起，可是也別想走出這『甜甜谷』一步。」

那醜人大喜躍起，叫道：「爹爹，你真好……」

話尚未完，低頭看見自己的身上，卻已完全變了個樣子。

原來萬相真人發覺自己的女兒背叛了自己，忿怒得幾乎失去了理性，便不顧一切地追縱出山，被他在一個極小的村落裡，發現了常漫天和田敏敏的蹤跡，於是當晚，他便下了毒手。

他素性奇僻，盛怒之下，做事更是不擇手段，對自己的女兒，竟用了一種極厲害的迷藥，將她和常漫天帶回谷去。

然後他不惜將他花了多年心血，得來的千年犀角，再溶以鑽粉，珍末，以及一些他的奇方秘藥，滲合成一種奇怪的溶劑。

就用這溶劑，他使自己美麗的女兒，變成了極醜的怪物。

玉面神劍見了這情形，心下便也恍然，他又急，又怒，掠了過去又要與萬相真人拚命。

萬相真人卻冷笑道：「天下之大，哪有女婿要找岳父拚命的。」

又道：「何況我老人家已諾了你們的婚事，難道你愛的只是我女兒的面貌，如今見她醜了，便做出這等張致來。」

須知田蒼自幼混跡綠林，說出話來，也完全是強盜口氣，但卻又言詞鋒利，玉面神劍竟怔住了。

田敏敏嗚咽道：「爹爹，女兒從此一定聽你老人家的話，爹爹你……」

萬相真人冷淒淒一笑，道：「我知道你是嫌你的樣子不好看，但天下之大，能使你恢復本色的人，再也沒有了，便是我老人家自己，哈，也辦不到，我看你還是死了這條心吧。」

田敏敏一向自負容貌，一個美貌的少女，突然變成個其醜無比的怪物，心裡的難受，不難想見。

何況她看到心上人望著自己的那副樣子，心知就是以後勉強生活下去，也是陡然增加彼此的痛苦，她柔腸百轉，心一橫，決定以死殉之，讓爹爹見到他自己的女兒死在他面前。

「那麼，他也總該落幾滴眼淚吧。」她淒然一笑，心裡不知是什麼滋味，掠到角落裡，極快的從萬相真人多年搜集的寶劍和這盜窟原有的名劍裡，抽了一柄，橫刀向頸上抹去。

玉面神劍大驚失色，但阻截已是不及。

萬相真人卻漠不關心地望著，像是根本無動於衷。

田敏敏引頸自決，哪知那柄裂石斷鐵的利刃，削到自己頸子上，就像一柄鈍刀在削一塊極堅硬的牛皮，絲毫沒有反應。

萬相真人冷冷笑道：「若是有能削得過我這物事的劍，那你也不必自殺啦，我看你還是聽爹爹的話，老老實實地陪著你的小丈夫過日子吧。」他生性奇僻，簡直將父女之間的天性全磨滅了。

自此常漫天在甜甜谷一耽八年。

這八年來，世事的變化自大，他們這小小的甜甜谷裡，也是歷經變遷。身具上乘內功的萬相真人，因為心性太僻，練功時走火入魔，竟喪了性命，如此一個奇人，就這樣無聲無嗅地死了。

田敏敏這八年來，性情亦是大變，在她心底深處，有一種濃厚的自卑感，使得她不時地想要折磨常漫天。

常漫天引咎自責，認為都是自己才使這個美貌的少女變成今日這種地步，是以處處容忍，決定終身厮守著她，有時他出山去買些糧食用具，也是馬上就回來，不敢在山外停留片刻。

八年來有誤入甜甜谷的人，無論是誰，沒有一個能逃出性命的，有時常漫天見著不忍，田敏敏卻氣道：「我知道你好看，喜歡人家看你，但是我醜，看過我的人，我都要殺死他。」

常漫天為情所累，終日鬱鬱，只有在聽著她的聲音的時候，才能得到一絲安慰。但有時田敏敏卻終日一言不發。

兩人山居八載，無聊中，卻練成一種任何人都沒有這份心思練成的暗器與劍式配合的陣法。

這種陣法，天下除了他兩人之外，再也沒有人知道，田敏敏平日無所事事，就苦練武功自遣，輕功、暗器，早已爐火純青，不在其父萬相真人之下，若她能出江湖，怕不立時就能大大揚名。

熊倜及尚未明聽他娓娓道來，不禁感歎著萬相真人的冷酷，田敏敏的可憐，對這位玉面神劍的情深一往，更是稱賀不已。

常漫天觸動往事，又不禁黯然神傷。

良久，他方說道：「剛剛熊兄那一劍，卻能將拙荊的皮膚劃開一道口子，是以小弟猜想，以熊兄這柄劍的形狀看來，莫不是江湖傳說的『倚天劍』嗎，如今蒼天相佑，有了這劍，拙荊多年的苦痛，也許能夠從此解脫也未可知，所以小弟這才不嫌冒昧，但望熊兄能將此劍借與小弟一用。」

熊倜慨然答應了，反手將劍鞘也解了下來，一併交給了常漫天，道：「閣下只管拿去用便是。」

常漫天大喜之下，接過了劍，手卻像因過度的興奮，而有些微微顫抖了。

熊倜及尚未明也不禁相對唏噓，他們本是多情之人，熊倜聽了這一對久經患難，受盡折磨的兒女英雄事蹟，不禁想起夏芸來，長長歎了口氣，忖道：「我這真是欲速，反而不達了。」

尚未明也知道他的心境，遂道：「大哥不要著急，我想夏姑娘絕對不會出什麼事的。」

熊倜點頭道：「但願如此。」

過了一會，裡面彷彿有女子呻吟之聲。

又聽到常漫天像是在低聲安慰著，接著，常漫天飛步而出，喜色滿面，道：「好了，好了，真是蒼天有眼。」

熊倜、尚未明一齊站了起來，道：「恭喜常兄。」他們也為他高興，也在為「敏敏」高興。

常漫天又匆匆跑了進去，他歡喜過度，竟失常態，似乎回到了幼童時，得到了糖果時的那一份歡喜。

片時，常漫天又跑了出來，道：「拙荊定要面謝各位，她這就出來了。」

話未說完，珠簾一掀，熊倜及尚未明眼前俱都一亮，一個絕代佳人，映著滿室珠光，俏生生地走了出來，美豔不可方物。

常漫天得意地笑著，此刻，他為他的妻子深深的驕傲著，眼睛也亮了。

田敏敏朝熊倜及尚未明深深一福，臉居然紅了，說不出話來。

他們見了她的嬌羞之態，想起方才那臃腫醜陋，凶惡的怪物，心中暗暗好笑，對萬相真人奇妙的易形之術，又不免驚異。

玉面神劍捧著那柄他以為是的「倚天劍」，交還熊倜，笑道：「英雄寶劍，相得益彰，兩位俱是少年英俠，前途自是不可限量。」他朗聲一笑，道：「日後兩位若有用得著我夫婦處，只管吩咐便是。」

熊倜及尚未明忙不迭的稱謝著。

熊倜暗忖：「我雖然因此耽誤了些時候，又險些送命，但能交著這等人物，也算不虛此行了。」

常漫天和田敏敏四目相對，往事如煙，惡夢已逝，兩人歡喜得睫毛上都掛著淚珠，像是有萬千心語，卻又不知從何說起。

尚未明不禁感歎：「情之一字，顛倒眾生，真是不可思議，任你是再大的英雄好漢也難逃此關。」望了熊倜一眼，見他正在怔怔地想著心思，暗笑道：「看來大哥也在想著夏姑娘呢。」

於是他笑道：「大哥，我們該走了吧。」

常漫天慌道：「兩位千萬要在此盤桓些時日，怎地現在就要走呢。」

於是尚未明才將夏芸被擄，熊倜焦急，現在此間事了，一定要連夜趕去，這些話說了出來。

常漫天一聽，說道：「既有這等事，小弟也不敢再多留兩位。」

他微一皺眉，又道：「那武當四子，與小弟也有數面之雅，卻想不到他們是這樣不通情理的老道，兩位此去武當山，卻千萬要小心了，別人尤在其次，武當的掌門大俠妙一真人，端的非同小可，不但劍術通玄，內功也已到了飛花傷人的地步呢。」

熊倜傲然一笑，看過四儀劍客的武功，覺得也無甚出奇之處，不免就將武當山低估了。

其實武當派領袖中原武林宗派，垂數十年，派中高手如雲，熊倜及尚未明武功雖高，若想在武林中視為聖地的武當山上去討人，真是談何容易，莫說是熊倜，便是飄然老人昔年，又何嘗輕視過武當派，四儀劍客在江湖上名頭雖大，但在武當派裡，也並不能算做第一流高手哩。

第十七回 松籟微鳴，人入山去 飛珠濺玉，劍化龍飛

兩人略為將息，便辭別了常漫天夫婦，趕往武當山上去。

常漫天詳細地告訴了他們出山的路途，並說：「從此一別，後會難期，兩位高風，實令小弟難忘。」

又道：「小弟此間略為安排，事了後，敝夫婦亦擬重出江湖，兩位如有吩咐，敝夫婦如聞消息，必效綿薄之力。」

熊倜及尚未明再三稱謝，便匆匆去了。

他們在此耽誤了一日一夜，熊倜心急如火，加緊趕奔，一夜之間，便趕到了城內。

兩人雖具上乘武功，但也不免又倦又饑，尚未明便建議先在城內歇息一日，夜晚再趕路。

熊倜暗忖：「武當山雖是海內名山，但我們從未到過，也該將路途走對，再者此去武當山，說不定又有一番狠鬥，更該將精神養足，到時才好應付。」於是也自點頭答應了。

兩人進了城，便放緩了腳步，順著大街往下走，想找個歇息打尖的地方，歇個半日。但兩人轉來轉去，竟沒有找到一個安靜的客棧，彷彿每個客棧都是亂哄哄的，吵得要死。

熊倜皺眉道：「與其住在這樣的店裡，還不如走了好些。」

尚未明道：「先找個茶館歇息片刻再講，不瞞大哥說，小弟真累了，這樣跑到武當山去，什麼事都辦不了。」

頓了頓，又笑道：「小弟從出道以來，雖然遇到過不少強敵，但總算可以應付兩下，不致一敗塗地，可是玉面神劍夫妻兩口子的那種打法，可真教我吃不消，簡直連想還手都不行。」

熊倜道：「他們兩人那種打法，確實奇到極處，但是只要曉得了訣要，我看也並不太難應付。」

談話間，尚未明瞥見一間小茶館，裡面放著些竹桌竹椅，倒還乾淨，便拉著熊倜走了進去。

一個圍著圍裙的高個子走了過來招呼，尚未明暗忖：「這店倒真小得可以，連掌櫃的帶跑堂的，全都是他一個人。」

熊倜已在吩咐那人拿點吃食來，高個子笑道：「你家們來得太早了，火還沒有生好呢，二位大爺若肯將就吃點冷饅頭，鹵蛋，我再替你家們泡一壺濃濃的香片來，可使得嗎？」

他一口湖北土話，幸虧說得還慢，尚未明才能聽得清楚。

熊倜道：「那你就隨便拿些東西來，都使得。」

「你們城裡可有沒有什麼清淨一點的客棧沒有。」尚未明接口道：「只要清淨，大小都無所謂。」

高個子道：「今天我們城裡到了一大批由河南回來的安徽商幫，把大大小小的客棧都住滿了，你家兩位要住店休息，最好渡過漢水到襄陽去，那些城大，準保有乾淨清爽的客店。」

尚未明「哦」了一聲，道：「原來你們這城對面就是襄陽了，那裡離武當山不是很近嗎？」

高個子道：「很近很近，只不過幾十里路。」

說著便自去張羅去了。

少時，送來些饅頭，倒都是白麵的，他們匆匆吃了些，又問了問渡頭的方向，便走了。

尚未明一路埋怨道：「這裡到處都有河，行路真不方便，要是在我們北方，就沒有這些事。」

熊倜暗笑：「想是他也不會水，跟我一樣，坐船就有點頭暈。」

兩人等到渡船，便到了襄陽城。

走進城裡，看到市街整齊，的確是座大城鎮的樣子，清靜的客棧也不少，便隨意選了一家。

早有店伙迎了個來招呼，並問：「兩位客官是住店還是打尖。」

熊倜道：「你為我們找間乾淨上房，我們晚上就走。」

店伙應了，又打來淨面漱口水，熊倜及尚未明多日勞頓，至此算是好好歇息了一下。

他們從早上直睡到晚上，才起身，又叫店伙送來些酒菜，尚未明出手豪闊，點的都是些價錢很貴的菜，店伙便巴結得無微不至，跑前跑後，張羅茶水，湊酒熱菜，忙得不亦樂乎。

兩人用過飯，店伙子走來答訕道：「看大爺們都像是秀才公子，敢情你們是到襄陽來遊玩的吧，往先也有許多相公跑到這裡來，對別的地方還不怎樣，可是總都要到隆中山去逛逛的。」

尚未明問道：「隆中山是什麼地方？」

店伙笑道：「那隆中山就是諸葛亮隱居的地方，劉備三顧茅廬，就是到我們城裡的隆中山來的。」

熊倜忖道：「果然天下的飯館客棧裡的小二，都是多嘴的。」又忖道：「我倒可以向他打聽武當山的走法。」

哪知尚未明已在說：「我們隆中山倒不想去，要去的是武當山，你可知道是個怎麼走法？」

那店伙喲了一聲，道：「原來兩位大爺是學武的，二位可是保鏢的達官。」尚未明笑著點了點頭，道：「武當山到底怎麼個走法？」

店伙咳了一聲，道：「出了城，朝西北走個五七十里路，就是武當山了，山上道觀裡的道爺，都是武藝高強的俠客，每年從我們這裡走過，到武當山上去朝香的客人，總有不少，尤其保鏢的達官更多，他們對山上的道爺，卻恭敬的不得了。」

熊倜暗忖：「這武當山在武林中的地位確是不少。」

尚未明問道：「前面還有河？」

店伙眼光一溜，看到他們放在床上的劍，卻不答尚未明的話，指著那兩柄劍，道：「大爺們要上山去替真武爺爺和張三手真人上香，可千萬不能把寶劍也帶上去，上山五里就有個地方，叫做解劍池，無論再大本領的人，到了那裡也得把劍解下來，拋在水裡，要不然，不但真武爺爺要發怒，就是真武廟裡那些武功高強的道爺，也絕不會答應的。」

他這嘮嘮叨叨的一大堆廢話，熊倜聽了卻暗暗發悶，忖道：「這武當山不能帶劍上山，卻是怎好，我這柄『貫日劍』無論如何也不能拋在解劍池裡呀，若留在山下，我也不放心。」

「但是我這次到武當山，主要的還是救回芸妹妹，能夠順利地完成，用不著動打最好，不然武當山裡的道士那麼多，倒真真難對付……」他想來想去，總不能替自己找到一個滿意的答案。

尚未明卻又問道：「為什麼武當山上，不准別人帶劍上去呢。」

那店伙又說：「山上的道觀，都供著真武爺爺的神像，是手裡拿著七星劍，背後還背著杏黃旗，旁邊站著龜、蛇兩位將軍，因為真武爺爺手裡拿著劍，所以決不許凡人也配著劍去到他眼前，客官你家們知道不，就連三丰祖師爺的神像，手裡都是拿著拂塵，不是拿著劍。」

他這一遍話，說得活靈活現，像是說過不知多少次了。

尚未明掏出兩許碎銀，給了那店伙，道：「好，你出去吧，我們等一下走的時候，你再來算店錢。」

那店伙樂得張大了嘴吧，接過銀子，千謝萬謝，心裡在想：「我果然沒有看錯人，說了幾句話，就得了一兩銀子。」

等店伙走後，熊倜皺眉說道：「這武當山上竟還有這麼一個規矩，倒實在是討厭得很。」

尚未明道：「管他是什麼規矩，反正我們是非帶劍上山不可，想那武當山上人本就多多，我們若不帶劍去怎樣辦。」

熊倜為難道：「你不知道，其實我並不想要武當派為敵，此去只要能帶回芸妹就行，我們若為了這帶劍的問題而和武當派結下更深的仇怨，那又何苦，而且這麼一來，也許把事情弄得更糟呢。」

尚未明思索了半晌，也覺熊倜此話有理。

熊倜像是想出個辦法來，道：「這樣好了，你就把劍交給這店的掌櫃，至於我的劍，等到了山上再說，要實在不能佩劍上去，我就將劍交給觀裡的道士，想那武當派到底是武林正宗，絕不會吞沒我這把劍的，就是到時候要動手，他們想也不會讓我空著雙手，總得先將劍還給我。」

尚未明一想，此舉雖非萬全之策，但實在也別無他法。

兩人結束完畢，都將長衫裡的衣褲收拾得俐落靈便，算過了賬，尚未明將劍交給櫃裡，囑咐了兩句，便走了。

一出襄陽城，他們便展開身法，奔向西北，哪知跑了幾十里路，仍然沒有看到武當山的影子。

尚未明著急道：「那店小二不是說出城幾十里就是武當山嗎，怎地現在連影子都看不見，莫非我們又走錯了方向嗎？」

熊倜也覺奇怪，尚未明又道：「大哥，你目力好，看看前面有沒有山嶺，我在晚上，十丈以外的東西，就看不大出來了。」

熊倜身隨意動，向上拔高了數丈，夜色朦朧之中，果然看到前面有一道山嶺，可是離此還有百十里路，便道：「前面大概就是武當山，可是還不近，我們這樣走法可不行，到了那裡，只怕真氣又不容易凝練了，還是走慢點吧。」

又跑了五六十里路，見前面有一條大河阻路，尚未明道：「這裡大概就是店伙所說的南河了。」

熊倜一看，河面甚寬，發愁道：「這麼晚了，不知找不找得到渡船，要不然，這麼寬的河面要飛渡過去，只怕不太容易。」

其實他是為尚未明著想，若以他的身手，只要少許有些著力之處，便可飛渡這數十丈的江面。

尚未明果然道：「我輕功比起大哥來，可差得還遠，假如真找不到渡船，我還真過不去。」

兩人沿著河岸走了半晌，忽然聽到有馬蹄之聲傳來，在靜夜中顯得非常刺耳，他們一驚，尚未明道：「這麼深夜，怎的還有人趕路？」

話未說完，熊倜已看到有七、八匹健馬也是從他們的來路馳來，到了河邊，馬背上翻身跳下幾條大漢，熊倜驚忖道：「看這幾人的穿著打扮，竟好像是天陰教徒的樣子，他們到此卻又為何呢？」

在這種時候，他不願多惹是非，便拉著尚未明遠遠避來。

哪知那幾個大漢已湊了過來，其中一人道：「這兩個羊牯還在河邊蹓躂什麼，李老三，你去瞧瞧。」

有一人答應了，便走了過來。

熊倜腳步一幌，大聲道：「張兄，古人云：秉燭而夜遊，良有以也。今以你我雖未秉燭，但卻也可直追古人了。」

尚未明是何等聰明人物，眼珠一轉，便猜著了熊倜的心意，也笑道：「夜清如水，水清如鏡，回去小弟定要做幾首詩記此良宵。」

熊倜笑道：「對，對，張兄的詩，小弟也必定要奉和兩首的。」

他兩人一搭一擋，那人果真相信了，走到半路，便回轉身去，說道：「這不過是兩個書呆子，還在要做詩呢。」

先前那人「哼」了一聲，道：「算他們兩個小子走運，大爺們要不是有事，先把他們的皮剝下來，看他們還做不做詩。」

尚未明輕輕哼了一聲，熊倜將他的手一緊，走得遠遠的，悄聲道：「我們辦正事要緊，和這些混蛋一般計較做什麼。」

尚未明知道他此刻除了夏芸之外，什麼都不想，不禁暗歎：「看來這『情』之一字，真有不可思議的魔力。」

那幾個黑衣大漢，一聲呼哨，聲音刺銳已極，穿過夜空，在四野震盪著，直傳出幾里地去。熊倜拉著尚未明，一搖一晃，暗地卻在注意著。

片刻，不知從哪裡駛來一艘大船，在這並不算太大的河流裡，顯得極不相襯，熊倜暗忖：「這倒怪了，先前我怎的沒有看到。」

他哪裡知道這艘船本是停泊在對岸，按著時候駛了過來，他盡在留意岸邊，怎會看到此船呢。

那幾個大漢跳上了船，卻有一人趕著他們騎來的馬，朝來路奔去，一個人趕著那麼多的馬，居然毫不吃力，馬上功夫，也算不弱了。

熊倜等那艘船駛了三、四丈，才一拉尚未明道：「跟著這船過去。」

兩人身形動處，便向那船掠去，輕飄地落在船上，絕沒有發出絲毫聲音，熊倜朝尚未明一笑，意思是說：「你輕功也不錯呀。」

那些大漢坐在船艙裡，高談闊淪，沒有一個人發現船上來了人。

船過南河，離岸尚有四五丈時，熊倜便又拉著尚未明竄到岸上。

尚未明此刻才說道：「看那些人都不像是好東西，依我的性子，今天倒真要教訓教訓他們。」

熊倜道：「我也知道他們不是好東西，我還知道他們一定是天陰教徒，天陰教這兩年在江南越來越活躍，可是，不瞞你說，我現在心裡急著的只在武當山上，其餘的事，也就管不得那麼多了。」

過了南河，便是穀城，此時城裡四處靜悄悄的，熊倜及尚未明並未停留，便直奔武當山。

兩人就像是兩道流動著的煙光，極快地移動著，直到天色又微微亮了，才到了武當山的山腳。

武當山本是楚北最有名的一處山嶽，山屬巴山支脈，周圍八百多里，有三十六懸岩，七十二高峰。

最高之處，名天柱峰，那就是真武修練之地。

此外還有南巖，五龍峰，紫霄峰，展旗峰等，都是道家清修之處。

宋徽宗時，羽士張三丰苦練內家秘技於武當山，他的幾個親傳弟子，便創立了武當派，流傳至今，武林中尊為內家正宗，為天下各宗各派之首，內家劍術，稱尊武林。

曉煙未散，山上一片清涼，熊倜及尚未明從容上了山。

尚未明道：「那武當的門人，不知是在此山的何處？」

熊倜道：「只管向前走便是了，我想總會遇到些人的。」

他們沿著山路前起，卻不便又施展輕功，人蹤過處，山鳥群飛。走了半晌，於松濤鳥鳴聲中，竟隱隱有泉水潺潺之聲傳來。高峰白雲深處，三兩蒼鷹在低低盤旋著，地上的野兔，急遽地在野草叢中飛奔，清陰撲鼻，晨露迎面，端的是個好去處。

熊倜及尚未明不覺心神為之一爽，只見遍山彌道，都是些蒼松碧竹，十分幽靜，連個樵夫都看不到。

越過一道並不太高的山嶺，忽見對面一座高巖，高巖上流下一股瀑布，像是一條極長的白練，搖曳天際，澎湃濺玉，擊在山石上，濺起無數水珠，又輕輕緩緩地輕輕彎曲著流了下去。

下面是一條很寬很深的山澗，澗水也在奔騰著，他兩人舉頭一看，就見高巖上刻三個大字，是「解劍泉」，筆力雄渾，不知是何人手筆。

尚未明道：「這裡就是解劍泉了，想來玄真觀，真武廟也就在前面了，怎地卻還不見人影？」

熊倜手一指道：「那不是嗎？」

果然前面緩緩行來兩個身穿深藍色道袍的道人，年紀都很輕，熊倜及尚未明便也迎了上去。

那兩個道人來到近前，其中一個身材較矮的便說道：「兩位施主可是到玄真觀去替真武爺爺上香的？施主身上若有佩劍，就請在此處解下。」

熊倜微一拱手，道：「在下等是專誠來拜訪武當的四儀劍客的，就請兩位道兄代為轉稟一聲。」

那兩個道人對望了一眼，道：「原來兩位施主是來找護法的四位師叔的。」他一望熊倜身後的劍，道：「不過……」

熊倜已自會意，道：「在下身上的劍，本應立即解下，只是此劍不是凡品，不知兩位道兄可否通融一下，等在下見了四儀劍客再說。」

那道人微一沉吟，道：「這個貧道倒不敢做主。」

另一個道人道：「最好請兩位就在此稍候一下，等我去稟過師叔再說。」又道：「七師弟，你就站在這裡陪一下。」

說完，便自去了。

那道人靜靜站在對面，也不說話，熊倜及尚未明甚覺心急，尤其是熊倜，他念著夏芸的安危，恨不得不管一切，立時衝上山去。

但這幾年來的他到底世故略深，只得忍耐著，飛濺著的水珠，將他們的鞋襪都濺得有些濕了。

等了一會，遠遠來了三個藍袍道人，熊倜一看，卻看其中並沒有四儀劍客，心中方至疑惑，那幾個道人已來到身前。

除了方才那年青道人外，另外的兩個卻都是留著長髯的，其中一人道：「兩位施主可是來找丹陽、玄機、出塵、凌雲四位師弟的。」

熊倜忙道：「正是。」

那道人的神色極為傲慢，冷冷說道：「他們四人已雲遊出去了，施主有什麼事，跟貧道說也是一樣。」

熊倜一聽，不禁愕住了，忙道：「四儀劍客難道全出去了嗎？」

那道人道：「出家人不打誑語。」

頭先道人說：「若是十分重要的事，跟貧道說也一樣。」

這兩個長髯道人辭色俱都十分傲慢，尚未明暗怒道：「這兩個老雜毛，怎地如此說話。」

熊倜強忍住氣，道：「四儀劍客既不在，就請道長們帶在下去參拜妙一真人，在下……」

那兩個長髯道人一齊仰天長笑，打斷了熊倜的話。

頭一個道人冷笑道：「施主未免將事情看得太容易了吧，掌教真人，豈是你們隨便能見得的。」

尚未明怒道：「要怎的才能見得？」

那道人又長長一聲冷笑，道：「這位施主倒橫得緊，可是將我們武當派不看在眼裡？」

尚未明領袖兩河綠林道，在武林中可算一等一的人物，此刻聽了這道人傲慢而無理的話，不禁更怒，道：「看在眼裡如何，不看在眼裡又如何？」

那道人長眉一立，亦怒道：「兩百年來，還沒有人敢在武當山發橫的，我看你恐怕活得不太耐煩了吧。」

尚未明哈哈笑道：「好一個出家人，一開口說話，卻像強盜一樣。」

熊倜也覺這兩個人太過無理，正想發話，眼角一斜，卻見方才那年青道人又奔向山上去，心忖：「難道他又去叫人了？」

再一想：「那四儀劍客出山不知是真是假，芸妹妹不知被這些道人怎樣了，看來今日我們不闖上山去，不會得到結果。」

他心一橫，喝道：「二弟，這兩位道長既然有意指教我們，我們也不必辜負了人家的好意。」

說著話，他進步右削一掌，砍下去卻劈向那道人的左頸，喝道：「我就先陪道長走幾招。」

他一出手便是殺著，意思是想快些解結這兩個道人，闖上山去。

那道人連聲冷笑中，避開此招，身手亦自不弱，熊倜制敵機先，連環運掌，將他逼得緩不過氣來。

尚未明一看熊倜動手，他豈肯閑著，尋著另一個道人打了起來。

那年青道人在旁看著，卻不動手，竟像是有點事不關己的樣子。

那兩個長鬚道人，本是玄真觀藏經閣的高手，只因他兩人脾氣太暴，在外面犯了殺戒，是以武當掌門便令他兩人在藏經閣裡閉門思過，哪知今日又犯了老毛病，三言兩語，便和人家動起手來。

但這其中亦另有緣故。

原來夏芸被四儀劍客和東方瑛送到武當山後，心中又氣又急，又在怪熊倜：「你難道在隔壁那間房裡卻不知道我被人劫走呀。」又不禁有點後悔：「我真不該惹來這些麻煩。」

東方瑛還沒上山，便走了，她也有些後悔：「其實我真不該做這件事，被哥哥知道了，一定要罵死我了，唉，我還不是為了他，可是他知道了，恐怕會更不喜歡我了吧。」

四儀劍客卻是揚揚得意，認為已替武當派找回面子來了。

他們回到玄真觀時，掌教真人正在坐關，他們就將夏芸軟禁在藏經閣裡，請那兩位長鬚道人，也就是四儀劍客的師兄，蒼玄，蒼荊兩人看守著，蒼玄，蒼荊雖是四儀劍客的師兄，但是在派中的地位，卻不及四儀劍客，武功也比四儀劍客差些，他兩人見四儀劍客要他們看守一個女子，雖是不願，也無法推託，但暗中卻不免要埋怨幾句，道：「這樣一個小丫頭，也要我們來守著，真是何苦。」

夏芸聰明絕頂，聽了這話，更做出嬌怯怯的樣子來。

於是蒼玄，蒼荊兩個道人更加疏忽，越發不將夏芸放在眼裡，只隨便將她關在一個閣樓裡，連守都不守著。

夏芸心裡高興，當天晚上，便偷偷溜走了，須知她武功亦非弱手，再加上心思靈敏，竟從高手如雲的武當山逃了出去。

第二天四儀劍客知道此事，氣得跺腳，直埋怨蒼玄，蒼荊兩人，凌雲子更道：「師兄們也是太不小心了，讓這樣個小姑娘將武當山看做無人之境，日後傳出江湖，豈不是個笑話。」

蒼玄、蒼荊也是氣得變色，受了師弟的埋怨，卻又說不出話來。

當天四儀劍客又匆匆下山，聲言非將夏芸找回來不可，臨走時又如此這般將事情的始末一說，他們知道熊倜日內便會尋來，丹陽子道：「他若尋得來時，師兄們就將這事告訴他，並且還告訴他，夏芸雖然跑了，但我們卻一定要將她抓回來，熊倜若再要來管這事，便是我們武當派的仇敵。」

凌雲子卻道：「這事若要告訴熊倜，他豈非要笑我們武當派無用？」

丹陽子考慮了半晌，說道：「其實若不告訴他也是一樣，你還怕日後江湖上沒有人知道。」

凌雲子看了蒼玄，蒼荊一眼，一言不發，便走了出去。

蒼玄，蒼荊又氣，又慚，等四儀劍客下山後，便一心想尋著熊倜來出氣，這日他們走到觀門口時，聽到有兩個年青人到武當山來找四儀劍客，便知道一定是熊倜來了，所以就匆匆趕了去，動起手來。

哪知道他們一向自恃的武功，卻不是這兩個年青人的敵手，身形全被封得緩不開手來。

他們在觀裡一向人緣不好，後一輩的弟子，更全都對他們不好，是以那年青人在旁看著，根本不管，神色裡反而有些幸災樂禍的樣子。

熊倜及尚未明立身先將這兩個傲慢的道人傷在掌下，掌影翻飛，眼看便要得手，卻不料山上又跑下一人，熊倜應付蒼玄，本是綽綽有餘，一看來了人，暗忖：「這武當派倒的確是不好鬥，馬上便來了幫手。」

哪知那道人半路上便高叫著：「蒼玄，蒼荊兩位師兄快住手，掌教真人請這二位施主到觀中去一見，說是有話要說呢。」

蒼玄，蒼荊一聽掌教真人的吩咐，哪裡敢有一絲違抗的意思。

便是熊倜及尚未明二人，也立刻住了手。

後來那道人來到他二人面前，單手打了個問訊，說道：「敝派掌教真人請二位施主到玄真觀裡一敘。」神情倒謙和得很。

熊倜便也恭謹地答應了。

那道人又道：「數百年來，敝派都謹守真武爺爺的教訓，沒有人帶著劍上山去。」

他笑了笑又說道：「這不是敝派狂傲自大，還希望施主也能體諒我們的苦衷，將劍留在這裡。」

這道人說得極為客氣而圓滑，熊倜無法推託，只得將劍解了下來。

須知這道人若是恃強硬要，熊倜是萬萬不會解劍，此刻這道人如此說，熊倜反而覺得自己的確是應該將劍留在這裡的。

他雙手將劍送到那道人面前，方想說這劍的珍奇，又怕人家誤認為自己太寒酸。

那道人接過劍來，便笑道：「施主請放心，這柄劍想必是神物利器，貧道一定命人在此好好看守。」

他面上微露一絲狂傲的光芒，接著說：「我料還沒有人有這膽子到武當派來搶劍的。」

熊倜知道這武當派的確在武林中享有盛名，是以並不怪那道人的狂傲。

那道人又對蒼玄，蒼荊兩道人道：「師兄們也請回觀去，等一會掌教真人也有話吩咐哩。」

蒼玄，蒼荊答應著，面上難看已極，那道人卻不理會，將劍交給那兩個年青道人道：「你們好好在此看守著。」

熊倜見這道人白面無鬚，看起來只有三十左右，但神態莊重中卻又帶著些威嚴，不禁起了好感，問道：「道長法號弟子尚未得知？」

那道人微微一笑，道：「貧道飛鶴，雖然不曾在江湖中走動，卻也曾聞得熊大俠的英名。」

熊倜暗道：「他倒曉得我的姓名了。」

飛鶴道人又用眼睛看著尚未明道：「這位施主神采照人，想必也是武林中成名的人物。」

尚未明見這飛鶴子平易近人，便笑道：「弟子尚未明，只是江湖小卒罷了，哪裡說得上是成名的英雄。」

他以為飛鶴子必也知道他的名頭，哪知道這飛鶴子是武當掌門的徒弟，一直隨在妙一真人的身側，的確未在江湖中走動過，尚未明成名於兩河，他也不知道，只說了聲「久仰」。

飛鶴子領著他們緩緩向山上走去，此時旭日已升，但山道上仍是陰涼得很，一路上，飛鶴子和熊倜及尚未明隨意談笑著，絲毫沒有敵意。

他步履安詳，腳下塵土不興，兩眼的神光，也是斂而不露，熊倜暗忖：「看來這武當派，倒的確有幾個高人。」

蜿蜒地向上走了半刻，前面一大片松林中，隱隱露出一排紅牆，飛鶴子腳下加快，到了觀門前，熊倜抬頭一望，見觀門上的橫額上，寫著的三個斗大的金字，是「玄真觀」。

觀門開了半扇，松林裡鳥語啁啾，松籟鳴然，看去真是個仙境，令人俗慮為之一清。

熊倜及尚未明隨著飛鶴道人走進觀門，院中打掃得一塵不染，乾淨已極，有幾個道人在大殿上燒著香，誦著經。

飛鶴子引著他們兩人走進東配殿，蒼玄，蒼荊卻轉到後面去了。

東配殿上供的神像，正是張三丰真人，手裡拿著拂塵，凝目遠望，栩栩如生，想來塑造這神像的必也是個名匠。

熊倜及尚未明看到這內家武術的宗祖，不禁油然而生敬意，走到招墊前，肅然跪了下去。

轉出東配殿，又是一重院子，再轉出這院子，是一個並不太大的園子。

園子裡種著的都是松梧柳柏，和翠竹之類的樹木，沒有花的點綴，使這個園子看起來更幽雅得很。

走進這園子後，飛鶴子的態度更恭肅了。

他輕聲對熊倜等道：「貧道去回稟家師一聲，兩位在此稍候。」

熊倜及尚未明應了，暗忖：「這裡大概就是武當派的掌教真人清修之地了。」

須知妙一真人近年雖然不問江湖中事，但武林中人對他仍是極為尊敬，就算熊倜和尚未明走到這裡，都不免有些惶恐的感覺。

片刻，飛鶴道人又走了出來，笑道：「家師請兩位進去。」

穿出一大片竹林，進前是一間極精緻的房子，門窗都掛著青色的竹簾子。

飛鶴子輕輕地走到門口，似乎沒有一點聲音，門裡卻有一個清朗的口音說道：「進來。」

熊倜及尚未明走上兩步，飛鶴道人掀起竹簾子，道：「請進。」房中散發出一股嫋嫋清香，熊倜及尚未明恭謹走了進去，見朝門放著的榻前，含笑站立著一個羽衣星冠的道人。

他們知道這就是武林的最大宗派的掌門妙一真人了，只見他清癯的臉上，帶著的是溫和的笑容，並沒有一點傲慢或是冷峻的樣子，這和他們的想法大不相同，但是他卻另有一種力量，使這兩個身懷絕技的俠士，在他面前，不覺感到自身的謙卑。

妙一真人的目光，閃電般在他們臉上一轉，熊倜及尚未明低下頭去，便要下拜，卻被他輕輕攔住了，只受了半禮。

妙一真人微笑道：「真是江山代有才人出，兩位果然都是練武人中千百年難見的奇才，怪不得年紀輕輕，就名動江湖了。」

兩人謙虛著，這謙虛是真誠的。

然後熊倜極謹慎而小心地將他們的來意說出，並且道：「夏芸太年輕，不懂世故，還望前輩能念她無知，饒恕她這一次。」

「原來你還不知道。」妙一真人微笑著道：「那位夏姑娘貧道根本沒有見過她，飛鶴，你過來，將這事說給兩位聽。」

飛鶴道人這才將夏芸如何逃出，四儀劍客如何大怒去追，說給熊倜聽。

妙一真人的臉上，彷彿永遠是微笑著的，說道：「其實這點小事，貧道也並未放在心上，只是幾個小徒在那裡鬧罷了。」

他面容一整，目中露出威嚴的光芒，又道：「他們幾個近年來在江湖裡也鬧得太厲害了，些許小事，便含怨必報，哪裡還有出家人的樣子，尤其是蒼玄，蒼荊那兩位孽障。」

熊倜聽見夏芸逃去，又驚又喜，喜的是她居然沒有吃到任何苦頭，驚的卻是怕她又被四儀劍客追到，但是他表面上仍在矜持著，極力的使自己的情感，不露出一分到表面上來。

妙一真人對這兩個年青高手彷彿甚加青睞，殷殷垂囑，問及兩人的師承，他又道：「飄然老前輩我在二十幾歲，雲遊四海時，見過他老人家一面，一別數十年，不知他老人家怎樣了？」

熊倜泣然道：「家師已仙去了。」

妙一真人太息道：「令師人上之人，淹留人間百數十年，終於仙去了，想來世人營營名利，又是為著何來呢。」

熊倜及尚未明兩人，在精舍裡逗留了約莫一個時辰，才告辭出來。妙一真人送到門口，笑道：「兩位小友，他日有暇，不妨再來一晤，貧道和兩位雖然匆匆一面，但卻可看出兩位必非池中之物。」

他們又謙謝著，隨著飛鶴道人走出園子，偌大的玄真觀，靜悄悄地沒有絲毫人聲，熊倜暗自感歎：「世事的確每難預料，你預料中的凶險，往往卻是安詳，而你所沒有預料得到的，往往卻是極大的凶險，人算又怎敵得過天算呢。」

飛鶴道人一路相隨，走出玄真觀，熊倜腦海中混混沌沌，都是夏芸的影子：「她此刻在哪裡呢。」他反覆思考著。

隆隆的水聲傳來，他們又快到解劍泉了，飛鶴道人笑道：「解劍泉一到，便是貧道和兩位分手的時刻了，但望二位前途珍重。」

轉過一道山曲，解劍泉便已在望，飛鶴道人突然驚呼了一聲，雙腳頓處，身形掠起三丈餘高，嗖地朝解劍池旁的巨石奔去。

熊倜也是一驚，他看到先前守著自己那柄劍的二個年青道人，都臥倒在地上，來不及招呼尚未明，也掠了過去。

果然，那二個年青道人像是被人點了穴道，暈迷著倒在地上。

飛鶴道人略一查看，便知道他二人此刻所點的，一是背心的「陽關」穴，一是腦後的「玉枕」穴，遂伸手一拍一揑。

哪知道那年青道人動也不動，飛鶴大驚：「怎地連我這解穴手法都不能解開此人所點的穴道，但是武林各門各派中，我尚未聽說有我不能解開的穴道呀，此人敢到武當山上撒野，又是誰呢。」

熊倜掠到身後，看到自己的「貫日劍」連影子都沒有了，再試著去解那兩個道人所點的穴道，哪知道這點穴人所用的手法，竟不是天下武林中任何一個宗派所有的。

第十八回
解劍池畔，千幻劍氣
黑煞掌下，二挫煞威

熊倜及尚未明連夜趕至鄂中名山武當，聽到夏芸已經逃走了消息的熊倜，雖然覺得有些擔心，但也解開一部分心事。

他們在武當掌教丹室中的片刻清談，也使他們的胸襟開朗了不少，這位丰神沖夷的道人的玄機妙語，在在使他們心折。

於是他們帶著一種和他們上山時完全不同的心境，和飛鶴子緩步下山，哪知走到解劍池邊，卻見到發生了這等事。

這不但使熊倜驚異，迷亂，就連飛鶴子也不免變色。

空山寂寂，水聲淙淙，除了這兩個年青的道人之外，誰也無法說出這事的真相，但是這兩個年青道人穴道被點，口不能言，手不能動，已經形如廢人，又怎能自他們口中問得真相。

飛鶴子見到自己曾經誇下口替人家保存的劍，現在無影無蹤，自己的兩個師侄，也被制住。

最難堪的是點住這兩個師侄的點穴手法，竟不是自己能解得開的。

須知武當派乃內家正宗，點穴一法，本是傳自武當名家單思南，而今居然有武當派解不開的點穴手法，飛鶴子慚怒之外，又不免驚異。

熊倜此刻的心境，更是懊惱萬分，他大意之下，失去了「倚天劍」，那是完全咎在自己。

此刻「貫日劍」的失去，卻是他自己沒有半點責任的。

人們對於自己的過失，每每容易寬恕，但是對於別人對自己所犯的過失，就沒有那麼寬大了。

是以他雖然並沒有說出難聽的話，臉上的神色，卻已難看已極。

飛鶴子如何看不出來，但惶急之中，竟也找不出一句適當的話說。

於是，這三個人都難堪的沉默著。

良久，飛鶴子一跺腳，向熊倜抱拳說道：「貧道實在沒有想到，會有這種事發生在武當山上，看來江湖上未將武當派看在眼裡的，大有人在，貧道除了對閣下深致歉意外，別無話說。」

熊倜暗哼一聲，忖道：「你深致歉意，又有何用？」冷冷地望著他，也不說話。

飛鶴子目光四轉，熊倜心中的不滿，他已經覺察到了。

這種無言的不滿，甚至其中還帶著些輕蔑，飛鶴子不禁也微微作色，道：「等到我這兩個不成材的師侄血脈活轉的時候，貧道只要一知道奪劍人的來歷去路，無論如何，也會將閣下的劍取回。」他語聲也變得有些不客氣了：「三個月之內，貧道若不能奪回此劍，那麼……」

他話聲尚未說完，突地傳來幾聲極清朗的鑼聲，在深山之中，聲音傳出老遠。

這鑼聲對熊倜來說，並不是生疏的，他心中一動，暗忖：「難道『貫日劍』也落到他的手上。」轉念又忖道：「他迢迢千里，跑到武當山來，又是為了什麼，難道他真要並併各派，獨尊武林嗎？」

飛鶴子雖然被這鑼聲打斷了正在說的話，可是他並不知道這鑼聲的來歷，望到熊倜臉上的驚疑之色，暗忖：「這鑼聲又有什麼古怪？」遂也不禁轉過頭去，望著這鑼聲傳來的方向。

尚未明雖然以前並沒有親耳聽見過這奇異的鑼聲，但是他江湖閱歷較豐，眼皮又雜，彷彿憶起這鑼聲的來歷。

於是他轉臉向熊倜悄悄地說道：「大哥，這是不是就是天陰教？」

熊倜一擺手，點了點頭，目光瞬也不瞬的望著那條向山下蜿蜒而上的山路，「鑼聲響過，他也該出現了吧！」他在警戒著。

飛鶴子卻接著尚未明的話問道：「天陰教？」

他足跡未出武當，自然不知道這鑼聲和天陰教的關連。

但是他也覺察到事情的蹊蹺，探手入懷，取出一粒石子，一揚手，向池畔的一株樹上打出。

石子擊中樹葉或樹枝，應該發出「吧」的一聲。

哪知石子飛到樹上後，竟然「噹」地發出一聲巨響，聲音清越悠長，比鑼聲傳得更遠。

熊倜及尚未明，驚異地朝那棵樹上望去，隨即了然。

原來那株樹的椏枝之間，掛著一面銅鐘，石子擊在鐘上，自然會發出那種清越而悠長的聲音。

「想來這就是武當山的傳警之法了。」

就在這一聲鐘響之後，山路上又傳來三聲鑼響，聲音比起上一次更顯得清朗，想是發聲之處已較上次近了些。

熊倜皺眉道：「果然來了。」他往前走了幾步，靠近飛鶴子說道：「恐怕奪劍之人，就是此人呢。」

飛鶴子變色問道：「誰？」

熊倜劍眉一軒，朝山道上微微指了指，飛鶴子凝神望去，山道上果然已緩緩走出數人來。

那是四個穿著黑色長衫的中年漢子，步履矯健，目光如鷹，顯見武功都已有很深的根基。

再朝後望去，是四個白羅衣裙的中年美婦。

這八個人俱都笑容從容，像是遊山玩景而來，飛鶴子心中大疑：「這些人是何來路？」

熊倜一眼望去，見前面那四個黑衣漢子內，竟有吳鉤劍龔天傑在，方自一皺眉，眼光動處，看到一人向自己點頭微笑。

於是他定睛一看，臉上的顏色變得更厲害了。

原來那向他點頭微笑的人，竟是粉面蘇秦王智逑。

他雖然心中厭惡，可是他卻做不到不理一個向他點頭微笑的人。

於是他也遠遠一抱拳。

飛鶴子疑雲更重：「原來他們竟是認得的，但是他為何又說奪劍的就是這些人呢？」

此中的真相，他絲毫不明瞭，就是鐵膽尚未明，又何嘗不在奇怪呢。

這男女八個人一走出來，就像是漫不經心地，分散在四周。

接著，山路上大踏步走來一個黑衫老人，尚未明駭然忖道：「此人的功力好深。」

原來那老者每一舉步，山路上竟然留下一個很深的腳印。

熊倜微一思憶，也自想起此人就是那日在泰山絕頂上，以極快的手法，點中生死判湯孝宏等人穴道的黑煞魔掌尚文斌。

他心裡也不免有些怦然不定，方自轉著該怎樣應付的念頭。

突地眼前彷彿一亮，山路上轉出一雙絕美的少年男女，他依稀覺得很面熟，再一細想，目射奇光，恍然悟道：「原來是他兩人。」

飛鶴子及尚未明，也被這一雙少年男女吸引住了目光，方自暗裡稱讚著這一雙少年男女的風姿，山路上又轉出兩頂山轎來。

這兩頂山轎，形狀和普通的爬山虎差不多，但是抬轎子的人，卻和普通的大不相同，原來這抬轎的轎夫，竟是兩男兩女。

再往轎上一看，熊倜不禁更是變色，但是他還忍得住。

尚未明一拉熊倜的衣襟，低聲道：「果然就是這個小子奪的劍。」

流水依然，群山仍舊，山水並未因這些人的到來而有絲毫改變，依然是靜寂的。

但是熊倜，尚未明，以及飛鶴子此刻的心境，卻極強烈地激蕩著。

雖然每個人心中所想的並不相同。

「這兩個男女是誰，看來氣派這麼大，這男的手裡拿著的劍，光芒燦然，像是柄寶劍，不知道是否就是熊倜那柄，此人竟敢在武當山解劍池畔奪劍，而又從容地走回來，武功必定不弱，江湖中又有誰敢這麼藐視我武當派呢。」

飛鶴子雖然也曾聽到過天陰教的名氣，但是他仍然並未在意，他久居深山，對武林中的事知道的並不多，是以就算見了這麼的陣仗，也沒有想到這山轎上坐著的一雙男女，就是使武林中人聞而色變，山東太行山天陰教的教主，戰璧君焦異行夫婦。

「這山轎上坐著的，想必就是天陰教主夫婦了，若非我親見，我真難相信天陰教主竟是個這麼年輕的書生。」

尚未明雖然已經猜到這就是天陰教主夫婦，可是心中仍然有一份懷疑。

這懷疑是合理的，若是你發覺一個令武林中那麼多在刀口舔飯吃的朋友一聽了就頭皮發漲的角色，竟是一個這麼的人物的時候，你也會有和他一樣的感覺。認為這幾乎有些不可能。

只有熊倜的想法是肯定的：「這天陰教主夫婦，幾年來非但沒有顯得老，而且好像還年輕了些，看來他們的內功，造詣的確很深。」看到焦異行手中撫著的長劍，臉色陰沉如鐵。

「可是你如果這樣欺我，我也要和你鬥一鬥呢！」天陰教主的名頭雖然使他不安，甚或還帶些驚震，可是卻絕未使他氣餒。

試想他當年在泰山絕頂還敢和焦異行一拚，何況他現在的武功，又遠非昔日可比了呢。

不知是他們不願意說話，還是不知道哪句話是適合於此時的。總之，他們三個人仍然是沉然的，只是他們三人彼此的不滿和存在他們三人心中的難堪，此刻俱已因這外來的變故而消失了。

代替著的是一種默契，一種齊心來應付這些事的默契。

戰璧君面如銀丹，明眸善睞，依舊貌美如花，也依舊是未語先笑，帶著一連串銀鈴般的笑聲道：「喂，你看人家武當山風景多好，不像咱們山上，不是光禿禿地沒有樹，就是生些難看死了的小樹。」

焦異行輕輕的摸著手中的劍，像是對這柄劍喜愛已極，聽了戰璧君的話，朗然一聲長笑。

這笑聲超越了松濤聲，蟲鳴聲，流水聲，在四野飄蕩著。

山轎停下，他跨下轎子來，行動和任何一個普通人毫無二致。

你甚至不容易看出他武功的深淺。

他伸手一攙戰璧君扶著他的手，婀婀婷婷走了下來。

樣子更是弱不禁風，像是久著深閨偶然出來踏青的少奶奶。

聰明人掩飾自己的長處，往往比愚人掩飾自己的愚蠢更熱心。

因為被掩飾著的東西，更會令人生出一種莫測高深的感覺。

熊倜望著他們氣態之從容，而公然將自己的劍拿在手上，一時倒真不知道該怎麼應付，怎麼啟口。

焦異行謹慎地將劍插入鞘裡，他的目光一橫，恰巧和熊倜的目光相對。但是他並沒有露出任何表情來，微微招了招手，那兩絕美的少年男女便走過了去。他嘴皮動了動，聲音低得只有對面的人才聽得見，然後他伸手入懷，掏出一張燙金名帖，交給那一雙絕美的少年男女。

熊倜見了他這一番做作，倒真不知道他葫蘆裡賣的什麼藥，暗暗尋思：「他巴巴地跑來武當來，難道只是為了投帖拜訪嗎？」

這時那一雙絕美的少年男女已走了過來，在經過熊倜身前的時候，那俊美的少年竟然朝熊倜微微一笑，低聲說一句：「別來無恙。」熊倜一愕，那少年已自擦過身側，走向後面的飛鶴子。

飛鶴子武功之高，在武林中雖已可稱為絕頂高手，只是臨事待人的經驗，卻知道得太少。

是以那一雙絕美少年一齊向他躬身為禮的時候，他竟不知道該怎樣措詞應付，這種場面是十分尷尬的，也是武林中甚少遇到的，因為在武林中混飯的人物，大都是久走江湖，即使是口才笨拙的人，在經過一段日子的磨練之後，也會變得言詞便捷了。

那俊美的少年望著那少女相視一笑，朗聲說道：「山西天陰教司禮壇護法黑衣摩勒白景祥，白衣龍女葉清清，奉教主之命，投帖拜山。」說著他將那燙金名帖高舉過頂，交向飛鶴子。

尚未明一掩口，險些笑出聲來，暗忖：「這廝真有意思，居然將老道當做強盜，投帖拜山起來。」他身為兩河綠林道的總瓢把子，對這些綠林道的禮數，當然知道得非常清楚。

可是飛鶴子卻全然不知所指了，他伸手接過帖子，訥訥地正想找出話來說。

黑衣摩勒又微笑道：「就煩道長通報貴派掌教，就說天陰教主有事求見。」那白衣龍女接口笑道：「還望貴派掌教真人，撥冗一見。」

飛鶴子整容道：「貴客遠來，請在此稍候，貧道這就去通報掌教師尊。」他一看仍然躺在地上的兩個師侄，心中雖然疑竇叢生，可是卻不知道該如何問出來，雖然他也感覺到熊倜失劍之事，必然和這一批詭異的來客有著關連。

只是人家既是這樣禮數周全，自己卻又如何能變顏相詢呢。

於是他望了熊倜一眼，彷佛是徵求熊倜的答覆。

哪知熊倜心中正在盤算著，並沒有看到他這內含用意的一瞥。

於是他微一遲疑，便回身走了。

尚未明在這裡，本來只是個旁觀者，此時卻心中不忿：「這些天陰教徒果然沒有將人放在眼裡，居然公然拿著奪自別人的劍——」

他不知道熊倜這幾年飽經憂患，已經變得深思遠慮，還以為熊倜是在怯懼著天陰教的人多勢眾。

他生性剛強，寧折毋彎，昂然走了上去，朝焦異行一拱手。

焦異行眼光一瞬，看見他只是個後生，很沒有放在心上。

尚未明更是氣往上撞，冷然道：「這位敢情就是名傳四海的天陰教焦教主了。」

焦異行淡淡一笑，道：「不敢。」

「兄弟久聞焦教主大名，真可以說得上如雷灌耳。」尚未明哼了一聲，道：「今日一見，哈，哈，卻也不過如此。」

他此話一出，在場眾人莫不大吃一驚，須知天陰教在今日武林中，真可以說得上是聲威赫赫，從來沒有人敢一捋虎鬚，此時見一個年青人竟然敢當著教主的面說出這樣輕蔑的話，焉有不驚奇之理。

焦異行自是大怒，但他擺著一派宗主的身分，故意做出不屑的樣子，敞聲一笑，道：「這位朋友嘴上還是留些神的好。」

尚未明何嘗不知道自己已身在危境，他全神戒備著，眼角微斜，看見那功力深厚的黑衫老者，正滿臉煞氣的朝自己走了過來，兩道眼光，像刀一樣地盯在自己身上，走得雖然不快，但聲勢煞是驚人。

其餘的天陰教眾，也正以一種幸災樂禍的眼光看著自己，彷彿自己的一切，都已懸在那黑衫老者的掌下似的。

空氣驟然緊張了起來，尚未明卻漫不在意的哈哈一笑。

他膽氣實有過人之處，否則當年怎敢孤身一人，闖入兩河綠林道的群雄之會。

他眼角甚至再也不向那黑衫老者瞟一眼，眼中帶著些冷笑，朝焦異行道：「兄弟雖然只是個江湖上的無名小卒，但是卻也不敢忘卻江湖中的道義，更不敢做出些偷雞摸狗的勾當。」

焦異行面孔一板，凜然說道：「朋友說話可要放清楚些。」

尚未明的目光毫不退縮地，仍瞪在他臉上，道：「兄弟倒想說清楚些，只怕說清楚了，閣下……」他冷笑連連，自己頓住了話。

當然，縱然他的話沒有說出來，可是他話中的含義，還有誰不明白的。

那黑衫老者此時已走到他身側，陰笑道：「只怕閣下以後再也無法說話了。」語聲方落，雙掌齊出，風聲虎虎，直擊尚未明的脅下。

尚未明雖然做出漫不在意的樣子，可是他心中哪裡有半點鬆懈。

黑衫老者的雙掌堪堪擊到他的脅下，他猛一錯步，身形向後滑開尺許，在黑衫老者的雙掌方自遞空的那一剎那，右手五指環扣，疾地去鎖那黑衫老者的脈門，左掌向外反削，突又變了個方向，拇指外伸，竟然以拇指點向黑衫老者腰下的「笑腰穴」。

他非但避招避得恰到好處，這扣脈，反削，點穴，一招三式，不但出手如風，招式更是詭異已極。

那黑衫老者正是天陰教裡，掌龍爪壇的壇主，江湖上早已聞名的黑煞魔掌尚文斌。

尚未明這一招的運用，實在遠出那黑煞魔掌的意料之外。

但他究竟是不同凡響的人物，左掌猛地劃了個半圈，竟以「金絲剪」的手法去反剪尚未明的手腕。

右肘一沉，撞向鐵膽尚未明左臂臂彎的「曲池穴」。

兩人這一交手，在快如電光火石的一刻裡，便已各各發出數招，尚未明悶哼一聲，雙臂向內圈了回來，猛地吐氣開聲，腳下又一換步，雙掌齊發，擊向尚文斌的前胸。

他這一招完全是以硬搏硬，絲毫沒有將對方那種驚人的內力放在心上。

黑煞魔掌一聲冷笑，雙掌也自推出。

就在這一刻裡，每個人心裡都泛起一個念頭：「這小子竟然敢和以黑煞掌力稱雄武林的黑煞魔掌較量掌力，真是找死。」

只有熊倜仍然安詳地站著，他和尚未明對過兩掌，知道尚未明的掌力，並不在自己之下，黑煞魔掌雖然威名赫赫，內力驚人，但是自己自忖功力，也不懼他，那麼以此類推，尚未明當然也不會吃虧。

但是他對尚未明的這一番舉動，並不十分贊成。

因為他心中所盤算著的是：將這次「貫日劍」被奪的責任，全放在武當派身上。

這並非他的怕事，而是有好幾種的理由，使他有這種想法。

第一，他認為這件事的發生，武當派本應負起全責，自己又何苦多費力氣，何況他在將自己和對方的實力估計過之後，知道若然動手，吃虧的絕是自己這方，他臨事一多，自然將事情的利害分析得較為清楚。

其次，他也想到自己在武當山上總算是客，就是照江湖道的規矩，也不應該在武當山上和人動手。

他雖然不免將對方的實力估得高了些，但這是他多次的經驗造成的謹慎，須知他第二次出師之後，真正動手的一次，就是在甜甜谷裡和玉面神劍常漫天，散花仙子田敏敏所交手的一次。

而那一次，他並沒有占到半分便宜。

是以他對自己的實力，又不免估計得低了些，他哪裡知道，玉面神劍的劍術，在十年前已可稱得上是絕頂高手，而玉面神劍，散花仙子那種暗器和劍術配合的陣法，更是獨步天下。

他心中的念頭，一瞬即過。

那鐵膽尚未明，也造成了一件令天陰教裡的每一個人都大為吃驚的事實。

原來他和黑煞魔掌四掌相交，每個都退後了幾步，雖然是不分勝負，但是已使那些對黑煞魔掌的掌力抱著信心的人，驚異得叫出聲來。

焦異行夫婦也不例外，戰璧君身形一動，擋在尚未明和黑煞魔掌之間，咯咯嬌笑道：

「喲，這位小老弟，功夫倒真不錯，喂，我說你貴姓呀？」戰璧君天性奇特，永遠帶著甜笑向人說話。

即使那話中含有制人於死的含意。

可是她這種嬌媚的語氣，倒真使尚未明一愣，但是他立即回復平靜，將體內的真氣，極快地運行了一周，證實了自己的確未因方才那一掌，而受到傷害，才朗聲道：「兄弟的姓名，並沒有說出的價值。」他冷冷一笑：「尤其是在名震天下的天陰教主面前。」他目光一凜：「可是兄弟若是不說，別人還當兄弟怕了兩位。」他說到此處，臉上已換了三種表情。

戰璧君咯咯嬌笑道：「那麼你倒是快說呀。」

「兄弟便是河北的尚未明。」

戰璧君又「喲」了一聲，目光甜甜地圍著尚未明的身子打轉。

熊倜暗笑忖道：「這位天陰教主看起人來，可真讓人吃不消。」

鐵膽尚未明報出名號後，每個人心裡各有不同的想法。

焦異行忖道：「此人若能拉入我派，倒是個得力的幫手，看他武功，竟不在我教的幾位壇主之下。」轉念又道：「只是他和那姓熊的在一起，若想拉他入教，絕對困難得很。」

黑煞魔掌尚文斌和尚未明換了一掌，心中又驚，又怒，此刻聽到他也是江湖中成名的人物，心裡反而好受些。

黑衣摩勒和白衣龍女，對尚未明不禁更加注意，心裡想著：「原來他也是和我們並列『三秀』的人物呀。」再一望熊倜，暗忖：「這麼一來，『武林三秀』居然全聚在武當山了。」

焦異行也跨上一步，朝尚未明道：「原來閣下就是尚當家的，久仰得很，我天陰教雖然和尚當家的甚少連絡，但總算同處兩河。」他微微一笑，目光在熊倜身上轉了兩眼，又道：「今日尚當家的彷彿對敝派甚為不滿，這個倒要請教了。」

戰璧君接口笑道：「是呀，尚老弟，咱們可沒對不住你呀，你幹嘛對咱們那樣呢。」

焦異行自持身分，話說得總留幾分餘地，戰璧君卻喋喋呱呱，俏語甜笑，讓你猜不透她心中到底在想什麼。

尚未明冷笑道：「兄弟無名小卒，哪裡高攀得上兩位，更不敢對兩位有什麼不滿。」

他目光緊緊瞪著焦異行，道：「教主說得好，兄弟和貴教總算同處兩河，教主若能賞兄弟一個面子……」他此刻話還得已沒有先前那麼鋒利，但目光仍然是凜銳的，焦異行暗忖：「這廝的眼神好厲害，看上去真還有些威稜呢。」

戰璧君又接口笑道：「哎喲，什麼給不給面子嘛，尚老弟有吩咐，只管說出來好了。」

尚未明一皺眉，他對這巧笑善言的戰璧君，起了一種異樣的感覺，不覺將厭惡天陰教的心理，減去了大半，但是他極端不願意有任何人知道他心中的感覺，是以借著皺眉來掩飾面上可能發生的變化。

人類情感的難以捉摸和無法控制，往往給世間湊了不知幾許喜悅和憂鬱，尚未明此時雖然還不能確定他此時情感的性質，但是毫無疑問地，他對戰璧君已經有了極大的好感。

他抬頭一望，戰璧君的一雙水淋淋的眼睛，仍帶著甜笑在望著他。

他心中更亂，不禁暗自責備著自己，正強自收攝住心神，想要答話忽地聽到身後風聲嗖然，他本能地錯掌換步，向後一轉。

哪知來的卻是飛鶴子。

飛鶴子身形好快，飛掠而來，擦過熊倜，猛地停頓在尚未明身側，一發一停，絲毫沒有勉強做作的神態。

熊倜暗讚：「這飛鶴子的武功，看來竟還在名滿江湖的武當『四儀劍客』之上呢。」

飛鶴子身形停在尚未明的身側，也就是焦異行的對面。

此時他臉如秋霜，已不是方才的和藹，冷冷向焦異行道：「貴教遠來，敝派掌教真人感激得很，只因掌教真人已經坐關，實在不能夠接待各位，持命貧道前來深致歉意。」

焦異行劍眉一豎，已然有些變色。

飛鶴子眼光隨著他的眉毛一揚，接著道：「只是教主，教主想要的東西，家師沒有，就是有的話，也萬萬不能交給閣下。」

他話講得斬釘截鐵，不客氣的程度，尤在尚未明之上。

熊倜暗忖：「這天陰教跑到武當山來，卻又是問妙一真人要些什麼東西，妙一真人根本沒有見到他們，何以卻能知道他們的來意呢，難道他真的已經能夠未卜先知了嗎？」

但是他隨即一笑，推翻了自己的想法。

焦異行此時臉上神色已經大變，似乎也不再擺著一派宗主的架子，厲聲道：「就叫閣下轉告令師，一個時辰之內，就是令師不願接見我等，我等卻也說不得要硬闖一闖了。」

飛鶴子冷笑道：「只怕沒有那麼容易吧。」

話聲方落，深處傳來幾聲鐘聲，入耳嗡然，若有知音之人，當可聽出這銅鐘最少也是百年以上之物，是以才會發出這種聲音來。

餘音嫋嫋，久久不散。

山道上忽然一道走來四個道人，一色藍布道袍，手中橫捧著劍。

這四個道人身後，又是一排四個道人，又是穿著藍布道袍，捧著長劍。

熊倜放眼一望，山道上至少走來四、五十個藍袍道人，心中大定，忖道：「這武當派果然不好惹，惹了他比惹了誰都麻煩。」

焦異行連連冷笑，道：「就憑著這些人，就想能攔得住我嗎？」

飛鶴子也冷笑道：「試試看。」

焦異行仍未放下手中的劍，此時他彈著劍鞘道：「這個倒真要試一試。看看武當派的四儀劍陣到底有什麼奧妙。」

粉面蘇秦王智逑忽然急步走了過來，附著焦異行的耳朵說了兩句話，焦異行不住地點頭，彷彿對王智逑的話贊成得很。

熊倜忖道：「不知這個小子又在出什麼鬼主意了。」

此時大家都已劍拔弩張，原已是一觸即發，而且一發便不可收拾的局面。

哪知焦異行突然朗聲笑了起來，說道：「武當派果然是名門大派，不同凡響，既然不准敝教上山拜謁，那敝教就告辭了。」

他此話一出，倒真出了每個人的意料之外，俱都一愣。

黑煞魔掌面帶怒容，叫道：「教主——」

黑衣摩勒白景祥應了一聲，一伸手，自懷中掏出一面金光燦然的小鑼，右手並指，方要敲下。

熊倜見事件急追至下，也可不能再緘默了。

於是他猛地厲喝：「且慢。」

他自始至終未落一言，現在突然厲喝了起來，每個人的目光，都不期而然地落到他的身上。

戰璧君又是咯咯嬌笑著向焦異行道：「喂，你看人家才幾年不見，已經長得這麼大了。」

尚未明一怔：「原來這女子竟是和大哥自幼相識的。」

他卻不知熊倜和天陰教主夫婦，僅僅是昔年在泰山絕頂有一面之識，他那時僅有十六、七歲，雖然身軀發育已如成人，但臉上仍是稚氣未脫，是以戰璧君此刻方才會有此一說。

焦異行也自點頭道：「不錯，不錯，果然出落得一表人才。」語氣中一副老前輩的派頭。

他一轉臉，向粉面蘇秦王智逑一招手，道：「王舵主，你陪這位老弟聊聊，我們要先走了。」

語氣中仍然完全沒有將熊倜放在眼裡。

飛鶴子等心裡都在奇怪：「這熊倜怎地和天陰教徒都這般廝熟？」

焦異行說完了話，用袖拂了拂衣裳，左手仍拿著劍，緩緩地走向山轎。

哪知眼前突然一花，脅下風聲颼然。

他武功詭異，不避反迎，左手劍鞘倒轉，右手動也不動，他自持宗主身分，不願意做得太難看，哪知卻吃了虧。

因為這時他已看清來襲的是熊倜，他並未將熊倜看得很重，是以他只輕描淡寫地發出一招，但卻已經是守中帶攻的妙著了。

熊倜一反腕，攻擊的右手圈回來抓焦異行手中的劍，左手前削，悶「嗯」了一聲，猛運真氣擊向焦異行右胸的空門。

焦異行微一大意，覺出襲向右胸的掌風的強勁，遠出乎他意料之外，而且出手之快，拿捏時間之準，在在都駭人聽聞。

他此時左手手中的劍鞘，已被熊倜抓著，如果他想避開擊向右胸的那一招，勢必非要撤劍不可。

但他一派宗主，名攝天下，實在不願意失此一招。

不過除此以外，又實在別無他法解救，在場眾人大都是武林名家，看到熊倜出手之勁，運掌之妙，身形之快，都大吃一驚。

王智逑暗忖：「看來熊倜這幾年來，武功又比以前進步了太多，此人若不好好收攏，日後必定成為天陰教的大患。」

戰璧君夫婦連心，身形微動，玉指斜飛，口中嬌笑道：「喝，小兄弟真動手呀。」

尚未明心中一冷，暗忖：「原來她在對敵動手時都會笑的。」

但此時熊倜已在險境，他也無暇再去尋思這些私情，劍眉一張，也竄了過去。

那時眼前黑影一動，黑煞魔掌又攔在他身前，他冷笑喝道：「好。」錯步團拳，雙掌又盡力而出，向黑煞魔掌前胸猛擊。

那邊焦異行無可奈何，在性命名譽的權衡之下，究竟是前者更重要得多，心意一決，左手撤劍，身形向後飄了開去。

熊倜一招得手，方暗喜「僥倖」，一雙凝玉般的春蔥，已隨著嬌笑而來，疾指自己右臂的「曲池」，肩下的「肩真」兩處大穴，出手之「狠」，「準」，「迅」，令人悚然而驚。

熊倜一驚之下，退步變肘，曲腰錯掌，方才避開此招。

焦異行後退的身形，又像行雲流水，掠上前來，左手箕張，右掌斜擊，上擊面門，下打胸腹，一招兩式，端的非同小可。

天陰教主夫婦兩人合力聯掌，威力豈是等閒，熊倜只覺得左右上下，全身都在對方掌力之內。

尚未明與黑煞魔掌再次對掌，這一下兩人全力而施，情況更是驚人。掌風方自相接，兩人身形都已站立不穩，斜斜向後倒下。

粉面蘇秦暗罵：「真笨。」心想：「你既然知道掌力和人家一樣，又何苦非要和他對掌，這豈非變成拚命了嗎？」

他一生所做所為，全是仗著心智機狡，凡事都想行險僥倖，見了這兩個都是性情剛烈的人的行事，自然覺得太笨。

飛鶴子的心理卻和他完全不同，暗讚：「這才是大丈夫的行徑。」

相同的一件事，在人們的心裡，卻會引起不同的想法。

熊倜身隨意動，右手劍鞘橫掃，左手立掌如刀，身形卻向左後方滑了出去，但饒是這樣，仍然慢了一步。

他雖然並沒有受到任何傷損，但是右手所持的劍，卻又被焦異行奪回去了。

這時第一批自山上下來的四個道人，突然齊一頓足，四條身軀完全一個動作，連袂而起，道袍飄飄，劍光閃閃，日光下宛如飛仙。

這四個道人不但掠起時完全在同一時間之內，落地時亦分毫不差，顯見得是經過長時間的鍛煉，才能夠做到這種完美的默契。

他們的輕功雖不驚人，但這種無懈可擊的契合，倒確實震攝住了每一個在場的武林高手，不約而同地心裡都泛起一個念頭：「那就是除了這四個道人之外，是不是其他的每一組的四個道人，都有這種契合。」

「如果真是如此，那武當派的確是難以侵犯的呢。」焦異行此來本有所圖，現在卻不免暗地心驚。

那四個道人右臂一伸，將手中的劍平伸而出，手一抖，挽起四個斗大的劍花，然後巧妙地將四柄劍搭在一起。

熊倜暗忖：「這四個道士倒底在弄什麼虛玄……」回頭一看飛鶴子，見他也是臉色凝重。

再一回顧那些由山上走下的數十個道士，也俱都平伸著劍。

劍光閃爍，被日光一映，更顯得青芒紫電，光采奪目。

天陰教徒見了這等聲勢，心中也不免有些作慌。

焦異行目光四轉，他雖然見多識廣，可也猜不出這些道士們的用意。

戰璧君咯咯一笑，但笑聲中已隱隱透出不自然的味道來。

她媚目橫飛，在先前那四個藍袍道人的臉上掠過，說道：「喲，道爺們，這是幹什麼呀。」其實她武功絕高，人又聰慧絕頂，倒不是害怕，只是覺得這種情形有點不尋常而已。

她話聲一落，卻沒有任何聲音來回答她的話，深山流水，除了水聲之外，這麼多人竟沒有一個發出聲音來。

第十九回
心如赤子，飛鶴意靜
矯若遊龍，神劍無敵

武當道人這突然而來的示威性的動作，使得天陰教眾以及熊倜，尚未明等人，都微微有些吃驚，不約而同地忖道：「這算什麼？」

須知這些人裡，隨便挑出一人，武功也不會在這些武當的藍袍道人之下，而這些藍袍道人，想也必知道自己的武功，並不能嚇住對方，因為方才熊倜，尚未明及天陰教主等人交手的情形，他們都是在旁邊親眼看到的。

然而奇怪也正在此處。

焦異行微微冷笑，忖道：「難道他們是想仗著人多嗎？」

抬頭望天，日正當中，原來熊倜等凌晨入山，已過了三、四個時辰了。

突地，山深處傳來一連串清朗的鐘聲。

那些四人一組的藍袍道人，掌中本是接連在一處的劍，此時突然展了開來，在強烈的陽光下，劃出一道耀人眼目的劍光。

始終沉默著的飛鶴子，單掌朝四周打了個問訊，朗聲說道：「敝派午課的時間已到，請施主們就此下山吧。」

戰璧君噗嗤一笑，忖道：「我當是什麼大不了的事，卻原來是這些道士們要去念經了。」疑慮之心，為之頓消。

熊倜心中卻有些氣憤：「這武當派未免也太做作了些。」他寶劍被劫，著落就在此處，怎肯隨隨便便地就下山了呢。

焦異行哈哈笑道：「正是，正是，大家都該下山了。」他心中另有圖謀，是以話說得漂亮得很。

熊倜劍眉一豎，正要說話，卻聽得尚未明道：「且慢。」他暗中暗暗感激，暗忖：「尚二弟倒真可算是我的知己。」

持劍的武當道人，幾十隻眼睛，都凜然瞪在尚未明臉上，尚未明卻像滿不在乎，朗聲道：「道長們若要做功課，就請先上山去，在下等有些事尚未了，還要在此盤桓一下。」

飛鶴子臉一變，暗忖：「連天陰教都沒有為難，怎地你卻處處來和我麻煩。」他久居深山，對世事可說是毫無所知，年齡雖不小，卻是個不折不扣天真的人，對任何事，都不會加以分析。

於是他開始對尚未明不滿，冷冷說道：「閣下也未免太狂了些，難道這武當山竟是任人來去的地方？」語聲中已漸不客氣。

戰璧君在旁嬌笑著接了一句：「是呀，這武當山豈是任人來去的地方。」她說任何話時，都是同一聲調，使人永遠無法猜出她話中真正的含意，永遠有一種莫測高深的感覺。

「武當山當然不是任人來去的地方。」尚未明冷笑著道：「可是卻讓在武當山上搶去東西的人任意來去，倒真令在下有些不懂了。」

飛鶴子變色相詢道：「閣下此話何意？」

戰璧君又笑道：「唷，又有誰在武當山上搶了東西呀？」

尚未明一抬頭，目光接觸到她那永遠帶著笑意的眼睛，心裡突然起了一種異樣的感覺，這是他從來未曾有的感覺。

他努力地將這感覺壓制了下去，冷冷說道：「就是閣下。」

「得友如此，夫復何憾。」熊倜暗地欣喜著，他能交到像尚未明這樣的朋友。眼角斜睨，卻看到焦異行和戰璧君的臉上都泛起了一種憤怒和詫異的表情，似乎對尚未明此話甚覺意外。

接著，焦異行厲聲道：「朋友說話可要放清楚些。」

熊倜心中一動：「難道這劍不是他奪去的？」目光接觸到焦異行手上的劍，立刻推翻了自己的想法：「不是他還是誰。」

他這兩種思忖在心中一閃而過，望見尚未明又要替自己說話，搶著道：「堂堂天陰教主，做事又何必推三諉四。」

他轉臉向飛鶴子道：「飛鶴道兄，請看看這位天陰教主手上的劍，是否就是方才失去的？」話聲一頓，又冷笑道：「制住那兩位道長的點穴手法，只怕也是天陰教的獨門傳授呢。」

飛鶴子心如赤子，此刻被熊倜此話一說，方才恍然熊倜及尚未明兩番喝住天陰教的用意，不禁微微有些慚愧。

暗忖：「我怎麼完全沒有注意到這些。」朝焦異行跟前走了兩步，道：「教主居然在武當山傷人奪劍，未免太看不起我武當派了。」他對江湖上的勾當一無所知，話說的分量也完全不對。

焦異行不覺好笑，又覺得生氣，暗忖：「這道人看起來不但武功深湛，而且丰神沖夷，哪知道卻是個糊塗角色。」微一冷笑，道：「道人何以見得我在貴處傷人奪劍，難道有人看到了嗎？」

飛鶴子又一怔，尚未明卻接口道：「原來閣下不但武功高強，強詞奪理的功夫也是高人一等。」他連連冷笑道：「可是閣下手中的這柄『貫日劍』卻是最好的證據，卻不容閣下巧辯呢。」

戰璧君笑道：「貫日劍？」笑聲中透出嘲弄的意味來。

焦異行仰天長笑：「貫日劍，哈，哈，原來這柄是貫日劍。」他夫婦兩人這一來，倒使尚未明一愕，卻見焦異行朝飛鶴子走近了兩步，將劍柄遞到飛鶴子眼前，一面道：「道長請看看這柄是不是貫日劍。」敞聲大笑，不知是得意抑或是譏諷，也許這兩種成份，都在他的笑聲裡混著一些。

就在這一刻，熊倜腦海中陡地升起一個念頭：「這柄劍是『倚天劍』。但是貫日劍到哪裡去了呢？如果不是被焦異行所奪，奪劍之人又會是誰呢？又有誰有這樣怪異的點穴手法呢？」

他方才後悔自己的疏慮，卻聽焦異行一面得意的笑著，一面又道：「不錯，這柄劍是我自貴處取回的，但是這柄劍原本就是我的呀，我取回自己的劍，又怎能說是『奪劍』呢。」

熊倜心中不禁又是一動，驚異地忖道：「怎地他又說這劍是他自武當山取去的呢？」

橫眼一望飛鶴子，見他臉色一變，卻又忍住了，淡淡地說道：「閣下請將劍交給貧道看看。」

焦異行略一遲疑，卻又似乎對飛鶴子甚是放心，坦然將劍交了過去。

「閣下這柄劍叫什麼名字呢？」飛鶴子像是不經心地問道。

焦異行又一笑，道：「這柄劍就是江湖上傳聞多年的『倚天劍』了。」

飛鶴子「噢」了一聲，卻突地身形一動，將劍交給了熊倜，他這一舉動，又使每個人都大吃了一驚，就連熊倜都在暗自奇怪，焦異行更是面目變色，厲聲問道：「你幹什麼？」

飛鶴子掩飾不住笑容，道：「這柄劍的劍柄上明明寫的是『貫日』兩字，當然不是閣下的劍了。」他對自己的此一舉動，甚是開心，彷佛覺得自己對一切，都變得機智起來了。

這卻使焦異行一愕。

他怒道：「你……」居然說不出話來，身形如流水，向熊倜撲去，一邊喝道：「將劍還我。」

熊倜真氣猛聚，施展出「潛形遁影」的手法來，眾人只覺眼花神亂，他衣袂帶起的風聲，在自己鼻端閃過，可是卻不能看清他的身影。

焦異行如影附形，也跟了上去，突然眼前劍光耀目，原來那四個始終屹立著沒有做任何動作的藍袍道人，在他的身上排起一陣劍影。

他一提氣，身形自劍光上飄了過去，卻見熊倜已站在一塊巨石之上，掌中光華眩目，已將劍撤到手上了。

他方才已量度出熊倜武功的深淺，此時倒也不敢輕易撲上去，頓住身形，臉上的神色，大失常態，再也沒有一派宗主的樣子。

惴忖情況，武當派的道人已和熊倜及尚未明站在一邊，粉面蘇秦王智逑眉心一皺，朗聲道：「教主，請等一下。」

王智逑機智奸狡，這些年來在天陰教中，已深深取得了焦異行的信任。是以他這一發話，居然使焦異行暴怒的情緒，平復了下來，因為他也知道，無論在任何情況下，情緒的過分激動，都是於事無補的。

於是他朝王智逑微一頷首，意思是說：「事已至此，由你便宜行事吧。」從這裡可以看出，他對王智逑的臨事能力，是相當信任的。

粉面蘇秦滿面笑容，越前了幾步，向飛鶴子道：「這柄劍果然是『貫日劍』嗎？」

飛鶴子正色道：「出家人焉能誑語。」

焦異行百思不解：「難道世上真有一柄和『倚天劍』同樣的劍，那麼倚天劍又落在誰手了呢。」原來他得而又失，也將「倚天劍」丟了。

熊倜大意地將「倚天劍」遺留在茶館裡，哪知道天陰教眼線密佈，將熊倜的包袱和「倚天劍」全拿走了。

於是這柄「倚天劍」就由蘇州分舵，又落入當年適在江南的焦異行手裡，練武之人，哪個不愛名劍，焦異行得劍之後，喜之不甚。

年餘前焦異行為了擴充天陰教的勢力，南下江南，準備將武林中的好手，一網打盡，是以才有單掌斷魂單飛喬裝隱姓，在飛靈堡群雄會上的那一番事蹟，但是後來單飛行蹤敗露，這消息被潛入飛靈堡的天陰教徒轉告給焦異行。

焦異行知道飛靈堡的能手甚多，而大多數都是對天陰教沒有好感的，於是他在堡外鳴鑼示警，單飛才匆匆走了。

焦異行夫婦漫遊江南，倒也收羅了不少江湖豪士，又得了一柄久鳴江湖的名劍，收穫不可謂不豐，他倦遊思歸，本欲回山。

哪知道這時候他聽說武當派的妙一真人得了一部對修習內功最有補益的奇書。

當年蒼虛上人武功玄妙，但是所習的內功，卻非玄功正宗，歧路甚多，是以大大阻礙了他武功的進展，焦異行夫婦武功傳自蒼虛上人，自然和蒼虛上人一樣，因著內功而阻礙了武功的進展，此時聽到有此奇書，貪心大起，遂欲得之而甘心。

他這才想入武當，哪知走在路上，他那柄「倚天劍」竟無聲無息的失去了，而且饒是天陰教眼線那麼多，卻也連一點線索都沒有。

焦異行自是疑懼交加，他實在想不出誰有這麼大的膽子，又誰有這麼好的武功，須知敢自天陰教主處偷去那柄劍的人，不但武功一定深湛，膽子也的確大得驚人呢。

哪知道黑衣摩勒和白衣龍女一入武當山，就看到有兩個年青道人捧著劍站在解劍池畔，他兩人本未在意，誰知道那兩個年青道人卻將劍抽了出來，摸撫觀賞，自是讚不絕口。

他兩人這一抽出劍來，黑衣摩勒，白衣龍女相顧大驚。

不約而同的忖道：「怎地師傅遺失的劍，竟落在武當派手裡？」他們自然也沒有想到世上竟然還有一柄和「倚天劍」完全相同的劍。

是以他們突施煞手，以天陰教一脈相傳的獨門點穴手法，點住了那兩個驚愕的道人。

誰知事情的發展，完全不依尋常的軌跡，不禁使得焦異行大感意外。

站在巨石上的熊倜，將掌中的劍略一舞動，帶起一溜燦銀光華，吸引了每一個人的注意力。

然後他大聲地說道：「就算我手上的這柄劍是『倚天劍』，那也本是屬我的東西。」他哼了一聲，又道：「好個自命不凡的天陰教主，悄悄地偷了人家的東西，還硬說是自己的。」

他話氣中所含的輕蔑和卑視，是任何人都不能忍受的。

哪知戰璧君媚目一轉，咯咯笑道：「唷，幹嗎這麼生氣呀，這劍是你的，還給你就是嘛，何必大驚小怪呢。」

熊倜大怔，他想不到此事在已發展到劍拔弩張的局面下，戰璧君卻突然說出這種話來，不禁對戰璧君的用心，起了更大的疑念。

不但熊倜驚奇，除了焦異行是深知她的心理之外，又有誰不是滿懷驚異：「天陰教主怎地會說出這麼洩氣的話來。」

只有焦異行腹中有數：「看來只有此時收場，最好還落個大方。」須知焦異行夫婦能統率份子那麼複雜的天陰教，智慧自然超人一等，對事情的判斷力，也是超於常人的精確。

他忖量情勢，知道飛鶴子確不會說出虛言，那麼那柄劍也絕不會是「倚天劍」，自己在根本上，已落了下風。

而且他倆最關心的，還是那本內功奇書，權衡利害，覺得犯不上為此事在此時和武當派等衝突。

當然，最主要的是他這次帶來的高手並不多，沒有十分的把握擊敗熊倜，尚未明，以及那些訓練有素的武當道人。

是以戰璧君說了此話，焦異行心中立刻也泛起同樣的感覺，暗忖：「她和我倒真是心意相通。」心裡不覺甜甜的，方才情緒上的激動，都被這一陣甜意化了開去，含笑望了戰璧君一眼。

粉面蘇秦王智逑，也瞬即瞭解了他們的用意，在場中並沒有沉默了太久的時候，便說道：「教主既然如此說，這柄劍當然是物歸原主了。」又向飛鶴子抱拳道：「在貴山打擾了這麼久，又耽誤了道長們功課的時間，真是抱歉得很。」

他打了個哈哈，又道：「只是此事原本出於誤會，現在誤會既然已經解釋清楚，我們便要告辭了，道長們自去清修吧。」

戰璧君一語息事，焦異行含笑相視，尚未明只覺得心中起了一連串疙瘩，沉重得很，這連他自己也無法解釋得出這種情緒的由來，卻聽飛鶴子道：「施主們自去無妨。」突然又像想起了什麼事，趕緊接著道：「只是敝教這兩個……」

他用手指著仍僵臥在解劍池畔的兩個道人，王智逑忙道：「這兩位道兄的穴道不妨事的……」

說話時，白衣龍女葉清清，黑衣摩勒白景祥已走了過去，出掌如風，極快地在那兩個道人身上拍了數掌，那兩個道人一陣急喘，「咳」地一聲，吐出一口濃痰，四肢已能活動了。

飛鶴子清靜無為，絲毫沒有江湖上冤冤相報，爭強鬥氣的心理，見那兩個道人穴道被解，心中已自泰然，卻沒有想到人家在自己山上點了自己同門的穴道，那該是怎麼樣地一種屈辱。

那些持劍的藍袍道人，心中雖仍不忿，但輩份都比飛鶴子矮了一輩，見飛鶴子沒有說話，也沒有人將心中的不忿說出口來。

「站起來稍為活動一下就好了。」王智逑的話停頓了半晌，直到那兩個道人的穴道已被解開，才繼續著說了下去。

焦異行微一擊掌，道：「此間事既已了，我……」

他話尚未說完，尚未明已冷冷接口道：「只怕此間事還未了呢。」

「又是他。」焦異行微一皺眉，冷峭地瞥了尚未明一眼，飛鶴子心裡也在奇怪著：

「此間還有什麼事未了呢？」

大家的目光，又不期然地聚在尚未明身上，戰璧君嬌笑著道：「小兄弟，還有什麼事呀？」

尚未明極力避開她那一雙春水般的眼睛，朗聲道：「我大哥還有一柄『倚天劍』，也在貴教主手中，此時也該物歸原主了。」

在這情況下，焦異行自然不能將自己失劍之事說出來，須知他是江湖第一個大幫會的宗主，自然要顧忌自己的地位。

「噢，原來『倚天劍』也是閣下的。」焦異行心中暗地叫苦，口上卻不願失去自己的威風，冷笑著道：「但是閣下有什麼證據嗎，不然，任何人都可以說劍是他的了。」

尚未明望著他，心中突然泛起了厭惡的感覺，那感覺中甚至帶著些嫉妒的意味，但是他自己是不會覺察到的。

就因著這一份厭惡，使得尚未明變得分外暴躁，冷笑著道：「證據就是有，也不能給你看。」他哼了一聲，又道：「天下雖大，我還沒有聽到過失主要給小偷看證據的道理。」

他此話講得可說是已超越了常理，江湖上任何情況之下，都不會有人說出這麼難聽的話，何況鐵膽尚未明亦是宗主身分，說話更應留一份餘地，也是替自己保留著身分。

是以他話一說出後，立刻引起了一陣騷動，就連熊倜都在心中暗忖：「二弟的話，的確說得太過分了。」轉念又不禁感激：「但是二弟是為了我的事呀。」掌中劍一緊，準備著任何事的發生。

焦異行怒極而笑，道：「我焦某人出道以來，還沒有人敢在我面前這樣張狂的，來，來，朋友既然能說出這種話來，必定是仗著手底下的功夫，我焦某人不才，倒要領教領教。」

尚未明冷笑道：「在下也正有此意。」全神凝住，就準備動手。

話方說完，突地漫天劍雨，飛鶴子一聲長嘯，身軀飄然而起，站在尚未明與焦異行中間。

尚未明眼角四顧，那數十個持劍的藍袍道人，已整整齊齊在自己和天陰教眾的外面圍了一個圈子，每個人掌中的劍，劍尖朝上，向外斜伸，方才那一陣劍雨，想必就是他們身形飛躍時所帶起的光華。

這時候只有站在巨石上的熊倜，是在這圈子外面，他居高臨下，看到這些道人四人一組，共有三十二人，竟是振著八卦方位而站，再加上飛鶴子，正是九宮八卦陣式的方位。

這樣一來，情勢又變，竟像天陰教和尚未明聯手，而武當派卻是另一邊了。

飛鶴子目光閃動，像是在想說話，又不知該怎麼措詞的樣子。

卻有一個藍袍道人，已朗聲道：「施主們私下若有恩怨，就請到了山外再較量。」

飛鶴子接口道：「施主們私下的事，既然與敝派無關，敝派也不願參與，請各位就此下山吧。」

話中已在逐客，熊倜心中思忖：「今日就算和天陰教動起手來，就憑我和二弟兩人，也勢必勝不了天陰教如許多高手，反而傷了武當派的感情。」於是他想發聲阻止，叫尚未明走了。

那時尚未明滿腹中像是都聚滿了悶氣，勢必發之而後快。

焦異行雖然也極端不願意此時就和天陰教公然為敵，但是他素性極為傲岸，怎肯在這形同威脅之下，就此罷手呢。

熊倜還沒有來得及說話，尚未明與焦異行已各各一聲怒叱，雙掌一翻，錯過飛鶴子，就想動手。

以他兩人這種身手，若然發動，還有誰能阻止得開，尚未明手揮五弦，目送飛鴻，極為瀟灑地展開「塞外飛花三千式」，他滿腹怒氣，一出手便自不同，掌影繽紛，連環拍出數掌。

焦異行領袖天陰教，武功自是超絕，雙掌化了個半圈，根本不理會尚未明那種繁複的虛招，右肘一沉，左掌疾起，兩人瞬即拆了三掌。

飛鶴子眉心一皺，一聲長嘯，三十二個藍袍道人掌中的長劍，一齊發動。

霎時間光華漫天，遠遠站著的八個抬著山轎的天陰教徒，只覺得彷彿是一個極大的光幢，被日光一映，更是彩色繽紛，好看已極。

光幢內除了飛鶴子以及正在動著手的尚未明之外，還有尚文斌，龔天傑，王智逑，汪淑仙，以及數十個天陰教下的舵主，武當道人的劍陣一發動，竟然不分皂白青紅的劍點亂撒，不論是誰，都朝他身上招呼，王智逑心中一急，暗忖：「真糟。」劍光一掠，已有一柄劍朝他身上刺來。

於是天陰教下的每一個人，也只有抽出兵刃，展開混戰，但是這些武當道人的劍陣，像是平日訓練有素，劍招與劍招之間，配合得異常佳妙，進退也是按著八卦方位，這三十二個藍袍道人武功雖不甚高，但如此一來，威力何止增加了一倍。

戰璧君嬌笑連連，像穿花的蝴蝶，在劍陣中飄飄飛舞。

黑煞魔掌尚文斌屹立如山，掌風虎虎，劍光到了他身側，都被輕易地化了開去。

黑衣摩勒，白衣龍女，竟手攜著手，像是兩隻連袂飛翔的燕子，極為輕易地化解著劍招，姿勢身法，曼妙無比。

但是飛鶴子居中策應，身形四下流走，這些高手們非但無法破去這劍陣，而且片刻之間，天陰教下的兩個身手較弱的分舵舵主，已被劍傷，一個肩頭血流如注，一個脅下中劍，已經躺在地上了。

王智逑心中忽然一動，忖道：「我們若有圍成一個圈子，大家面部向外，對付這劍陣豈不大妙。」一眼角動處，望見飛鶴子左擊一掌，右點一指，身形飄忽，暗中不禁叫苦：「這樣也是不行，他們劍圈裡，還有一個武功最強的人。」

熊倜站在巨石上，望著這一場別開生面的混戰，最妙的是有時明明有一劍刺向尚未明，不知怎的，焦異行卻替他解了這招，尚未明的一掌拍向焦異行時，也會中途轉變方向，劈向一個武當道人，乍一見此，真看不到其中有何玄妙。

但是熊倜對這些，非但不能抱著欣賞的態度，心裡反而著急萬分，暗暗擔心著尚未明的安全，但想來想去，也毫無他法解救，他暗忖：「我若此刻在外面擊破這些武當道人的劍陣，原也可能，只是這麼一來，反成了我替天陰教徒解圍，又勢必要和武當派結下深仇，但是我若置身事外，二弟此刻的情勢，卻是危險已極，唉，這真叫我為難得很。」

片刻，飛鶴子又是一聲長嘯，那劍陣突然轉動了起來。

這麼一來，光幢裡的人情形更是危急，尤其是焦異行，尚未明兩人，除了彼此得互相留意著對方的招式外，還得應付那三十二個武當藍袍道人手中三十二柄劍連綿不斷的招式。

四十幾個照面下來，尚未明已漸感不支，方才他和黑煞魔掌尚文斌對了兩掌，真氣已微受損，何況他功力本就不及焦異行。

於是他額角，鼻側開始泌出了些汗珠，但是一種異於尋常的勇氣仍支持著他，一時半刻之間，也不致落敗。

焦異行是何等角色，對他這種外厲內荏的情況，哪會看不出來，掌上再發揮了十二分的功力，立心將這個心高氣傲的對手，敗在掌下。

熊倜目光隨著尚未明的身形打轉，見他漸已心餘力拙，心中的焦急，甚至還在尚未明自己之上。

日已西斜，熊倜一低頭，陽光自劍脊反射到他的劍上。

他一咬牙，暗忖：「說不得只有如此了。」真氣猛提，瘦削的身軀，沖天而上，微一轉折，劍光如虹，向武當道士所布的劍陣降下。

他極為小心地選擇了一個最適當的位置，一劍刺下，「蹌踉」一聲，一個藍袍道人掌中的劍，已經被他削斷了。

借著雙劍相交時的那一份力量，他朝向左上方又拔起了寸許，長劍再一下掠，又是一柄劍斷，他又借著這一擊之力，升起尺許。

武當道人的劍陣本是由左而右地在轉動著，陣法的運轉，快得驚人。

熊倜卻是由右而左，朝相反的方向迎了上去，以極巧妙的劍招，瞬息之間，便有十數個藍袍道人掌中的劍，已被削斷。

劍陣因此而顯出零亂，而終於停住了，不再繼續轉動。

每一個見了熊倜這人驚世駭俗的武功，都驚異得甚至脫口讚起好來，就連天陰教裡的豪士，也都被這種神奇的武功所目眩了。

熊倜再次一飛沖天，雙腳互扣，巧妙地右身軀微微下沉時，換了一口氣，右臂猛張，身形再一轉折，掠下，「漫天星斗」，劍光如點點銀星，滾向劍圈裡的天陰教下的道士。

他竟不考慮地運用著他所知道的最毒辣的招式，耳中聽到二聲慘呼，他望都沒有再望一眼，「雲如山湧」，劍身微變方向，嗆然一聲長鳴，龔天傑掌中百煉精鋼打就的吳鉤劍，已被削斷。

接著，他覺得眼前劍光流動，根本無法知道熊倜的劍，究竟是朝哪一個方向刺來。猛地朝地上一滾，吳鉤劍龔天傑再也不顧身分，但縱然他這麼努力地企圖能夠避開此招，右腿上仍然被劃了長長一道口子，倒在地下，失口而呼，玉觀音夫婦連心，忙飛掠過來，探查傷勢。

熊倜第一次使用這麼毒辣的方法，這一擊之後，毫不停留，劍光一閃，看見劍下那張帶著驚懼的面孔，卻是粉面蘇秦王智逑的，想起從前的那一絲「情份」，劍尖一軟，自他臉旁滑開。

熊倜再一縱身，看到黑煞魔掌面寒如水，正向他掠來。

他本不願在此纏戰，身隨劍走，劍動如風，斜斜一劍，「北斗移辰」，削向連掌迅速的焦異行。

等到焦異行撤掌回身，錯步自保的時候，他疾伸左手，一把拉住尚未明，低喝道：「快走。」身隨聲動，施展開「潛形遁影」的身法，左手用力拉著尚未明，恍眼而沒。

在極短的一剎那裡，熊倜以無比的速度和身法，用出「蒼穹十三式」最精妙的招式，極快地自如許多高手中，拉出尚未明。

若你眼睛稍為遲鈍些，那麼你所能見到的只是一道矯若遊龍的劍光，極快地打了個圈子，然後倏然而逝。

在焦異行憶起他該追趕以前，熊倜和尚未明已消失在群山裡。

群山依舊，流水如故，除了山地上，平添了幾灘血跡之外，一切都是毫無變化的。

當然，還除了人們的心境。

第二十回 貪學奇功，且施妙計 急訪蹤跡，權去鄂城

夏芸以過人的機智，騙過了驕狂自大的蒼玄，蒼荊，逃出武當山。

她內傷尚未痊癒，胸腹之間一陣陣地覺得無比的疼痛。

但是她一刻也不敢休息，拚命地在深夜黝黑的山道上奔馳著，因為她知道，此刻她還沒有真正逃出武當派的掌握，而她這次若被武當派裡的人再捉回去，只怕要受到更大的屈辱。

四野蟲聲啾然，松濤被山風吹得籟然發出一種嗚咽般的聲音，一陣風吹來，夏芸機伶伶打了個寒噤，心裡覺得有些害怕。

好容易，逃到山下，經過這一番勉強的奔馳，胸口疼得更是難受，夜露沾到衣上，她覺得有些冷，腹中空空，又覺得有些餓。

但是此地荒野寂然，哪裡找得到任何一種他所需要的東西，她只得又勉強地掙扎著朝前面走，希望能找到一個山腳下住的好心人家。

頭也開始一陣陣地暈暗起來了，她幾乎再也支持不住。

猛一抬頭，忽然看到前面居然有燈光，這一絲新生的希望，立刻使她增加了不少力氣，居然施展開輕功，朝前面掠去。

遠遠地就聽到那間有燈光的小屋裡，發出一陣陣推動石磨的聲音，原來那是間山路邊的豆漿店，專門做清晨上山的香客的生意的。

又饑，又寒，又渴的夏芸，想到滾熱的豆漿被喝進嘴裡的那種舒適的感覺，精神更是大振，三步併做兩步，走了過去。

磨豆漿的是一個睡眼惺忪的老頭子，白髮皤然，身體雖然還很硬朗，但是再也掩飾不住歲月的消失所帶給他的蒼老了。

還有一個年紀和他相仿的老婆，正腳步蹣跚地在幫著忙。

為著生活，這一對本應休養的老年人，仍辛苦地在做著工，忍受著深夜的寒露和清晨的曉風，所求的只是一日的溫飽而已，生命中許多美好的事，在他們僅僅只不過是一個夢而已。

夏芸心中惻然，悄悄地走了上去，那老頭子抬頭看到一個頭髮蓬鬆，衣履不整的妙齡少女，深夜突然在他面前出現，嚇得驚呼了出來。

夏芸連忙說：「老爺子不要怕，我只是來討碗豆漿喝的。」

她溫柔的聲調語氣平靜了那老頭子的驚懼，他驚疑地望著夏芸。

老太婆也蹣跚地走了過來，燈光下看到夏芸氣喘吁吁，臉色也蒼白得可怕，忙道：「姑娘，你怎麼了，有什麼不舒服嗎？」

老年人永遠有一份慈善的心腸，也許他是在為自己將要逝去的生命，做一首美麗的輓歌吧。

夏芸編了個並不十分動聽的謊言，在這兩個好心的老年人家裡住了五天，身上所受的傷，經過熊倜真氣的治療，又休養了這麼多天，漸漸已完全痊癒了，精神也大為鬆煥。

武當山上發生的事她一點兒也不知道。

熊倜和尚未明兩次從這小屋前走過，誰也沒有朝裡看一眼。

這就是造化的弄人。

五天之後，夏芸依依不捨地離開了那兩個好心的老年人，在囊空如洗，無以為報的情況下，她解下了頸子上的金鏈子。

於是她開始感到一種空前的恐懼，在人們囊空如洗時所發生的那種恐懼的感覺，有時幾乎和「死」一樣強烈。

夏芸盤算她該走的路。

「離開家這麼久，也該回家了。」她暗忖：「爹爹看到我回去，一定高興得很。媽媽對我雖然總是那麼冷冷淡淡的，可是這次我想她也會高興的。」

她微一皺眉，另一個人更強烈的佔據了她的心。

「可是我怎麼能就這麼回去呢，倜哥哥，你有沒有在想我呀，你知不知道，我現在是多麼想你呀。」

「回到那家胖子開的估衣鋪去吧。」她暗忖：「在那裡一定有倜哥哥的消息。」

「倜哥哥知道我被劫，一定會出來找我的。」她心中甜甜地，對熊倜，她實在有太深的情感。

「但是我一文錢都沒有，怎麼辦呢。」她低頭看到自己的腳，原來她那天自床上被劫走，腳上穿的只是一對睡鞋。

經過這麼多天，那對睡鞋已經是既骯髒，又破爛了，身上的衣服，已髒得變了味，夏芸苦笑，她本來是個最愛乾淨的人，自小嬌生慣養，幾時吃過像這種樣子的苦頭。

突然，她哭了，她想起采石磯旁看到熊倜的那付樣子，心想：「現在我不是已經和他那時候完全一樣了嗎。」轉念又想道：「那時他說：『既不能偷，也不能搶，只有這樣了。』我還說：『要是我呀，我就去搶了。』可是現在，現在我也不敢去搶呀。」不禁又覺得好笑，笑容甚至都泛了起來。

但是，現實的問題，瞬即又使她的那一絲歡樂消失了。

「假如有一個很有錢的人經過，我搶他一些銀子，也不算是什麼太大的壞事吧。」沿著荒寂的路走著，她不禁泛起這種想法，忖道：「最多我問清他的姓名，以後再還他就是了。」

可是這條通往小城的路上，荒荒涼涼，別說有錢的人沒有，就連乞丐都沒有半個。

夏芸歎了一口氣，暗忖：「只有到什麼時候，說什麼樣的話了。」

忽然，遠處竟有蹄聲傳來，夏芸心頭一陣猛跳，叫她做強盜，她膽子雖然大，可還是有點不敢，可是她一想到以後可以還錢給人家，心裡就舒泰了一些，這就是大小姐一廂情願的脾氣，永遠只替自己著想。別人的想法，根本沒有放在她心上。

她遠遠看到過來的兩匹馬，暗忖：「這兩人都騎著馬，而且看這兩匹馬行路的樣子，都還不錯，看樣子這兩人準窮不了。」

她兩隻眼睛緊緊瞪著那兩匹馬，拳頭握得也是緊緊的，掌心都淌出冷汗來了，心頭怦怦地跳，到底還是緊張得很。

那兩匹馬走得很慢，又走近了一點，夏芸看到馬上坐的是一男一女，身上穿得花團錦繡，講究得很，人也像都很漂亮。

馬上那女的一路指點著向那男的說笑，不時還伸出手去打那男的肩頭，顯得甚是親熱。

夏芸見了不禁一陣心酸，想起自己和熊倜馬上邀遊，並肩馳騁的情況，歷歷如在目前，但是此刻自己卻是孤伶的。

她在路中央踽踽獨行，馬上的一男一女，都用奇怪的目光望著她。

她低著頭，等到那兩匹馬堪堪走到自己身側，突地雙手疾伸，在那兩匹馬身上點了兩下。

那兩匹馬一聲長嘶，人立了起來，立即動也不動。

這又是她在蘇州街頭制住孤峰一劍邊浩的坐騎時所用的手法。

原來如她自幼在馬場中長大，馬場中有一位馬師傅，原先本是馬賊，不知怎的，卻將這種關外馬賊的絕技，教給了夏芸。

可是馬上的那兩個人，仍然端端正正地坐在馬鞍上，像是釘在上面似的，神色雖然微微露出驚愕的表情，但仍是從容的，彷彿夏芸這種中原武林罕見的制馬手法，並未引起他們太大的驚異。

若然夏芸稍為更具有一些江湖上的歷練，她立刻便可以知道此兩人必非常人，須知以孤峰一劍那樣的聲名地位，尚且對她的制馬手法大表驚異，那麼這兩人豈非又比孤峰一劍高了一籌。

馬上的男女微一錯愕之後，相視一笑，似乎覺得很有趣。

那女的笑得又俏又嬌，夏芸暗忖：「這女的好美。」自顧自己襤褸的外表，不禁有一些自卑的感覺，她向來自詡美貌，這種感覺在她心中，尚是第一次發生，當然，她衣衫的不整，也是使她生出這種對她而言是新奇的感覺的主要原因。

她微一遲疑，猛想起她對人家的存心，臉不覺有些紅，想說出自己的目的，想來想去，卻不知道該如何搭詞。

馬上的男女以一種奇怪的眼光看著她，這眼光中包括著的大多是嘲弄的意味，雖然沒有說話，但是這種意味已很明顯地表露了出來。

於是素性驕傲的夏芸，開始生氣，而生氣又使她忘記了自己對人家的存心是極端不正的，竟然毫不考慮地說出了自己的企圖。

「你們——」她瞬即想起了另兩個更適於此時情況的字句，立刻改口道：「朋友——」但是下面的話她依然不知該怎麼說。

心一橫，她索性開門見山，道：「把身上的銀子分一半出來，姑娘要用。」

馬上的男女，「噗嗤」一聲，笑了出來，那男的目光中嘲弄的意味，變得更濃了些，忍住笑道：「大王——」

「大王」這兩個字一出口，旁邊那女子笑得如百合初放。

這種笑聲和這種稱呼，使得夏芸的臉更紅得好像熟透了的蘋果。

「大王敢情是要銀子，我身上什麼都有，就是沒有銀子，怎麼辦呢。」那男的極力忍住嘲笑，一本正經的說道。

夏芸暗忖：「他們大概不知道我身懷武功，是以才會有這種表情。」

「你們不要笑，要知道姑娘不是跟你們開玩笑的，你們不拿出來嗎——」

夏芸自以為非常得體地說了這幾句話以後，身形突然竄了起來。她武功不弱，這一竄少說也有二丈五六，在武林中已可算是難見的身手了，然後身形飄飄落了下來，依然站在原地。

她以為她所露出的這一手上乘輕功，一定可以震住這兩個男女。

哪知道那男的突然仰天長笑，笑聲清朗高亢，震得耳鼓嗡嗡作響。

夏芸雖然對江湖門檻一無所知，但聽了這男的笑聲，心中也大吃一驚，知道這男子的內功，必定在自己之上。

她不禁連連叫苦，暗忖：「我真倒楣，一出手便碰到這種人。」

但是事已至此，她實在是騎虎難下，站在那裡，臉上已有窘急的神色，本來已紅著的臉，現在也紅得更厲害了。

長笑頓住，那男的突然面孔一板，道：「你真的想攔路截財？」

「是又怎樣，不是又怎樣？」倔強，好勝而又驕傲的夏芸，到了此刻，話雖然說得仍很硬，但內在卻已有些發軟了。

「就憑你身上的那點武功，和這點從關外馬賊那裡學來的偷馬手法，想攔路劫財，只怕還差著一些呢！」

原來這男的見多識廣，一眼便認出夏芸制馬手法的來歷。

夏芸「哼」了一聲，又激起她好勝的心理，暗忖：「你內功雖好，姑娘也不見得怕你。」遂道：「那麼你試試看。」

那男的又長笑道：「好，好，我知道你一定不服氣，這樣好了，你從一數到三，我們還不能讓你躺下，就將身上的銀子全部送給你。」隨手將掛在馬鞍上的包袱解下，打開來，突見光華瞭目，包袱裡竟然全是價值不菲的珍寶。

那男的非但衣著華貴，人也瀟灑英俊得很，隨手將那包袱朝地上一丟，直像將這些珠寶，看成一文不值似的。

夏芸雖然也是出身豪富，但見了這人的態度，也有些吃驚。

卻聽那華服男子道：「你開始數吧。」

夏芸嘴一嘟，暗忖：「你是什麼東西，我就不相信數到三時你就能怎麼樣我。」

「一」，夏芸開口叫道，身形一掠，雙掌搶出，向馬上的男子攻去。

那男子又是一聲長笑，手中馬鞭「制」地飛出，像一條飛舞著的靈蛇似的，鞭梢微抖點，點向夏芸「肩井」、「肩貞」、「玄關」、「太白」四處大穴。

夏芸一驚，口中喊出「二」。

雙腿一蹬，身軀一扭，努力地避開了這凌厲的一招。

她口中才想喊「三」，哪知鞭梢如附骨之蛆，又跟了上來。

她再向左一扭，哪知脅下突然一麻，一件暗器無聲無嗅地擊在脅下的「將台」穴，像是早就在那裡等著，而她自己將身子送上卻被擊似的，口中的「三」尚未及喊出，身子已經倒下了。

這時她心中的感覺，真不是任何言語可以形容得出來的。她生長關外，馳騁於白山黑水之間，從少就是「雪地飄風」的美譽，那時來到江南，第一次受挫於四儀劍客凌雲子的劍下，雖然不出二十招，但究竟還算交過了手。哪知此刻遇見這一對奇怪的男女，一招尚未進出，就已經被人家點中穴道了。

那女的似乎心腸很軟，柔聲向那華服男子道：「你去將這個姑娘的穴道解開吧，我方才出手重了些，不要傷著了人家。」

夏芸雖然渾身不能動彈，但這個女子所說的話，她卻聽得清清楚楚，心中不知是慚愧？是感激？抑或是生氣。

「你點了人家的穴道，現在又裝什麼好人。」她沒有想到此事的發生，完全是由於自己的不對，反而在怪著人家。

她這麼只知有己不知有人的脾氣，已經使她吃過不少苦頭，但是她生性如此，正是所謂：「江山好改，稟性難移」，雖然連番吃虧，這種脾氣還是一點兒也沒有改過來。

那男的帶著笑說道：「你的脾氣怎麼突然變得這麼好，以前不是動不動就要殺人嗎？」

「死鬼。」那女的嬌笑著罵著，心情像是高興已極。

華服男子也未見如何作勢，身形飄然自馬鞍上飛起，衣袂微蕩，笑聲未絕，落在夏芸身旁，極快地在她身上拍了一掌。

夏芸甚至還沒有感覺到他這一掌的拍下，但是她體內真氣又猛然恢復了正常的運行，手一動，穴道已經被人家解開來了。

她雙肘一支，跳了起來，站直身子，卻見那男的正笑嘻嘻地望著自己。

她越想越氣，覺得自己受那麼多委屈，而且人家雙雙對對，自己卻是形單影孤，感懷身世，不禁悲從中來，竟放聲哭了起來。

她本是不懂世事，倔強任性的女孩子，想笑的時候就笑，想哭的時候就哭，絲毫不會做作，也一點不避忌任何事。

那男的見她突然哭了起來，倒真的覺得有些意外和驚措了。

他暗忖：「這個小姑娘到底是怎麼回事？」想到自己的太太，也是這種說笑就笑，說哭就哭的性子，心中不覺對夏芸起了好感。

馬上的少女見夏芸哭了起來，心中也泛起同情的感覺，忘卻了夏芸方才的想攔路劫財的行為。

原來這馬上的少女最近解開了心上的死結，對世事看得都是那麼樂觀和可愛，對世上的人們也起了很大的同情心。

於是她也飄身下了馬，眼前微花，她已站在夏芸的身側，身法的曼妙，速度的驚人，更是令人不期然而覺得神妙。

「小姑娘，你有什麼難受的事，只管對我講好了。」她撫著夏芸的肩，柔聲說道：「只要我能做到的，我一定幫忙。」

她不但語意善良，說話的聲音，更是那麼甜蜜，俏嬌。

但是夏芸卻是倔強而好勝的，人家越是對她表示憐憫，她越是覺得難受，肩頭一搖，搖開了那女子的手，恨聲道：「不要你管。」

她這種毫不領情的口吻，不但沒有激怒那女子，反而引起那女子的同情。

「這個小女子一定有很大的委屈，但是她一定也是個倔強的女子，心中有苦痛，卻不願意告訴人家知道。」女子歎氣著忖道：「唉，她這種脾氣，倒真是和我有些相像。」

原來這少女也是這種個性，是以她對夏芸除了同情之外，還有一層深深的瞭解。

「小姑娘，你聽我說。」那女子以更溫柔的語聲道：「無論有什麼事，你都告訴我好了，我替你作主，出氣。」

她說得那麼武斷，彷彿真的將天下人都沒有放在心裡。

但是夏芸仍然抱著頭哭著，沒有回答這女子好心的問道。

路的那一頭，突然蹄聲零亂。

恍眼，飛快地奔過來幾匹健馬，馬蹄翻飛，帶起一片塵土。

馬上的是四個身穿藍袍的道人，看到路上有兩女一男站著，其中有一個少女像是在哭，不禁都覺得詫異得很。

夏芸聽到馬蹄聲，下意識地抬起頭來。

其中有一個道人正好回過頭來，和夏芸的目光碰個正著。

他心中一動，突然高喝道：「停下來。」

其餘的三匹馬便一齊勒住馬韁，飛奔著的馬驟然停下，前蹄揭起，嘶然長鳴，但是，馬上的道人個個身手了得，雙腿緊緊地扶著馬鞍，一點也沒有慌張失措的樣子。

其中一人「咦」了一聲，兩眼盯在那兩匹被夏芸制住的馬上。

但是那一個看來氣度最從容，丰神最沖夷的道人，眼光卻是瞪在夏芸臉上。

那華服女子冷冷哼了一聲，暗忖：「這個道士兩隻眼睛看起人來賊兮兮的，一定不是好人，我真想教訓教訓他……」

念頭尚未轉周，卻見那道人翻身跳下馬來，身手的矯健，迥異凡俗。

那華服男子見了這四個道人的裝束，和他們背上斜掛著的帶著杏黃色穗子的長劍，眉頭一皺，暗忖：「武當派的。」

那道人果然就是武當派的第二代弟子中的佼佼者，武當掌教關山門的弟子，初下武當，步入江湖的飛鶴道人。

飛鶴子看到夏芸，心中一動，暗忖：「這女子不就是那自藏經閣逃出的少女嗎？」馬韁一勒，閃道：「叫她轉告熊倜最好。」

原來熊倜，尚未明乘隙遁去，天陰教主也隨即下了山。

臨行時，他們還再三地道著歉，飛鶴子想著：「這些天陰教徒，倒沒有傳說中那麼壞。」

哪知當天晚上，一向靜寂安祥的武當山，突然發現了數十條夜行人的影子。

這是數十年來，被武林中尊為聖地的武當山，所從來沒有發生過的事。

那數十條的人影，身法都迅速得很，像都是武林中的能手。

武當派數十年來，被武林視為泰山北斗，當然不會想到此番有人敢來武當山侵犯，更沒有想到會聚集了這麼多武林高手。

但是武當道人畢竟個個都是訓練有素，有些武功雖不甚高，但對道家的「九宮八卦劍陣」，都配合的非常純熟。

這種嚴密配合的劍陣，此時發揮了最大的威力，來犯武當山的數十高手，一時也不能將這種道家無上的劍陣破去。

飛鶴子劍影翻飛，突然瞥見這些夜行人其中數人的面容，心中大怒：「原來這些都是天陰教徒。」刷刷數劍，手底更不容情。

武當掌教妙一真人，武功深湛，甚至還在江湖中的傳說之上。

此時他動了真怒，持劍卻敵。

一場大戰，天陰教徒雖然傷之不少，但武當派的弟子亦是大有虧損。

這還是天陰教中最辣手的兩個人物——鐵面黃衫客仇不可和九天玄女繆天雯留守太行山總壇，沒有隨同前來，不然武當山就更危險了。

焦異行想得到那本內功秘笈的心，是那麼深切，是以不惜傾師而出，更不惜樹此強敵，不擇手段的，居然夜入武當，想以強力取得此書。

他原以為武當道人猝不及防，怎能抵敵得住自己和教下如許多高手。

哪知道武當派潛在的實力，竟出乎他想像之外，他久戰不下，妙一真人掌中青萍劍出神入化，施展開武當鎮山劍法——九宮連環劍，劍扣連環，如抽繭剝絲，層層不絕。

他當機立斷，立刻發現如果這樣相持下去，必定是落個兩敗俱傷的結果。

須知他此次夜入武當山的，幾乎是天陰教下大半的高手，全部出動，雖然他渴切的希望能佔有那部奇書，但是若然為此而傷折自己天陰教的主力，他還是不會願意的。

於是他一聲長嘯。

黑衣摩勒一竄沖天，掏出金鑼來敲了幾下，清朗的鑼聲，傳出很遠。

天陰教下的數十高手，來如潮水之漲，去也如潮水之退。

片刻之間，連未受傷的帶受傷的，都走得乾乾淨淨了。

明月像往前一樣，照得這海內名山的外表，泛起迷濛的銀色。

玄真觀大殿前後的院子裡，倒臥著十數具屍體，其中有武當派的弟子，也有天陰教下的舵主。

為著一個人的野心，這麼多無辜的生命死亡了。妙一真人這才震怒，決定以自己在武林中的地位，遍撒英雄帖，想動員所有江湖中的精銳，再次消滅天陰教的勢力。

於是飛鶴子銜命下山，負起通知武林各門各派豪士的使務。他在路上看到夏芸，想到熊倜和尚未明的武功，也想到他們必定樂於參加這一個行動，於是他勒住馬，想將這消息告訴夏芸，讓她轉告熊倜。

夏芸望見他，驚惶地想起他是誰：「哎呀，武當派的道士追下來了。」她以為飛鶴子和另外三個武當派的第二代弟子，來捉她回山的。

哪知飛鶴子的態度，絕不是她所想像的凶惡，客氣地說出了來意。

那兩個華服的男女，聽到熊倜的名字時，雙目一張，緊緊盯在夏芸臉上，暗忖：「原來這個姑娘就是熊老弟的愛侶。」

不問可知，這兩個華服男女，就是避居「甜甜谷」裡的點蒼大俠，玉面神劍常漫天和他幸得回復原貌的嬌妻散花仙子田敏敏。

他兩人靜極思動，略為收拾了一下，仗著山壁的機關巧妙，也不怕有人會發現那稀世的寶窟，便連袂出山了。

他們首先關心到的就是熊倜，田敏敏對熊倜更是感激，因為他使她重得了她最珍惜的東西。

於是他們第一個目的地，便是想到武當山去看看熊倜的結果。

哪知無意之中，卻遇見了夏芸。

飛鶴子侃侃而說，常漫天不禁詫異：「怎地天陰教又死灰復燃了？」他隱在深山幾有十載，天陰教的重起，他根本一點也不知道。

但是他並沒有將心中的懷疑問出來，他根本一言未發，因為他此時還不想將自己的身分說出來。

飛鶴子再三囑咐著夏芸，見到夏芸點首後，便上馬走了。

他也曾向常漫天夫婦微一頷首，但是他卻絕未想到這個儒雅英俊的華服文士，就是當年名震天下的點蒼掌門玉面神劍常漫天。

四匹健馬，又帶起塵土絕塵而去。

站在上午溫煦陽光下，夏芸愕了許久。

田敏敏一連串嬌俏的笑聲，使得她自迷惘的憶念中回到現實裡來。

她所憶念的，自然只有熊倜，方才她聽了飛鶴子的話，知道熊倜果然冒著萬難，趕到武當山去援救她，心中的悲痛，霎時之間，就被甜蜜的溫馨所替代，熊倜的一言一笑，冉冉自心底升起。

田敏敏察微知著，見她嘴角泛起的甜意，笑道：「姑娘在想著我們那位熊老弟吧。」

夏芸一驚，起先她驚的是被人說中了心事，後來她卻是奇怪這個武功高絕的美貌女子，何以會稱呼熊倜為「老弟」。

她暗忖：「難道她也認得熊倜？」心裡竟微微泛起一陣醋意，眼光射到田敏敏身上，卻見田敏敏的手被握在常漫天的手裡，心中立刻坦然，反而有點好笑：「我怎麼這麼多疑。」

女孩子的心理，永遠是最難猜測的，對於她們所喜愛的東西，她們有一種強烈的佔有欲，不允許任何人分享一點。

陽光從東面照過來，照在夏芸左面的臉頰上，夏芸臉紅紅的，顯得那麼美麗而可愛。

田敏敏溫柔地反握住常漫天的手掌，笑道：「難怪熊老弟這麼想你，就是我見了，心裡也喜歡的不得了，何況他呢。」

夏芸臉更紅，心中卻又那麼舒服，低首含羞：「你也認得倜……」她終究不好意思說出「哥哥」兩字，頓住了話。

田敏敏朝她一夾眼，嬌笑著道：「是呀，我也認得你的倜哥哥。」

常漫天微笑地望著嬌妻和這個天真美貌的少女打趣，心裡覺得那麼幸福。

因為已經得到了愛的人，也總是希望別人也得到幸福。

夏芸不安的忸怩著，害著羞，然而她對這一雙本是她打劫的對象，卻泛起了親切之感，尤其是在她幾乎已是山窮水盡的時候，這種親切的感覺更是強烈而濃厚，因為她覺得只要是熊倜的朋友，不也就等於自己的朋友一樣嗎。

她低著頭，留心地傾聽著不忍見她太窘的常漫天說著他們和熊倜相識的經過。

那些事是那麼的新奇而有趣，她抬頭望了田敏敏一眼，心裡在想著：「難道這麼漂亮的人以前真會那麼醜嗎？如此說來，那種神秘的易容術又是多麼奇妙呀。」

田敏敏像是永遠都能看透她少女純潔而多變的心，笑道：「我以前真的那麼醜，你相不相信呀？」

夏芸低頭一笑，暗忖：「怎麼我的心事老是被她說中呢。」

「姑娘是不是想找熊老弟？」常漫天問道。

夏芸不好意思地點了點頭。

於是常漫天慨然道：「我們也想找熊老弟，姑娘不如就和我們一齊走吧。」

這當然是夏芸求之不得的。

田敏敏嬌笑著指著那兩匹馬說：「不過你可得先將這兩匹馬弄好。」

想起方才她對人家的舉動和對人家所說的話，夏芸剛剛回復正常的臉色，又紅了起來，訕訕地走了過去，伸手在馬腹背上拍了兩下。

那兩匹馬被制了那麼久，但是立刻便又神駿異常，夏芸暗忖：「果然是兩匹好馬。」又想到自己的那匹「大白」，現在不知下落，心中又不禁惻然。

須知愛馬的人，往往將自己的坐騎看得異常珍貴，何況那匹「大白」的確是名駒，夏芸「雪地飄風」的外號，也是因此而來呢。

「姑娘可是在關外長大的嗎？」常漫天對她這種純熟的制馬手法，也微覺奇怪，於是試探著問道。

夏芸笑著點了點頭，道：「我家在關外有個馬場……」她話中含意，自是告訴常漫天她不是馬賊，常漫天一笑了然。

他再次探詢，在哪裡最可能找到熊倜，夏芸毫不考慮地說：「鄂城。」

因為在夏芸的心目中，鄂城那間有古錢為記的估衣鋪，是唯一能夠知道熊倜下落的地方。

於是他們又渡南河，經襄陽，鄂城，沿著漢水南下。

在繞過大洪山脈的時候，常漫天夫婦便問夏芸要不要到那藏寶山窟中去看一看，好奇的夏芸何嘗不願意，只是卻有一種更強烈的欲望使她斷然放棄了一看那神秘洞窟的機會。

「我知道我們這位大妹子急著要去見她那個『倜哥哥』，怎麼會去看那個破山洞。」田敏敏甜笑著，又一次猜著了這少女的心事。

一路上夏芸對這位心思七竅玲瓏，武功又神奇莫測的田敏敏佩服得五體投地，再三磨著田敏敏，要她教自己。

田敏敏被磨得無法，也只有教她，但是夏芸卻一直不滿意，她恨不得田敏敏將看家的本事都掏出來，教給自己才對心意。

因為田敏敏那種神奇的暗器手法，奇妙的輕功，和她自父親萬相真人那裡學會的一些易容之術，對夏芸的誘惑太大了。

他們只有兩匹馬，後來雖然湊了一匹，卻不是名種，再加上田敏敏和夏芸一路上說說笑笑，不時又教些武功，是以他們走得很慢。

幾天之後，他們到了孝感，距離武漢，已經並不太遠了。

孝感也是個繁榮的城鎮，天一入暮，她們便投了店。

常漫天自然舉止闊綽，將孝感城裡最大一間客棧的西面一個大院子全包了下來，店小二像是見了活財神，送茶送水送飯送菜送酒，招呼得無微不至，只希望多得幾個賞錢。

吃過了飯，他們在廳裡閒聊著，夏芸又道：「敏姐姐，今天你還得教我幾套武功才行。」

田敏敏笑著「嗯」了一聲，說：「你們看，哪裡有這麼煩人的姑娘，人家壓箱底的功夫都被她迫去了，她還要人家教。」

「不行，」夏芸搖著田敏敏的臂膀，撒著嬌道：「你騙我，把功夫藏起來，也不肯教給人家。」她索性坐到田敏敏的腿上撒賴，不依著說：「今天你要是不教給我，你就別想睡覺。」

田敏敏被纏得無法，她也實在喜歡這天真的少女，笑罵著說：「你真是我的魔星，好好，你站起來，我教給你。」

夏芸高興得一躍而起。

田敏敏說：「不過你可先要做一件事，我才教給你。」

「什麼事呀？」夏姑娘著急地問道。

「我坐在這裡，你如果有辦法將我弄得站起來，我就教你。」

夏芸道：「好。」轉了兩轉，轉到窗口，突然叫了起來：「敏姐姐，你快來看，外面有個三條腿的胖娃娃，好看極了。」

田敏敏笑道：「我不看。」

夏芸賭氣道：「你不看就算了。」又轉到微笑著的常漫天面前，揚起手道：「你再不站起來，我就要用力打他了。」

「我不管，」田敏敏笑道：「何況你那雙嬌嫩的小手，怎麼打得痛他。」

夏芸跺著腳，嘟著嘴道：「敏姐姐最壞了，用這個法子來賴。」突然心中一動，眼珠一轉，道：「你坐著，我可騙不起來。」她得意地接著說：「不過你要是站著，我一定可以將你騙得坐下去。」

田敏敏笑道：「你這小妮子好笨，那還不是一樣嗎？」

夏芸道：「試試看。」

「好好，就讓你試試看。」田敏敏說著話，從椅子上站了起來。

「哈，你被我騙得站起來了。」夏芸拍手笑道：「這回可賴不掉吧，快教我武功。」

常漫天噗地笑出聲來，暗忖：「我原以為敏妹妹已經夠鬼了，哪知道還有比她更鬼的。」

田敏敏瞪了他一眼，道：「你笑什麼？」轉臉向夏芸笑罵：「被你這鬼丫頭騙了去，來吧，再過幾天，我就要拜你做老師了。」

這樣一路到了武漢，夏芸想盡各種方法，將散花仙子的輕功，暗器學去了不少，連萬相真人的不傳之秘易容術，也被她磨著學會很多，常漫天暗笑：「這樣一位詭計多端的姑娘，我那個忠厚老實的熊老弟怎麼吃得消。」

他卻不知道詭計刁蠻的夏芸，在見著熊倜時都溫柔體貼呢。

由武漢到鄂城，即使走得太慢，也只有一天的路程了。

第二十一回
疑懼參半，芳蹤突渺
嫉仇交集，孤劍施欺

武漢三鎮不但是鄂中重鎮，也是兩湖的首善之區，長江水運的集散地。正是所謂市面繁華，人物風流。

天方正午，常漫天徵求夏芸的意見：「要不要在這裡玩一天，明天凌晨再動身到鄂城？」

夏芸何嘗不想在這個文采風流的地方玩上一天，但是離鄂城越近，她對熊倜的思念也越渴切，恨不得立刻便到鄂城。

「你們先到鄂城去好不好，從鄂城回來，我們再在這裡多玩幾天。」夏芸輕輕地說，雖然她對這地方是有些依依不捨的。

「是呀，」田敏敏笑著說：「找到我們那位熊老弟才玩，不是更有意思得多嗎。」她笑嘻嘻地望著夏芸：「芸妹妹，你說是不是呀？」

夏芸紅著臉不依，田敏敏依舊打趣，常漫天笑道：「這樣也好，我們此刻動身，天一入黑，大概就可以趕到鄂城了。」

三人一船，由漢口乘船渡江，入武昌，望黃鶴樓，出城東去。

馬不停蹄，但是夏芸卻絲毫不覺得累，每往前走一步，她的心情也就隨著更緊張了些。

「倜哥哥在不在那個什麼葉家兄弟的店裡呢。」夏芸暗忖：「但願他是在那裡的。」

入鄂城，仗著心思的靈巧和奇佳的記憶力，不一會，夏芸就找著了那間店招上畫著古錢的估衣鋪，道：「就是這裡了。」

常漫天目光掠過店招，也望見那古錢標記，微微一笑。

夏芸下了馬，店裡的夥計走過來招呼：「你家可是要買衣服？」

「不是的，」夏芸直截地說：「你們店裡的葉老闆可在嗎？」

店伙上上下下打量了夏芸幾眼，搖頭道：「我們大掌櫃，二掌櫃，三掌櫃此時都不在店裡，你家有什麼吩咐，小的轉告也是一樣。」

失望的感覺，由於這店伙的一句話，極快的便佔據了夏芸的心房。

她本想問：「你可知道有位熊公子可在此處？」轉念一想：「既然那葉家兄弟全不在，倜哥哥又怎麼會在這裡呢。」

於是她失望地轉身，落寞地上了馬。

那店伙暗地奇怪：「這婆娘怎地找不著我家掌櫃的，就露出這麼難看的神色來，好像是找丈夫沒有找著似的。」

「不在嗎？」田敏敏關切地問道。這些天來，她對夏芸已有了一份姐妹般的情感。別離，是這個初次嘗到愛情滋味的少女所不能忍受的。

夏芸意興蕭索，田敏敏極力安慰，常漫天道：「我們反正也沒有什麼事，不如就四下溜溜，也許會碰到熊老弟也未可知。」

夏芸無可無不可地點了點頭，田敏敏道：「當然這樣了，難道還有什麼辦法不成。」

常漫天只有苦笑，面對著刁蠻的嬌妻，除了苦笑，他還有什麼別的方法。她一隻纖細玉手，幾乎戳到常漫天的頭上：「我看你呀，簡直太笨了，還問什麼呢。」

他本想問夏芸一些事情，但見她心情落寞的神色，又將口中的話咽下了。

萬家燈火已上，葉家兄弟的店鋪所在的那條街，本是鄂城最繁盛的一條，常漫天四顧道：「我們該找家酒樓吃些東西了吧。」

「當然啦，」田敏敏道：「又是廢話。」

夏芸噗嗤一笑，道：「姐姐怎麼老是拿常大哥出氣。」

「男人呀，哼……」田敏敏側著笑臉望著常漫天道：「所以我說芸妹妹，你別老是為那位『倜哥哥』關心。」

夏芸嗯了一聲，常漫天笑著向田敏敏說道：「你別以為別人也像你那麼樣……」

「我怎麼樣了？」田敏敏嬌笑，不依，伸手去打常漫天。

他夫婦倆人打情罵俏，夏芸見了，又是一股難言的惆悵。

在鄂城歇了一晚，出城西去，再回到武漢。

微風輕拂，帶起田敏敏鬢邊的絲絲亂髮，常漫天不覺忘情，伸過手去替她輕輕整理著。

田敏敏甜甜一笑，兩匹馬緩緩並行，兩個人並肩低語。

夏芸索性跑在前面，她怕看到他們夫婦倆親熱的樣子。

「我才不礙他們的眼呢。」她暗忖著，微微覺得有些寂寞，放開馬，跑出老遠，將田敏敏，常漫天遠遠拋在後面。

「哎呀，芸妹妹跑到哪裡去了呀。」田敏敏一驚，自甜蜜的迷惘中醒來。

常漫天一眼望去，路，筆直地伸向遠方，微微有些塵土被風揚起。

「大概是跑到前面去了。」常漫天道：「不妨事的，反正路只有一條，她一定會在前面等我們的，你擔什麼心呀。」

「都是你。」田敏敏嬌笑，輕罵，忖道：「芸妹妹看見我和他親熱，才避得遠遠的。」少女的心事，也只有少女才猜得中。

於是他們兩個也將馬行加速，但常漫天所騎的是後買的劣馬，總是跑不快。盞茶功夫，還沒有看到夏芸的影子，田敏敏不禁著急：「她人呢？」話方說完，突然聽到前面有嗤吒的聲音，她心急之下，將馬加緊打了幾鞭，趕到前邊，見路旁有個樹林子，嗤吒的聲音，就是從這個樹林子裡發出來的，遂勒轉馬頭，轉了進去。

可是就在她勒轉馬頭的那一剎那……

樹林裡突然完全靜然了，她更急，因為在這種情況下，無聲更遠比有聲可怕。於是她平平地從馬鞍上掠了起來，身形一晃，便進了樹林。

常漫天也施開身法，從他那匹劣馬上飛身而起，到了樹林子一看，風聲簌然，哪裡有半條人影。

田敏敏著急地將目光在四周搜索著，忽然看到地上有些發亮的東西。她拾起一看，不由驚地叫出聲來，腳尖一動，閃電似的穿出樹林的另一端，常漫天跟出去一看，四野茫茫，田裡的稻子，被陽光映成一片金黃，卻也沒有任何人的影子。

田敏敏急得面目變色，說：「這怎麼辦，這怎麼辦！」

「你看。」田敏敏攤開手掌，常漫天見了她掌上的東西，也自變色。

突地，樹林中又隱隱似有兩個人說話的聲音。

玉面神劍，散花仙子，不約而同地施展出絕頂輕功，掠向樹林。

哪知樹林中也有兩條人影電射而出，田敏敏毫不考慮，低喝：「躺下。」隨手一揮，掌中發出一片銀星，風強力勁，再加上這雙方都是絕快的身法，那些銀星眼看就要擊在那兩人的身上。

哪知其中一人「咦」了一聲，拉著旁邊的人向左猛退，就像魚在水中一樣，身軀由急進變為左退時那種隨意的運轉，幾是匪夷所思的。

田敏敏再也想不到暗器居然會落空，見了這人這種玄之又玄的輕功，心中黯然一動。她猛動身形，也是那麼曼妙地頓住了前衝的力道。

常漫天突然飄飄而起，乘勢抽出長劍，劍氣如虹，身形如燕。

即自樹林中掠出的兩條人影，突然叫了起來：「常大哥。」

常漫天一愣，田敏敏已高興地叫著：「呀，果然是你。」

那兩人一掠而前，四人面面相對，竟都高興得說不出話。

原來兩人一個就是常氏夫婦苦苦尋訪夏芸夢魂難忘的熊倜。

另一人自是尚未明了。

原來熊倜當日以絕頂輕功，自天陰教和武當道人的環伺中，拉出尚未明後，消失在山陰裡。

他對武當山的路途本不甚熟，再加上是在慌亂之中，更不曾辨清方向。

是以在一陣奔雷閃電般的奔馳之後，他頓住身形，略一打量，只見群山寂寂，四周彷彿都是一樣的，根本無法分辨出方向。

尚未明身不由主，被熊倜拉著急馳了一段，停下來後，竟愕了半晌，猛眼一望熊倜，見他正四下打量著，問道：「怎地，難道又……」

熊倜搓了搓頭，苦笑著接口道：「又迷失方向了。」

想起上一次迷路時的經驗，兩人不禁相視苦笑。

但這一次畢竟要好辦得多了，因為這是白天，武當山山勢又不甚大，以他兩人的輕功，自不難找出一條出山的途徑。

速度往往能縮短距離，數十里山路在普通人看來，自然是一段艱難的路途。

但是熊倜和尚未明的看法，卻是迥然而異了。

他們由入山的道路又下了山，經過那山麓邊的磨豆漿小鋪時，他們兩個誰也沒有想到，在那間小屋裡會有他們渴思一見的人。

熊倜「貫日劍」雖然失而復得，但是「倚天劍」的下落卻更渺茫。

須知毒心神魔給了熊倜一年的期限，要他在此期限內，奪回「倚天劍」，但今日熊倜看了天陰教的聲勢，知道要想從這些人手裡奪回「倚天劍」，困難的程度是可以想像的。

當然，他還不知道連焦異行自己，此刻也不知道「倚天劍」的下落，若然他知道了焦異行失劍，恐怕會更著急了。

兩人下山後，尚未明問道：「大哥，現在我們到哪裡去……」

這問題也是熊倜自己心中在問著自己的。

他沉吟了半晌，說道：「我們先在附近一帶走走好不好……」

「我知道大哥的意思。」尚未明笑著說，含蓄地保留了下面他想繼續說下去的。

熊倜一笑，此刻他心目中最不能忘懷的，自然還是夏芸。他也不需要隱藏自己的情感，因為他認為自己的這一份情感，是無比的純潔和無比的崇高的。

他們細心地沿路探訪，但是沒有一個人看到他們嘴中描述的單身女子，皆因那時夏芸已和常漫天夫婦走做一路，已不再是單身的了。

熊倜更為心焦，更為憂慮，尚未明突然想起夏芸可能到鄂城去找熊倜了。

於是他將他心中的意思告訴了熊倜。

熊倜突然笑道：「我真是糊塗，怎地沒有想到這一點。」

尚未明心中暗笑：「你現在什麼都想不到了，這真叫當局者迷。」

人們對某一件事關懷太過的時候，往往會失去自己原有的機智，而旁觀者卻能看到他自己所不能看到的事。

他們取道武漢，直奔鄂城。

因為是白天，他們並不能走得太快，在通往鄂城的路途上，他們看到兩匹馬孤零地停在道旁，路側的樹林裡，隱隱有人聲傳來，熊倜心念微動，暗忖：「也許能在此處看到芸妹妹也未可知。」

他不肯放過每一個可能找到夏芸的機會，朝尚未明微一示意，道：「我們進去看看。」

哪知出乎他們意料之外，他們居然碰到了玉面神劍常漫天和散花仙子田敏敏夫婦。四人驚喜交集，一時竟齊都愕住了。

田敏敏心裡突然一陣難受，暗忖：「這怎麼辦，倜哥哥來了，芸妹妹卻又不見了，唉，這教我怎麼對熊倜說呢。」

熊倜也自發現常漫天夫婦面色的難看，不知怎地，心裡突然緊張了起來，他自己也不知道是什麼原因，著急地問道：「常大哥，難道有什麼事情發生了嗎？」

人類的心理，有時的確奇妙得很，常常會有一種突來的感覺，預兆著一些自己心裡最關懷的事，這是任何人都無法解釋的。

常漫天囁嚅著，終於說了出來：「老弟，你來晚了一步。」

熊倜一聽，心情更像是拉緊了的弓弦，忙道：「常大哥，到底是怎麼回事嘛？」

「芸妹妹不知被什麼人擄去了。」田敏敏無法再忍住心裡的話，一五一十地將他倆如何碰到夏芸，如何一齊找熊倜，如何在路上夏芸一人先走，如何聽到嗤吒之聲，等到自家趕來時，已失去了夏芸的蹤跡，都告訴了熊倜。

「本來我也不能確定芸妹妹是不是給人擄走了。」田敏敏緊顰著眉，說道：「後來我看到我送給芸妹妹的小鋼丸，零落地掉在地上，這種小鋼丸還是先父製作的，形式，功用卻不和普通鋼丸一樣，江湖上再也沒有第二個人有這種鋼丸，所以我才能確定這點。」

熊倜一面聽，額上的汗珠一面往下簌簌而落，他焦急的神色，使得常漫天夫婦更不安。

「都是你，」田敏敏指著常漫天嗔著說：「要不是你……」

她終於不好意思說出夏芸一人先走的原因。

常漫天苦笑著，對熊倜再三道歉，他認為他實在有些對不起熊倜，其實這又怎能怪他呢。

四人之中，尚未明此刻的頭腦可算是最冷靜的了，他靜聽著，沉思了半晌，然後說道：「大哥，我看這事好辦得很。」

還沒有等到熊倜開口，田敏敏已搶著說道：「唷，你有什麼辦法，快說出來呀。」

常漫天看了她一眼，暗笑：「這麼多年來，她還是老脾氣，性子急得這麼厲害。」

尚未明道：「除了武當四子之外，誰也不會將她擄走，我們只要再去一趟武當山，不就一定可以知道她的下落了嗎？」

他的話立刻得到了熊倜等三人的同意。

常漫天忽然想起那天在路上碰到武當道人飛鶴子的事，遂也對熊倜說了。

熊倜此刻全心全意都放在夏芸身上，對其他的任何事都不在意了。

這時熊倜等四人，心目中都幾乎已確定了一個觀念，那就是：夏芸毫無疑問地一定是被武當四子劫走。

這就是人類思想的弱點，在彷徨無計的時候，只要有一個想法最接近事實，那麼無論這想法是否正確，他都會固執地確信不疑地。

這就如同一個不會水的人落入水中，掙扎之際只要抓著任何一片東西，他就不管那東西是否能救得他的生命，他也會緊抓不放的。

熊倜等人此刻也正是這種心理。

何況實際上，若以情理來論，夏芸的失蹤也只有這一種推測最合理呢。

哪知道事實卻大謬不然……

在常漫天夫婦恩愛地打情罵俏的時候，夏芸心情的落寞，是可想而知的，她除了有些難受之外，甚至還開始有了想家的念頭，只是她的思親之情，還不如思念熊倜來得強烈而已。

於是她孤零地策著馬，遠遠地走在前面。

漸漸，她將常漫天夫婦拋得很遠，她也並未在意，因為路是筆直的，而且只有一條，沒有歧路。

那麼常漫天夫婦除了沿著這條路走之外，別無其他的選擇。

她自幼騎馬，對馬性的熟悉，宛如她熟悉自己的腿一樣。

是以她騎在馬上的姿勢，看起來那麼安詳而舒適。

馬鞭揮起，又落下，其實並沒有落在馬的身上，只是她在發洩心中堆積的憂鬱而已。

這條路雖然是鄂城通往武漢的要津，但奇怪的是，此刻路上竟然沒有什麼行人。

她孤寂地走著，哼起一段她童年所熟悉的小調，打發這難忍的岑寂。

驀地，遠遠傳來一陣急遽的蹄聲。

接著，路頭塵土飛揚，宛如一條灰龍，蜿蜒而來。

「這馬走得好快！」她心裡思忖著，對於馬，她可以說是瞭解得太清楚了，是以對於好馬，無論那馬是誰的，她都會有一份愛護的情感，這正如愛才的人，愛護有才氣的人一樣。

她留意地望著那匹馬的來勢……

那馬恍眼便來到近前，恍眼便電閃而過……

她彷彿覺得馬上的騎士面容熟悉已極，但是她卻記不得是在哪裡見過的了。

她正在下意識地思索那匹馬上的騎士，是在何處見面的時候。

哪知那匹馬奔跑了不遠，打了個圈子，繞了回來。

她覺得奇怪，更令她奇怪的是那匹馬奔到她面前時，竟倏地停住。

她矜持地將頭側到另一方，暗罵這人好生無理，她若不是此刻愁思百結，怕不早就回過頭去給這無理的騎士一個教訓了。

馬上的騎士像是驕狂已極，竟側過了頭注意端詳夏芸的側面。

夏芸柳眉一豎，忍不住地想要發作。

哪知那馬上的騎士突然高聲笑了起來，朗聲說道：「這真教人生何處不相逢，小可實在想不到今日竟能在此處遇到姑娘。」

夏芸一驚，暗忖：「這人竟認得我！」好奇心大起，怒火倒消失了不少，掉回了頭，看到那馬上騎士的面貌，「哦」地一聲，叫出聲來。

「原來是你。」她發現這馬上的騎士就是曾經被她制住過坐騎的華服佩劍的驕狂少年。

原來馬上的騎士，就是孤峰一劍邊浩。

他在江邊與尚未明一番劇戰之後，又遇到那兩位奇詭而武功高深的老年人。

他聰明絕頂，知道自己的武功，絕不是這兩位老年人的敵手。

經過一番權衡之後，他落荒而逃，誰知那老年人並沒有追趕他，他才長長地喘了一口氣。

自他來到江南之後，不出數月，幾次遇到了強勁的對手，狂傲之氣，不免為之稍稍削減，但是他與生而來的性格，卻並未因此而有大的改變，只不過遇人遇事變得更為詭詐了而已。

對於熊倜，他恨入切骨，這懷恨的原因，絕大部分是因為嫉妒。須知任何一個狂傲的人，他的嫉妒之心，絕對比常人強烈，永遠不能忍受任何一個人，有任何地方強過於自己。

但是他對於熊倜是無可奈何的……

偶然地，他經過這條自武漢通往鄂城的道路，馳馬奔騰中，他看到對面踽踽策馬獨行的少女，竟是那天在蘇州街頭制住他的坐騎的和熊倜同行的少女，於是他又策轉馬頭，繞了回來。

他看到夏芸居然還記得他，心中不禁有些高興，因為他自第一眼望見夏芸的時候，就對夏芸起了非常大的好感。

「熊倜熊大俠怎地沒有和姑娘一路？」他聰明的打開了話題。

果然夏芸一聽到熊倜的名字，渾然忘卻了一切，忘形地說：「怎麼，你看到倜哥哥了？」焦急和憶念的情感，溢於言表。

孤峰一劍邊浩心裡，立時起了一陣酸溜溜地感覺。

但是他極力地忍耐著，試探著說：「姑娘難道要找他？」

於是夏芸完全撤銷了提防的意念，說道：「是呀，我們都在找他。」

邊浩眼珠一轉，說道：「姑娘不是一個人嗎？」他聽了夏芸所說的「我們」兩字，打這樣地問著。

友。

「還有人在後面呢。」夏芸絲毫沒有任何懷疑，她以為這華服少年已和熊倜成了朋友。

因為她也知道這華服少年叫「孤峰一劍」邊浩，是江湖中頗有名氣的豪傑，這是她聽到許多人說起過的。

「他們的馬沒有我快，所以落在後面了。」她微微笑了笑，解釋著。

邊浩「哦」了一聲，突然說道：「姑娘要找熊兄弟，碰到我是再好沒有了……」

他故意停頓住他的話，夏芸果然高興地問道：「你知道他在哪裡嗎？」高興裡，又帶著些焦急。

邊浩朝四周看了看，看到路的旁邊就是個小小的樹林子，故作神秘地說：「這裡不是說話之處，姑娘如果方便的話，最好到那邊的樹林裡說話。」

夏芸入世太淺，雖然吃過不少虧，但是她仍然對世事是疏忽地，嘴裡說道：「他到底在哪裡呀？」手中馬韁向左一帶，卻跟著孤峰一劍邊浩，走進了樹林。

那樹林並不太密，陽光自枝葉中，仍可以疏疏地照進來，樹林中卻渺無人蹤，偶聞鳥語啁啾，顯得甚是寂寞。

孤峰一劍邊浩首先入了樹林，林裡的宿鳥，驚得一個振翼飛去，邊浩一笑，暗忖：「此地倒真靜得很。」回頭一望夏芸，見她正以馬鞭的後柄敲著馬的後股，一面埋怨著：「為什麼偏要到這種地方來說話，難道在外面說還有什麼兩樣？」說是說，還是走了進來。

邊浩側過頭去，顧左右而言其他，微笑著說：「姑娘許久不見，卻越來越漂亮了。」

夏芸嬌笑著啐了一口，心裡雖然有些高興，但是這種女子喜歡受到別人稱讚的天性，卻並未使得她忘去她最關懷的事，她隨即將臉孔一板，道：「喂，倜哥哥到底在哪裡，你倒是快說呀。」

孤峰一劍眉頭一皺，暗忖：「這小妞逼得倒真緊。」他也知道，沒有什麼方法再推託了。

夏芸見他還不說話，用馬鞭用力打了一下馬，那馬一聲長嘶，馬首一躍，但仍服服貼貼地站住了。

「喂，你在搞什麼鬼，」夏芸嬌嗔著說道：「怎麼說話老是吞吞吐吐的，再不說，我可要走了。」

孤峰一劍邊浩連忙連聲阻攔著道：「別忙呀，」他笑了笑，又道：「姑娘倒真性急得緊。」

夏芸抬頭一望，陽光從樹林的上面射了進來。

她雖然心裡有些懷疑，但仍坦然得很，因為她一來自持武功，再來也想不到邊浩會對她有什麼舉動。

她卻不知道名傳江湖的孤峰一劍邊浩，此刻的心情還不是她所想像的純良，當人們嫉妒或是對某一種事有著殷切的渴望的時候，他的所作所為，也會時常超出了別人的揣度之外。

她長途跋涉，風塵之色雖重，卻仍掩不住她天生的麗質，雲鬢散亂，卻更添了幾分秀麗之色。

陽光照得她面孔一片嫣紅，孤峰一劍邊浩心頭怦然大動，他本非好色之徒，但此時心中卻不知怎地，升起了一種邪淫的欲望，也就是這一念之差，竟使得這武林後起之秀，幾乎斷送了大好前程。

夏芸再一抬頭，望見這華服少年——孤峰一劍邊浩的兩隻眼睛還直勾勾地望著自己。她天真未泯，竟未能分辨出他眼中的淫邪。

兩人目光相對，孤峰一劍邊浩更是緊緊地挈住了她的目光，再也捨不得放鬆一時半刻。

夏芸一側臉，也微微有些發覺了他目光的異樣，急忙避開了，嗔道：「喂，你到底在玩什麼花樣？」

孤峰一劍微微有些發窘，支吾地說道：「熊——熊大哥此刻——此刻他只怕已——」

他口中在拖延著，心中卻在思索著該如何編造一個美妙的謊言，來使得這天真的少女相信自己。

但是夏芸卻心急了。

她心中疑懼之念大起，忍不住搶著說道：「你說什麼，難道倜哥哥他——他已經遭了誰的毒手了嗎？」

人們的心理，的確是最難揣測，當你對一個人的關心太甚時，你愈容易想到最壞的路上面去。

孤峰一劍心中暗喜：「她倒提醒了我。」極力控制著自己，不讓自己面上的喜色流露出來。

然後他故作為難的點了點頭。

夏芸耳畔頓然嗡然一聲，像是突然失去了重心，再也穩不住坐在馬背上的身軀了。

她不暇分辨孤峰一劍邊浩面上的神色，何況即使她留心去分辨，也未必能分辨得出來。

邊浩看見她失魂落魄的模樣，心裡高興：「她真的相信了，」卻又不免難過：「熊倜那小子真有福氣，唉！若是她能對我有如此關心，那麼我就是真的死了，也是心甘情願的。」

良久，夏芸方自從迷惘中醒了過來。

她芳心倏亂，不知怎生是好，一抬頭，望見邊浩臉上那種奇異的神色，突地心中一動。

「你說的話是真是假？」她厲聲問著。

孤峰一劍一驚，他到底虧心之事做得還不太多，還不能完全控制著自己神色的不安。於是驚惶之色，不期然地而從他面上流露了出來。

夏芸到底不是呆子，心裡的疑心越來越重，伸手入懷，暗暗掏出幾粒她從田敏敏處取來的特製彈丸！

她終究是少年心情，明知道孤峰一劍是可疑的，也明知自己要對他防備，但是她卻摒棄了自己浸淫多年的武功不用，而以剛學會不久的暗器手法來應敵，這豈非有些荒唐嗎？

何況她的對手是武林中久享盛名的人物，武功之高，被武林中尊為「南北雙絕」之一，豈是尋常的對手呢？

夏芸這一疏忽，非但使得自己險些玉臂沾汙，也幾乎使得武林中許多高手，為著這一次事反面成仇，惹出諸大風波。

但是這些事又豈是她預料能及的呢？

第二十二回

滑稽突兀，怪叟傳語 劍起丸飛，嬌娃怯敵

夏芸有一些警覺出這孤峰一劍的奸邪之處，而他——孤峰一劍邊浩，又拍馬向她逼近，貪婪的目光盯在她的臉上。

夏芸已覺有辱了她的尊嚴。

三粒耀眼的鋼珠，脫手飛出，手法雖不及田敏敏那麼奇妙莫測，但是近在咫尺，跳丸飛星，而角度又那麼奇巧，像有力量操縱著，迂迴折射。

使孤峰一劍陡然大出意外，他藉著精湛的騎術，馬韁一領，拍馬竄出丈餘，身體也猛然一俯，平貼馬背。他那匹名駒，達達向前馳去。

他受了夏芸出其不意的襲擊，並不能減少他對她的一腔邪念，反而懊喪自己手段太不高明，以致使她發現了破綻。

孤峰一劍邊浩抬起上身，扭轉頭來煞有介事地埋怨說：「姑娘為什麼生氣？我說的是實話呀！」他雖想把這事彌補過來，卻仍很警覺地拔出他的寶劍，寒光颯颯，準備著一切可能發生的後果。

夏芸料到從這位騎士身上，不會問出熊倜的確實消息，跟他胡聊下去，不能有什麼結果。但她生來倔強好勝的性子，如不把他懲戒一頓，受他半天歪纏，這股氣還真無法消散！於是她也拘馬追去。

夏芸最擅長使用的特製銀鞭，受傷以後被擄上武當山時業已失去，眼前缺少趁手的兵器，這確使她一身本領減色不少。惟一可供禦敵的，就是一條兩尺多的尋常馬鞭，和田㛅㛅特製的袋內鋼丸。

這也是她幾乎吃虧的另一原因。自然她實際功力比這南北雙絕之一的孤峰一劍，多少略遜一籌半籌。

邊浩故意拍馬馳去，他心中有個算計，這一帶疏林就在官道旁，多少有礙他的舉動，萬一更不巧熊倜在此時出現，那可更使他受窘了。

雙騎一前一後，漸漸離開了綿延半里多的樹林，以他們的騎術之精，不過極短的時間。所以後來熊倜尚未明與常漫天田敏敏相遇，未能在附近找著夏芸，又這樣輕易地失之交臂了。

前去是一片荒涼，梁子湖畔一片蘆葦地帶，湖水白茫茫一望無際，幾片帆影點綴在碧波上面。

最近處漁村茅舍，也在一二里外，這地方對於他是非常理想的。

邊浩撥轉馬頭，抱劍提防著這位姑娘，微風輕拂著夏芸的秀髮，在馬上花枝顫搖，益增嫵媚。

邊浩這時幾乎純是戲弄的態度，向她說：「姑娘，我們再談談，小可孤峰一劍邊浩，只還未請教過你的尊姓芳名！以姑娘的控馬之術，想必是塞外一顆明珠了！」

阿諛，讚美，使夏芸略生一絲兒快感，但這輕薄的言詞，仍使她憤恨不已。夏芸冷笑說：「你報出姓名來，難道我就不敢鬥你這南北雙絕劍麼？」

邊浩離鐙下馬，笑著說：「那小可就奉陪姑娘玩玩！聽說姑娘怒拔武當派九宮連環旗，使我欽佩莫名呢。」

夏芸星眸一凜，喝道：「少說廢話！」邊浩一提起拔鏢旗，更使她傷心不已，以為邊浩諷刺她受辱被擒的事，使她一腔怒氣如火燎原，無法歇止。

夏芸姿勢美妙，從馬背旋落地上，手中皮鞭一抛一打，使出「狂飀鞭法」，宛如半截烏龍，風聲虎虎，直取邊浩。只可惜尋常馬鞭太短了些，捲、裹、抛、帶，許多威力都用不上，只像一柄短棒，這怎能使她得展所長呢。

夏芸確實有些過於自負了。

邊浩劍影繽紛，使出生平絕技玄女劍法，因為交上手就看出來她鞭法沉重老辣，不同凡響，邊浩也不能輕視她。

邊浩這時邪心勃起，想藉峨嵋派師傳絕技，制服住她，在這曠野之中，做些不可告人的勾當。

這是人類兩性間自然的吸力，尤其對著夏芸這樣的嬌娃，而邊浩的生性，亦非純善，他的心狂，也就可以解釋了。

夏芸鞭影絲絲，漫天風雨，一連串「雲如山湧」，「雨灑蓬萊」，幾招猛攻，使邊浩也為之咋舌，可摸不清她的門路。

邊浩輕蹬巧縱，不肯使出玄女劍絕招，他內心既已沉醉在她的仙姿玉貌裡，怎麼肯傷著她一絲一髮？二十招以後，邊浩略展所長，而夏芸鞭長莫及，空有一身抱負，卻處處討不著便宜。

只見邊浩劍落如風雨驟至，排空蕩氣，劍影初時濛濛灑灑，瑞雪紛飄，繼而如同疾雷奔電，光氣蕭森，夏芸竟被他裹在一團劍影裡。

邊浩劍法獨得秘傳，聲勢不遜於四儀劍客之首的凌雲子，不過他沒存心傷她，下手讓著許多，夏芸方能勉強支持。自然這種局勢是不會永久維持下去的，邊浩面對著她，嬌軀宛轉，柳腰款款，更可以飽餐秀色。

邊浩終於找到了機會，乘她揮鞭猛點他腰腹之際，撤劍環臂，欺身斜進，一招「春雨綿綿」，劍光溜向夏芸玉腕，一團耀眼雪花，疾掣而下。

夏芸拚了幾十招，心裡暗說：「號稱南北雙絕劍的，也不過如此！讓你知道我雪地飄風也非弱者！」

但人家這次劍花逼來，如不撒手丟鞭，就無法閃讓，夏芸過分倔強，嬌軀往左方飄旋，雖足閃過邊浩這一絕招，卻恰好把左邊身子湊近了他，邊浩猿臂輕伸，鐵腕已驀地握住了她的左臂。

夏芸懊悔沒用田姐姐所授暗器對付他，這時已落入邊浩掌握之中，急得一聲尖叫，想摔臂掙脫，更怕他進一步來什麼花樣，猛一回鞭橫抽邊浩那隻討厭的手。

邊浩劍影又起，錚的一聲把那短短的馬鞭，又削去半截，劍花在夏芸臉上劃了個圈兒，夏芸只有閉目等人宰割了，可是他又很快的把寶劍擎回。

邊浩嘻嘻笑了，笑得非常得意，漁翁釣上了大魚，魚兒已經上鉤，只看他願意如何處治撈獲到手的獵物。

邊浩態度更使她難堪，已緊握夏芸玉臂，用力一帶，夏芸幾乎要撲跌入這討厭男子懷中，如何不又羞又急。邊浩反而柔聲細氣的說：「姑娘累了吧！像姑娘這一套奇妙的鞭法，小可還是初次碰上呢。姑娘可別生氣，敗在孤峰一劍手中，也是很光榮的呀！」

夏芸自入關以來，這已是第三次吃人的虧，而最使她難堪的就是邊浩那副貪婪的眼光，和那種存心玩弄的態度。

這時近側蘆葦察察響起，蠻蒼老的笑聲大作，教訓小孩似的口吻，喝道：「你這個刁鑽娃娃！怎麼在此欺侮女娃兒？我老頭子上次江邊要打你的屁股，被你娃娃飛了！這次更不能輕饒了！照打吧！」

兩人正在廝扭之際，突然毛毿毿的飛來一團黃彩，拍的一聲，恰好打中了孤峰一劍邊浩抓住夏芸的一隻手，邊浩不由得大吃一驚，那件東西忽啦散落地上，卻是一蓋枯乾的葦葉，紛飄四散。

可是邊浩這隻手竟如挨上一記兒極沉重的大鋤錘，痛入骨髓，皮肉欲裂，他手臂很自然的一鬆一縮，夏芸乘機往旁邊閃出丈餘。

不知何時面前已出現了一高一矮兩個枯瘦如柴的老頭兒，而那矮老頭，盤膝坐在沙上，正揚起右手，向邊浩招呼道：「你這娃娃，快過來領打，不折不扣加上上次的一百下屁股，以後你要記住不許欺侮女娃兒！」

這種滑稽無倫的話，使夏芸覺得非常好笑，她可佩服老頭這種摘花飛葉的手上功夫。而邊浩則在看見這兩個老頭之後，惶恐異常，上次江邊幾乎取辱，這次又犯在人家手裡，再不見機溜走，那還有更現眼的虧吃呢。

邊浩騎術頗精，跳上馬背，揮鞭疾走，仍向那片樹林穿林而沒。

夏芸鬆了一口氣，倔強的性子，使她不願向這兩個老頭認小服低，向人家道一聲謝也不願出口。

坐著的老頭向那高個子老頭道：「這女娃兒生得模樣兒怪可憐的，你說該怎麼處治她？不過不能打屁股，另外還有什麼辦法？」

身材高些老頭也發愁說：「我也想不出好辦法，姑且饒了她這一次，她是無心沖犯了我們！光問問話，別讓她也跑掉！」

夏芸被他倆一問一答，弄得啼笑皆非，心說：「誰沖犯了你？再無理取鬧，抽你這兩個老傢伙一頓鞭子！誰耐煩理你！」

矮老頭雙手一揮，仍是坐著的姿勢，已飄若飛絮，攔住了她。夏芸撮口輕噓，把她這匹稱心的馬招來身畔。夏芸猛見矮老頭施展上乘「流星移位」輕功飛來，心頭一震，慌忙向馬背縱上，準備一溜了之。

矮老頭又隨手一拉，相隔七八尺遠，一股無形潛力，裹住她的嬌軀，不由往下一沉，通的又跌落地上。

夏芸可不敢十分倔強，眼裡泛出淚光，恨恨說：「老怪物！你使什麼壞？為什麼不讓我走？我要趕快找我的熊倜哥哥！」

老頭偏著頭思索了一陣，笑道：「熊倜？這人老頭子似曾相識，正有句話讓你帶個口信給他，可是女娃娃，你認識的小夥子倒不少呢！」

這話一說出，夏芸怎麼受得住，一直紅到耳根，心裡暗罵：「缺德的老鬼！賞你幾粒鋼丸，讓你再敢貧嘴胡嚼！」

夏芸一提起熊倜，那可愛的俊影，立時使她心頭一甜。甜美的回憶，竟使她不勝悵惘，忘記了對付這可厭的老頭。夏芸又如何肯虛心下氣和他們答話。

高些老頭皺皺眉笑說：「讓她走吧！上次已經把重要路線圖當面付給熊倜那娃娃，不過貫日劍也是崑崙舊物，應該與倚天劍同歸玄清洞府，姑念天陰教大患未除，應該暫時交他保存使用一段時間！話得說明白，毒心神魔雖知道倚天劍關係著武林劫運，他還未必明瞭雙劍的來歷呢！」

矮老頭也皺眉發愁說：「那娃娃人極聰明，可是沒有適當的伴侶，配上他一塊兒練習雙劍，終不能發揮這兩儀和合的妙用，又怎能擔當這一份重任，這女娃兒又太不聽話，隱居在甜甜谷那兩個孩子，又是點蒼派下不值得付託他們，這事還得費我們無限心機呢！」

兩個老頭一搭一擋，把夏芸弄迷糊了。她既不知熊倜失劍經過，更不知他又受人贈送一口貫日劍，而這兩口劍，幾乎使武林天翻地覆，武當血染名山！

夏芸怕這兩個老怪物找她麻煩，很快的翻上馬背，矮老頭笑道：「沒慌，老頭子已說過不處治你了！」

高個兒老頭正色道：「女娃娃！記住見了熊倜，就說江干二老吩咐，趕快去峨嵋殘雲尊者窩裡取回倚天劍來！然後攜帶雙劍，去崑崙訪晤銀杖婆婆學習和合劍，女娃兒你也跟著去一趟，看看你有緣還是無緣！」

二老說完，不再糾纏，竟扭頭向白茫茫的湖中走去。

夏芸急揮鞭登程，想迎上去和她衷心敬佩的田姐姐相會，繼續找尋她的倜哥哥，豈知田敏敏熊倜尚未明四人，也正在找尋她，又誤入歧途呢。

夏芸在斜陽古道上，拍馬來回奔馳著，心裡越著急，來來去去的人，累得她幾乎望穿了秋水。

夏芸一賭氣，放馬一直沿大道馳去。

當晚投宿山鎮上一家小客店，低矮的瓦房，骯髒的床被，使她心裡更添一層恙惱。

突然店門外馬蹄聲如潮湧至，店裡夥計迎進來三位黑色勁裝的漢子，笑語喧天，旁若無人，一直走入三大間上房裡。

夥計如同接下財神，忙不迭穿梭一般伺應。

這三位豪氣干雲，說話聲音很高，夏芸疲倦的躺在鋪上，卻被他們一番話驚醒起來。

只聽得其中一人狂笑說：「單大哥，三湘豪傑，我洞庭四蛟號召一下，哪一個敢不投誠響應？何必單單要收羅拉攏這個姓熊的小子？」

另一人沉吟說：「教主這麼分派下來，必有他的用意！吳大哥知會本教各處的人，注意一下熊倜的行蹤。」

先那人又哈哈大笑說：「小弟若碰上了他，倒要先會會他這位武林三秀！」又問說：「玄龍堂主仇老前輩現在坐鎮洞庭，據說還準備一次大規模的舉動，單大哥是自總堂來的嗎？其詳可得見示一二嗎？」

答話那人笑說：「倚天劍得而復失，若不把這口劍找回來，本教的聲威從此掃地！這次夜襲武當，又不能得手，所以龍鳳各堂堂主壇主，齊集此間，重作一番部署，事關機密，尚未做最後決定。」

夏芸一聽別人提起熊倜，不由豎起雙耳，留心諦聽，底下的話，卻使她頗為失望，顯然這些人也不知熊倜行蹤。夏芸生長關外，北方天陰教崛起，頗有所聞，她父親虬鬚客卻閉門謝客，絕不與江湖豪傑往來。

夏芸既聽出這三位是天陰教下爪牙，天陰教勢力瀰漫南北各地，虬鬚客力戒她入關以後，不可和他們衝突。

夏芸又泛起了一個錯覺，她以為天陰教下這三個漢子既然是訪尋熊倜，他們眼線又多，不比自己孤伶伶一個人誤走誤撞，來得容易嗎？跟著他們走，不是倜哥哥很容易的可以找著？

但她又不勝懷念那可愛的田姐姐。

自從被四儀劍客擒往武當，夏芸也算經歷過一番風浪，艱苦備嘗，本可以直回關外投入父母懷抱，但熊哥哥的影子，一直在心中盤旋不去，英俊可愛的笑容，幾乎使她要伸手一把撈住，可惜這只是眼前一現的幻影！

她在迷惘中昏昏睡去，卻做了個錯誤的決定。

次晨，梳妝就道，她卻尾隨在那三個黑衣人馬後追逐。而這三位又是向北飛馳，依然又把她引回昨天那條路上來。黑衣人中一位年紀略大些的，虬筋栗肉的漢子，有意無意地不時回頭望她一眼。

梁子湖白茫茫的水色，又在遠處浮現，而那片樹林，也在柔風披拂中，排列在視線之中。夏芸心中起了什麼感觸，只有她自己才會體味到。

夏芸隨著三人，行行復行行，秋陽皓皓，照射著官道上風塵撲面的行旅，夏芸也是其中的一個。

她不能緊緊湊上去，和那三個黑衣人，多少拉長一點距離，這是夏芸自命乖巧處，避免人家疑心，天陰教下的人，多少帶有點神秘性，或者有些可怕呢。

這種無意義的追逐，也可說是盲無目的的奔波，突然被後面馳來的一片鐵騎聲，震顫了她的心弦。

夏芸無意中扭頭望去，一連串匹匹駿馬揚塵而來，立時使她大為震驚。來的竟是飛靈堡出塵劍客東方靈和他妹妹東方瑛，另外兩位玄冠羽衣，黃穗子寶劍在身的道士，尤其使她魂不附體，正是四儀劍客凌雲子和丹陽子。

夏芸是驚弓之鳥，急忙施展她精湛的騎術，短鞭一揚，纖足一夾馬腹，她深悉馬性，縱轡飛馳，想脫離後面這四位扎手敵人的追襲。

而這出塵劍客兄妹卻並不是專門來找她為難的。凌雲子和丹陽子二馬在前，遠遠早看清了是他們二次下山遊弋的獵物。

可惡的前面三位黑衣人，卻把坐騎一排兒橫列，並轡而馳，幾乎占完了全部道路，使後來的她無法飛越而前。

夏芸把馬頭一帶。她若不是精於馭馬，早和三個黑衣人撞在一起了。後面的騎聲越來越近，丹陽子已遠遠笑喝道：「夏姑娘慢走，貧道還要屈尊芳駕回山一趟呢！你不想見見熊倜麼？他正在武當山恭候你呢。」

夏芸氣得花容慘變，眼前又被天陰教三位攔住去路，吃過一次虧，自然學一次乖，以逃走為最上的妙策。

她對於凌雲子的劍法，仍然心中不服，只是自己單身一人，連個趁手的兵器都沒有，怎麼迎敵這四儀劍客中兩位扎手敵人？

她摸摸袋中田姊姊的鋼丸奇妙暗器，她不相信自己憑這小小珠丸，可以制敵取勝。急得她向前面三人嚷道：「請你們讓開路，後面有仇人追拿我！」

丹陽子一馬當先衝來，前面三位天陰教下龍鬚壇主單掌斷魂單飛，洞庭四蛟神眼蛟袁宙，鐵翅蛟尤化宇，一齊潑刺刺撥轉了馬頭。他們聽見身後嬌滴滴女孩子叫喚，都掉轉身來看看是什麼回事。

尤化宇和袁宙被她這秀美無倫的丰姿照眼生花，愕然一怔，單掌斷魂單飛也驟然驚豔，豔絕塵寰的夏芸，使他也感到意外。

丹陽子催馬急駛，轉眼就快到眼前，夏芸喘吁不止，急得一揚手，先飛出四粒巧妙的鋼丸，精光射目，嗡嗡嗡向丹陽子飛去。

丹陽子沒防這姑娘突下辣手，四顆晶光射眼的鋼丸，分上下兩路，呂字形飛襲過來，忙在馬鞍龍形一式，俯身躲避，上面兩丸擦背而過，其間不容一髮。

下面射來兩顆鋼丸，卻突然互相一撞，妙在一撞之後，各劃個半圓弧形，分自左右兩方折射而下。

丹陽子沒料到夏芸竟有這一手絕技，他陡然勒韁住馬，兩枚鋼丸向他斜掣而下，呼呼帶起兩縷寒風，要翻身躲避怎能來得及呢。

天幸第二匹馬上的淩雲子，也已衝到附近，他就在馬上一個穿雲縱，身形離鞍，斜斜躍起，手中馬鞭一揮，錚錚兩聲響，把兩顆鋼丸一齊磕飛，可是丹陽子已嚇得冒出一身冷汗，反手拔劍以防她再次飛丸襲擊。

淩雲子跳落馬前，厲聲喝道：「姑娘休使暗器傷人，貧道今天再讓你領教幾手本派鎮山劍法，快亮你的兵刃吧！」

出塵劍客兄妹也催馬來前，東方瑛看出正是她心目中的一個討厭的情敵，她懊恨武當四子過於疏忽，讓她自武當逃走下山，沒給她一點苦頭吃。

但眼前又有三位黑衣男子，並排兒列馬在夏芸身前，其中單掌斷魂單飛，又是在飛靈堡大顯過一番身手的天陰教高手，難道夏芸已投身天陰教下了嗎？

出塵劍客東方靈馬上一抱拳說：「單當家的，上次辱臨飛靈堡，在下尚不知崆峒名手，竟列身天陰教下。這位雪地飄風夏姑娘，是敝友熊倜之友，緣何與當家的走在一路？夏姑娘和四儀劍客另有樑子，在下特先表明！」

他又向夏芸施禮說：「聽說熊倜老弟為你大鬧武當派法地，姑娘何故反與天陰教人為伍？凌雲道長請你再去一趟武當，不過把上次的事大家開誠一談，請勿誤會！」

東方靈並沒代他妹妹消除情敵之意，他內心真是愛憐這位小姑娘，怕她誤入歧途。出塵劍客用情之專，這些日中，對朱若蘭已情絲自縛，更願天下有情人都成眷屬，既和熊倜結為莫逆，就推愛到夏芸身上了。

東方瑛心裡卻正幸災樂禍，若夏芸和天陰教人結為一黨，無疑將使熊倜心情激變，把愛慕夏芸之心變為厭憎，而她自己就居於絕對有利地位了。

東方瑛年事稍長，但一想到熊倜，也是芳心寸繞，惟恐這秀美無倫的夏芸，永久佔據了熊倜的一顆心。熊倜參加飛靈堡英雄會，席上露出那一手輕功，「潛形遁影」，震驚了在座的名家能手，只恨哥哥不瞭解她的心事，輕易把熊倜放走，而又無緣無故半路殺出個程咬金，讓雪地飄風拔了頭籌，先她取得熊倜的歡心！

東方瑛又怎不該懊悔她自己，不善於獵取男子呢？這是東方瑛比較溫柔莊重不苟言笑的美德壼範，但也種下了她失敗情場的因子。

男女間的關係，靈犀一點無由相通，往往會埋恨終身，而對方又何嘗明瞭你那一份兒情意？自然人與人間總還有些遭際機緣的湊合，那時的熊倜，正還悼亡為他殉情的若馨！縱有第三人在側，也難安慰他的心靈空虛！

單掌斷魂單飛，乃天陰教玄龍堂龍鬚壇舵主，為人機警多謀，負責網羅各方好手，聽出塵劍客一說，方知站在他們這邊的秀美姑娘，竟是落日馬場名滿東北的女俠雪地飄風，心裡更加了興奮。

尤其出塵劍客道出夏芸和熊倜不平凡的友誼，這位崆峒名手，立時明瞭了他應該採取的步驟。

若能把雪地飄風拉入天陰教下，不怕熊倜自己不送上門，眼前夏芸又受四儀劍客的威逼，正好代她接下來這個樑子，還怕她不感恩圖報，乖乖就範？

單飛這個念頭，如電一閃，人已催馬搶著攔在夏芸前面，也一抱雙拳向出塵劍客為禮說：「夏姑娘人品武功，譽滿一方，本教正在歡迎她呢！飛靈堡匆匆一別，未及向堡主多多討教，至今內心歉疚。」

他又向粉蝶東方瑛施了一禮，裝出很謙和的態度，而他這種舉動，也正是想把東方靈兄妹一齊拉入教下，倘若能得這位女劍客垂青，又是何等的幸運呢。

單飛遭受到的只是粉蝶東方瑛冷冷的一瞥，東方瑛不屑和他施禮，秀目微轉，正在思忖夏芸和天陰教有些什麼關係？單飛怎會為她挺身出來承擔一切？

那單飛又向凌雲子拱手說：「武當四儀護法，在下久仰盛名，崑崙崆峒武當，武林五大正宗門派，雪地飄風夏芸姑娘，究與貴派有何過節，道長不可欺凌她一個弱女子，我單飛願替她向道長領情！」

洞庭雙蛟袁宙尤化宇，乃是兩個勇夫，奇怪單飛竟為個素不相識的女子，出面承擔一切。天陰教和武當這一次決鬥，已結下了永久不可解的樑子，單飛既可拉攏雪地飄風，也可打擊武當派的聲望，何樂不為呢？

洞庭雙蛟性烈如火，早都各拔兵刃，虎視眈眈，準備殺個痛快，江湖上這種好漢，成年是和人凶殺惡鬥，只要單飛作了主，他們是勇往直前奮不顧身的。

局勢一變，變成了天陰教和武當派的惡鬥，出塵劍客能否置身事外？而這事正為著雪地飄風而起。

天陰教勢力遍佈大江南北，武當派人還沒邀請到各派名宿，新崛起的高手，不能立即發難，而天陰教人黨羽愈集愈多，幾乎構成包圍武當的形勢。

凌雲子不把什麼洞庭雙蛟放在眼裡，但是崆峒派下單掌斷魂，背後還有許多崆峒能手做背景，飛靈堡戰敗了武勝文，露出崆峒鎮山掌法「斷魂掌」功力也自不弱，最奇怪的是夏芸發放暗器的奇妙手法，如果出塵劍客今兒不蹚這一淌渾水，他和丹陽子能否穩操勝算，可也很難說。

但天陰教既公然與武當派為敵，遇上了還有什麼話說，凌雲子拿話擠兌東方靈說：「東方堡主，今兒狹路相逢，天陰教這位單當家的無端袒護雪地飄風，這局勢顯然要累及堡主兄妹了！殊令貧道於心不安。」

他這一番話，是想把東方靈逼住，使他兄妹不得不出手相助。他又向單飛冷笑喝道：「雪地飄風侮辱本派九宮連環旗，與你天陰教有何相干？她也不是你們教下的人。如果單兄找我四儀劍客，貧道另定期在敝山候教就是！」

凌雲子無非想把這回事化開，也要表示出武當派的威望，並非臨敵畏縮，同時也可使夏芸陷於孤立無援。

單飛卻不肯放過這個好機會，反而冷笑嘿嘿道：「夏姑娘和熊倜，都是本教歡迎攜手的武林英才，為了熊倜，我們更不能使夏姑娘受窘！」

又向夏芸施禮說：「姑娘乃關外成名女俠，在下崆峒單掌斷魂單飛，欽佩已久，姑娘和武當這個樑子，在下願拔刀相助，以盡江湖武林道義！」

轉過身又向東方靈道：「堡主也是在下和本教素日欽佩的大俠，素無恩怨，今日應為雪地飄風，一同扶弱抑強！」

單飛不愧為龍鬚壇主，說的面面周到，占住了理。

夏芸不明瞭天陰教是什麼內幕，眼前總不能謝絕人家幫助的好意，不過她還是嘴硬，毅然撥馬而前說：「我自己的事，我一個人接著他們就是了。」

東方靈老於世故，既不願開罪熊倜，又不願使武當四子失望，而且這次也應武當之邀，前往共商澄清武林危機的大計，又怎能置身事外？

東方瑛則另是一種想法，夏芸的確是太美了，美到使她無法與夏芸在情場上一較身手，只有促使夏芸，受天陰教騙誘，可以毀了雪地飄風的一生幸福。

丹陽子首先被單飛這幾套挑撥離間的話，鬧得氣憤填膺，一按劍鞘，嗆啷拔出長劍，躍下馬來，劍尖一指單飛說：「單當家的，你既敢出頭攬事，少不得先打發了你！用不著花言巧語，騙誘雪地飄風！」

那邊雙蛟——神眼蛟袁宙亮出一柄鉤鐮刀，鐵翅蛟尤化宇也從腰間解下鏈子雙錘，兩人這種短軟外門兵刃，乃是為在水中使用時方便，而兩人也確各有一套奇特招法。尤化宇鏈子錘上下翩飛，先自向丹陽子猛攻。

丹陽子心想洞庭四蛟，武功會高到哪裡去？信手揮劍一挑，想兜住鏈子，挑飛雙錘，豈知尤化宇重手硬功夫分量不輕，反幾乎把他的寶劍絞住。

出塵劍客決定了主意，他先橫劍而前，向單飛招呼道：「久仰崆峒高技，上次辱臨敝堡，未能領教！現在正可乘機切磋一下武技！」說著，長劍一出，虎嘯龍吟，寒氣森森，向單飛當頭罩下。

東方靈的心理，讓凌雲子空開手，可以單獨制服夏芸，而夏芸那種驕橫不可一世的氣焰，東方靈有些看不順眼。

東方靈既已出手，單掌斷魂自不能示怯，他仗著斷魂掌和深厚內功，生平只是以肉掌與人相鬥，出塵劍客劍法何等凌厲，而功力也非常純厚，一柄劍舞起來，風起雲湧，劍虹閃閃，如影隨形。

任你單掌斷魂游魂步法如何美妙，終逃不出劍影圈內。

東方瑛則含笑盈盈，看她哥哥使出平生絕技，一面更可親眼再看見夏芸栽了下去，說不定武當四儀護法，這次更會給夏芸一個難堪。

東方瑛養尊處優，她哥哥除非不得已是不肯讓她出手的。

凌雲子則抱劍緩步走向夏芸，戟指說：「夏姑娘，上次二十招內已輸與貧道，何須再試！請隨貧道前往武當走一趟吧！」

夏芸被他說得冒火，上次受辱的情形，直使她憤不欲生，可是確有些寒心。但是又怎能向這道士低頭受辱呢。

她輕輕揮動手中馬鞭，只覺這件尋常馬鞭頗不趁手，咬一咬銀牙，仍然想僥倖取勝，她正迎上前去，恰好神眼蛟袁宙同時鉤鐮刀遞了上來，一鞭一刀，雙雙同時撲向凌雲子，夏芸短鞭一拋一點，改換了一套流星筆法，專找凌雲子的重要穴道，這是她能捨短取長的地方。

短鞭如何能發揮狂飈鞭法的威力呢？

凌雲子劍法精妙，在他手中的鎮山劍法九宮連環八十一式，招招如天馬行空，變化莫測，對付她和袁宙兩人的短鞭和鉤鐮刀，確是應付裕如，好整以暇。但凌雲子多少受到神眼蛟鉤鐮刀的牽制，不能短促時間制服了她。

夏芸也是經過乃父虯鬚客多年調教，輕蹬巧縱，飄忽如風，手上勁力也自不弱，這第二次交手，又加倍小心，恐防著了人家道兒，她滑溜得活像一條美人魚，步法美妙已極，真不愧為雪地飄風。

凌雲子雖然恨這女孩頑強，卻只存窘辱她的心，不願著實傷她太重，這是看在熊倜的面上。對於神眼蛟袁宙，可就手上不留餘地，著著狠辣，逼得袁宙險象環生，幾次都險遭毒手。

若沒有夏芸從旁遞招，蹈暇抵隙，乘虛而攻，神眼蛟又怎能支持得了三十餘招。夏芸若是她銀鞭在手，那可比袁宙要高明多多。

單掌斷魂單飛，一路陰森森可怖的崆峒鎮山斷魂掌法，手掌過處，寒風刺骨，吃虧是肉掌疼不能和寶劍硬碰，而出塵劍客這一套秋水出塵劍法，傲視江湖，深奧莫測，處處占著上風，斷魂掌風所過，他不測能否傷及身體，略有些顧忌，否則單飛是不能支持下去。

尤化宇鏈子錘，拿來和劍法精奧的四子丹陽子對敵，無異以卵擊石，心裡一發慌，冷汗涔涔在身上直冒，而身段步法越來越沉重，每躲避丹陽子一招，就得付出很大的力量，已到了山窮水盡地步。

夏芸不願自己敗，也就不願天陰教的人敗下去，三人都是自告奮勇，挺身幫助她的。她已看出尤化宇處境最劣，呼吸間就臨危急，猛然想起袋中鋼丸，冷不防摸出幾粒，用極快的手法向丹陽子打出。

鋼丸雖僅數粒，而射去的方向位置卻極為奇妙，其中兩枚是向鏈子錘上一碰，反射而出，另外兩枚則是飛向丹陽子頭頂，自空中交撞而下，還有一枚是朝著丹陽子心口直射。這種手法，武林中確是空前未有。

丹陽子正全神貫注，運劍如虹，突然眼前星飛丸射，寒光驟起，方揮劍上下掃磕，而頭上的鋼丸已翩飛而下，嗤嗤兩聲響，穿衣裂肉，使他雙肩一陣劇痛，長劍幾乎把握不牢，身軀搖晃了一下，向後便退。

夏芸這時心裡泛起得意的微笑，曾覺田姐姐傳授的神技，充滿了卻敵的自信。可是她這一分心，她的幫手神眼蛟袁宙竟一個失著，被凌雲子劍尖自左頰上劃過，一顆左眼珠，血淋淋的挑出眶外。

神眼蛟竟成了空眼蛟了。

袁宙慘嚎如豕，一手掩目，卻仍舞動鉤鐮刀死拚，但是立刻氣散神虧，再鼓不起以前的勇氣了。

凌雲子一劍「推窗送月」，把袁宙手中鉤鐮刀也給挑飛一丈以外，袁宙痛入骨髓再也忍不住了，只有拔步飛逃。

凌雲子不去追殺這隻空眼神蛟，卻運劍如虹向夏芸逼來。夏芸失去了幫手，大大吃驚，她心想：「還是趕快逃走吧！天陰教的朋友，也支持不住！」

夏芸不再和凌雲子硬拚，這是她歷經艱苦學來的乖。

她先發出三粒鋼丸，阻住凌雲子的攻勢。坐馬就在一旁，一聳身就跳上馬背，以她騎術的精妙，那馬雖非神駒，仍然指揮如意，四蹄揚塵，狂奔而去。

至於天陰教的人，落個什麼結果，這又與她何干呢？

夏芸也顧不及這些，她策馬馳出百步以外，耳裡聽見那片戰場上又有清脆嬌嫩少年人聲口喝叱，身後聽不見追騎之聲，但她仍不敢片刻遲延，急急拍馬狂奔。

夏芸馳騁在斜陽古道上，奔過了一段里程，心裡安定下來，臉上已粉汗涔涔，而這匹尋常的馬，已盡了牠最大力量，涎沫噴飛周身出水，已不能再奔跑下去了。所幸前面就是一片黑壓壓的大鎮。

夏芸不得不先餵飽這匹馬，否則是無法趕路的。這幾無目的的奔馳，僅僅是能自武當四子手下逃出而已，又向何方找尋久別苦思的倜哥哥？

一有了空閒，心裡就浮起了熊倜的影子，若有熊倜偎依身側，那該是一種多麼美妙的安慰！而這就是支持她勇氣的唯一來源，否則天涯遊子，早應該倦遊思親，她在江南遊蹤年餘，憑一身武功，所收穫的又是什麼？

她下馬踏入一家客棧，把馬匹交與夥計去餵料。

疲乏已極的身軀，暫時找到了氣之處。躺在床上，仰望著屋樑，思潮起伏，她不會自怨自艾，而只是恙惱熊倜怎不及時追尋她。

她豈知熊倜也為她奔波往返，盡了極大力量，兩上武當，引起了天陰教與武當間的不解深仇，第二次幾乎和武當反目，更挑起五大正派間的糾紛爭執！

這自然是她始料所不及的。

第二十三回
語驚四座，煞費唇舌
橫來奪劍，漫天風雨

熊倜、尚未明與玉面神劍常漫天、散花仙子田敏敏相遇之後，因夏芸走失，而作了一番猜測，得了個錯誤結論。

但是夏芸馳去的方向，是順著唯一一條大路前進的，遇險也應該在前途，於是他們一直向前衝去。

沿途不少行人，他們並不放棄詢問來路上行旅的機會，夏芸一位美貌少女，單騎獨行，是不難問到下落的，而事實卻恰恰相反。

竟問不出來一點線索。

當他們奔馳了大半日，夏芸卻走向另一方去了。

伊人深深嵌在熊倜心坎裡，就是田敏敏也不願把這個可愛的小妹妹放掉，當他們在這條路上往返奔波歸於失望之後，歸結到一個更錯誤的行程。

四人竟又向武當馳去。

數日後又來至穀城城內，找乾淨客店投宿。

尚未明把上次在武當情形，細說與常漫天夫婦，但他和熊倜卻不知道天陰教和武當派還有過一次激烈慘鬥。

天陰教很大方的還給熊倜貫日劍，又偃旗息鼓退出武當山，使熊倜等捉摸不定他們究存著什麼企圖。

田敏敏對於武當那種聲勢嚇人的劍陣，非常感到興趣，飯後在室中聚談，她勸熊倜不必自行討人，由她夫婦夜間先去一探。

熊倜在武當山頗受妙一真人禮遇，而且飛鶴子令夏芸傳話，請他去山上共商討伐天陰教大計，顯然很看重他，自不便驟然翻臉，可是又不能令夏芸受到委屈。散花仙子想法是先把夏芸救出來，正合熊倜心意。

但是事不關己，關心則亂，熊倜也不能免。

他決定不了應該採取什麼步驟，明知散花仙子夫婦一去，事態依然擴大，他救尚未明於劍陣之中，也曾傷了武當門下幾個道士，人家竟毫不記怨，依熊倜還是光明正大，拜謁妙一真人比較妥當些。

田敏敏卻已看出來熊倜外弛內張，焦急在心裡不露出來而已。常漫天二次重現江湖，更不把一般人看在眼裡。

常漫天見熊倜有所顧忌，沉吟不絕。正待說出一切由他夫婦擔承的話，突然室外爽朗的笑聲隔窗叫道：「熊老弟，何期在此相會，真是巧極了！」

熊倜聽出是熟朋友口氣，忙開門相迎。

正是飛靈堡出塵劍客東方靈兄妹，還有凌雲子、丹陽子兩位武當四儀劍客。

東方靈是舊友相逢，一臉渴慕之色，而凌雲子、丹陽子則面色冷酷，非復飛靈堡座中態度，而東方瑛則於愉快心情之外，微露揶揄的眼光。

常漫天夫婦、尚未明三人，雖料出兩個藍衣玄冠道士，必是武當門中，對於出塵劍客兄妹一樣都不認識。

東方靈為人篤厚，不喜揭人陰私，而且他認為情發乎中，各尋所好，不能一絲勉強，他並不為他妹妹打算，而反同情熊倜和夏芸一雙情侶。

他很熱誠的握住熊倜的手說：「老弟自離敝堡，令我思念至今！」又一瞥眼前這三位不平凡的人物笑問：「這三位都器宇不凡，快替我介紹一下你的新交！」

東方瑛斂衽為禮，若有情若無情的斜睨了熊倜一眼。她沒有夏芸那麼天真而赤誠的流露，就是有些流露出來的，也是在有意無意之間。

粉蝶默默無言，奇怪的她粉頰竟微微生暈，這是由於內心漾起一種奇妙的感覺，自然而然使她心裡有些跳動。

武當二子則勉強各施一禮，冷冷的目光，仍注視著熊倜，似要從他身上找出什麼來。

凌雲子擒服夏芸之後，當場不但夏芸被熊倜救走，反而吃了一次暗虧，他至今還以為是熊倜的惡作劇。

飛鶴子等延攬熊倜，以及武當山上所起的變故，凌雲子固曾與飛鶴子邂逅談及，而出塵劍客兄妹也就是他約來武當的。無論如何，他還是惱恨著熊倜。夏芸竟與天陰教人為伍，並肩作戰，尤其使他不滿熊倜。

不滿儘管不滿，卻總不能違抗妙一掌門師諭，他一見面本就想揭發夏芸的事，但熊倜正熱心替雙方介紹相見。

凌雲子聽說是當年的點蒼掌門玉面神劍常漫天，和散花仙子田敏敏時，不由為這兩人的絕世丰采而心折。

鐵膽尚未明在北幾省的聲名，大得驚人，這三位的名頭，使東方靈兄妹如獲異寶，凌雲子也亟願武當派能羅致到這樣三位了不起的人物。因而凌雲子、丹陽子態度上都略略變了些，很謙虛的客套一番。

燭影搖紅，八位武林豪士，聚首一堂，應該是水乳交融肝膽相照了，而粉蝶東方瑛則計劃著如何替自己安排一下，熊倜的心理，也正渴欲一詢夏芸的著落究竟。

散花仙子田敏敏已急不可耐，她以冷寒聲口，近乎發氣的語調發問：「凌雲道長，熊老弟他的女友雪地飄風夏姑娘，想必已被你們安置在武當山上了！雪地飄風只是個任性的女孩子，你們做事未免過分點！」

凌雲子顏色一變，沒想到田敏敏驟興問難之言。他白了散花仙子一眼，反向著熊倜說：「夏姑娘的事，貧道猜想台端還會不知曉？天陰教單掌斷魂單飛，洞庭四蛟都是她的護衛，不折不扣她已是天陰教下一位了不起的人物！熊大俠自然表面上自命清高，和天陰教也是有些默契呢！」

這句話語驚四座，不但熊倜丈二金剛摸不著頭腦，而這種形同挖苦的話，使熊倜怎能不無名火高起千丈。

散花仙子則更不相信夏芸會投入天陰教下，夏芸和她是無話不談，傾囊倒篋，田敏敏氣得一拍桌子喝道：「簡直是胡說！芸妹妹宛如一頭活潑的百靈鳥，從不與江湖邪門人往來，你侮辱她是什麼意思？」

凌雲子反唇相譏說：「正因為她年幼無知，才分辨不出天陰教的善惡呀！現有事實為證，貧道正苦於無法救她於陷溺之中，點蒼派高手請先弄清楚是非，再責怪貧道，貧道敢不領罪！」

這一席話，使融洽不久的空氣，快要爆炸起來。

熊倜目射神光，注視著武當二子，他雖未立即發難責斥，但顯然夏芸這次是沒有吃他們的虧了。

夏芸是不是個帶有神秘性的女孩子？

東方靈老成持重，先把雙方勸住，他很快的把當日官道上情形略述一遍，道：「夏姑娘縱未求助於單掌斷魂，而這三人為她拚命苦鬥，確是事實。後來天陰教兩個司禮童子，黑衣摩勒白景祥，白衣龍女葉清清也出面交手，否則夏姑娘豈能從容逃走？單飛等又怎能不血濺塵土呢？」

熊倜長長吁了一口氣，他心裡紛亂如麻，夏芸真的與天陰教有什麼關係？她又逃往何處？天陰教人何故拚性命來保護她？

一連串的疑問，使他陷入迷惘。

散花仙子冷笑一聲說：「可見凌雲道長是信口誣衊了！天陰教人袒護她，或許別有用意，但是道長們以多欺寡，恃強凌弱，我散花仙子當時在場，也不能容你們這樣胡鬧！老實說我看待她無異親妹妹！你們再說這種無稽誣衊的話，我可不能放過！」

東方靈為顧全大局，設若這四位武功頂兒尖兒的人，與武當反目成仇，那反使天陰教得以從中漁利，武林局面更無法收拾了。他急得滿頭大汗，向雙方一再勸說，從此彼此再不許干涉夏芸。

他說：「武林正派正應同心合力，對付天陰教，不可因小小誤會，使親者痛而仇者稱快。點蒼田姑娘技擬天人，賢伉儷譽滿武林，熊老弟後起之秀，睥睨群倫，尚大俠領袖兩河綠林豪傑，不會以我的話為無理吧！」

凌雲子豪氣凌雲，本不肯相下，但也有些顧忌，武當派遍撒英雄帖，聘請各派名宿，為的什麼？像這四位高手，請還請不到，真是一股雄厚的生力軍，足夠舉足輕重，影響到未來武林的大局！

凌雲子在氣頭上不肯低頭認錯，這也是人之常情。

丹陽子和他一樣被東方靈一篇話，說得默默無言。

室中的空氣異常沉重，若就這樣不歡而散，熊倜這四位也絕不會再上武當，和武當一派合作了。

東方靈又再三勸解，把這回事算為一場小小誤會。

鐵膽尚未明本是火烈性子，又屢屢怒眉橫目，準備來個驚人動作，他看見熊倜陷於沉思狀態，又有散花仙子不客氣的發作出來，覺得非常淋漓痛快，在東方靈竭力斡旋之下，武當二子不再倔強，倒也未便發作了。

田敏敏是何等心高氣傲，冷笑向熊倜說：「熊老弟，既然是這麼一回怪事，我們明天再去鄂城一帶仔細尋一下芸妹妹，找著時帶了芸妹一同再向武當四儀劍客，見見真章分曉，憑什麼累次欺侮我的芸妹妹？」

這話一說，急壞了東方靈。

同時粉蝶東方瑛心靈上蒙了一層陰影，熊倜多少因凌雲子的話，懷疑著夏芸，然而他低頭籌思，顯然不能忘情於她，而且並非因此深惡痛絕了她。

四人如照散花仙子主張一走了之，那後果殊難預料，如何不使東方靈心急。他忙說：

「田姑娘，請勿推波助浪，武當四儀劍客絕不為己甚，姑娘何苦擴大這件事呢？況且千里迢迢來此，怎可不與妙一真人前輩一晤？」

凌雲子權衡利害，也恐回山受掌門斥責，勉強附和著說：「往事一筆勾銷，田姑娘只知怪貧道，不說夏芸侮辱本派九宮連環旗，使本派體面何存？貧道若知夏芸是熊俠士的愛侶，早就放開手了。」

其實這是他一種遁辭，他並非不知夏芸是和熊倜在一起的。這句話多少送給熊倜點面子，確是四儀劍客委屈求全的事。

東方靈乘機又笑道：「熊老弟絕不能走！我還要向四位多多討教，來吧！凌雲道兄已經認了錯，彼此握握手把以前嫌隙一齊拋開吧！」他硬把凌雲子推向熊倜面前，使這一天烏雲，化為晴空，讓他倆極不自然的握了握手。

熊倜雖然急於尋找夏芸，卻被這種場面拘住，真要撒手一走，武當派面子上又怎麼下得去呢？

尚未明卻冷笑道：「妙一真人如熱誠款客，應該把那些不許帶劍上山之類的臭規矩暫時取消，上次在解劍池畔，幾乎把熊大哥貫日劍便宜了天陰教主，如還是龐然自大，惟我獨尊，尚某可無顏再上武當。」

這個難題，幾乎激怒了凌雲丹陽二子，但東方靈很巧妙的調停說：「武當派既然聘邀各方豪傑，必自有變通辦法！況且尚當家的前次也曾被邀至玄真觀，以禮相待。豈可因小小誤會，永記在心？」

田敏敏笑得花枝亂顫說：「我還不曉得有這種規矩，我是劍不離身慣了的，那只有不得其門而入了。」

東方靈恐使二子難堪，趕快另尋話頭岔過去。

一夕清談，總算化干戈為玉帛，而不愉快的氣氛，始終不能一掃而空。東方瑛多少得了些機會，她和田敏敏挽臂長談，十分投合。粉蝶兒抓住了這個機會，也可說是一條路線，因之能得親近熊倜一步。

次日，東方瑛和田敏敏已無話不談，東方琰另具一種溫柔嫺靜的美，散花仙子冷眼看來，已看出粉蝶的心事重重，粉蝶聰明之處，是不再詆毀夏芸，反而同情她，擔心她受天陰教的誘騙。

東方瑛莊重而嫺靜的美，使田敏敏也十分器重她。

東方靈恐凌雲子丹陽子再和他們引起不愉快的爭論，唆令他倆先行離去，返山謁見妙一真人，另派同門來迎迓這四位。豈知凌雲子丹陽子一回到山上，竟受到妙一真人一番責斥，不許他們再下山滋事。

另由武當派下蒼穹子蒼松子兩位道士，下山來迎接熊倜四人和東方堡主兄妹登山。東方靈上世師承，與武當淵源頗深，否則不會專替武當設想的。

蒼穹蒼松武功與四子相差不多，老成持重，是觀裡負責招待各方豪傑的人，都已鬢髮蒼蒼，年逾五十了。

蒼穹蒼松以禮來邀，態度也與凌雲子等不同，使散花仙子及尚未明無法借題發揮。熊倜默然隨著眾人，一同上了武當山。

快走近解劍池畔，又有四個藍袍道士，手提雲拂迎上前來。蒼穹蒼松，向四道士一使眼色，領路當先，不自解劍泉前走過，卻另尋一條小路，轉落崖下。石磴參差，松影迷離，渡溪越壑，另向一座碧峰走去。

原來武當掌門，另選擇展旗峰下玉真下院，招待各方高手，既可保持玄真觀清淨面目，也使各方高手，少了許多誤會，這是武當山中較為幽僻之處。

熊倜等一路隨蒼穹蒼松二道行來，清溪幽竊，奇石玲瓏，既不經解劍泉，散花仙子也就無從借題發揮了。

繞過一座峰腰，前面對崖上綠樹如雲，微露出一片道觀獸脊，蒼穹回身笑說：「前面是玉真下院，敬請大俠們歡聚數日，崑崙峨嵋兩派都已有人降臨，給敝山增光不少！招待簡慢之處，尚請海涵！」

散花仙子本想在武當山上鬧他個痛快，四儀劍客欺侮到夏芸頭上，她總是恨在心頭。常漫天就不同了，他知道夏芸那種輕狂自負，武當派人行動也未可厚非。現在抓不著一點題目，使田敏敏也無從發洩。

熊倜則心裡惦念著夏芸，面上仍笑著與東方靈談笑，粉蝶東方瑛則有意地跟隨在哥哥身畔，不時發出銀鈴般的嬌笑，與田敏敏挨肩交臂，笑語如珠。

若說熊倜對這個端莊靚麗的女子，毫不動心，那是矯情的話，何況東方瑛的秀目，不時暗暗偷瞟著他！

田敏敏則一味逗著粉蝶，竟含著無限深意的說：「怨不得你外號叫粉蝶兒，倩影翩翩，該使人眼花繚亂呢！你悄悄告訴姊姊，心上人兒是哪一個？」

東方瑛羞生雙頰，啐了一口道：「胡說，我不跟你好了！」

田敏敏又笑指熊倜道：「我熊老弟如何？可以配得上你粉蝶吧！」東方瑛更嬌羞無語，但早在四年前金陵初會，她已經芳心默許這位瀟灑英俊的少年，此時年紀越大，越發窘得不能抬頭。

鐵膽尚未明，則深深羨慕熊倜，竟能博得許多美人垂青，他落拓江湖，還從未遇見過一位可意的英雌。

越過澗溪，香風吹送，微聞松林裡有小女子呢喃笑語，倩影雙雙，閃出一對兒悄生生的少女。

卻是峨嵋雙小，徐小蘭和谷小靜。

她倆隨著師傅流雲師太，應邀來此。年前飛靈堡一會，徐小蘭倆留住了半個月，谷小靜心儀出塵劍客，偏偏岔出來個朱若蘭，把東方靈的一顆心佔據了，使她白白擔了一份心事，東方靈很客氣的和她周旋，使她落到個空虛無可撈摸的地境，一年來秋風易逝，更增無限愁悵。

小蘭嘻笑著把她拖出樹林子來，悄聲說：「東方堡主兄妹都來了，那不是你的他麼？」小靜似喜似嗔，和小蘭一陣廝鬧。而熊倜等一行人已翩翩而至。

出塵劍客玉儀清姿，恍如玉山瓊樹湧現眼前，這使小靜驟然眼中一亮，心頭小鹿撞了幾下，略有些兒悵惘。

她倆和粉蝶自幼手帕訂交，熟慣得一齊跳過來和東方瑛湊至一處，群雌粥粥，燕語鶯聲，喧笑成一片綺色。

這時林中又轉出來一位黑癯老尼，手扶錫杖，尼袍素履，從她炯炯照人的目光裡，任何行家也可看出她內功不凡。老尼早在暗處注視了半晌。

她不待蒼穹蒼松替她向這幾位年青的豪傑介紹，一個箭步向熊倜身畔縱來。蒼勁的聲調大喝道：「好小子，本派鎮山神劍，竟被你盜去！」

老尼這句話，不但使熊倜摸不著頭腦，散花仙子夫婦也愣住了，只鐵膽尚未明知道熊倜這口劍的來源。

老尼上乘身法，輕如一縷飛絮，閃閃而來，左手向熊倜背上古劍抓去，手法之快，使人目眩神移。

同時她又叱道：「老身先收回神劍，再從輕處治你這膽大包天的小子！」

事出意外，熊倜萬想不到她飛來奪劍，而且口口聲聲認定是偷了她的鎮山神劍，這真使他啼笑皆非。

熊倜來不及辯駁她，忙施展潛形遁影輕功，晃身飛出一丈多遠，他雙足尚未沾地，老尼又旋躍撲來。

出塵劍客認得是峨嵋雙小之師流雲師太，急急的叫道：「流雲師太，請暫息怒，不要認錯了寶劍！」

東方瑛則替熊倜揑了一把汗，流雲師太以流雲飛袖功威震西南各省，數十年苦行修煉出來的內功，稍一不慎，熊倜豈不吃虧？她也急得尖叫說：「流雲師太！事情還沒弄清楚，自己人不可衝突！」

鐵膽尚未明則冷冷一笑，厲聲道：「老禿婆！你也有一口破銅廢鐵麼？你仔細看看，是不是你那件破傢伙！」

熊倜已被老尼逼得閃縱了三次，老尼不由咦了一聲道：「小子，果然有兩手，否則你也不能自峨嵋斷雲崖偷到這口神劍，小子你再不將寶劍雙手獻上，老身可要開三十年未動的殺戒了！」

她這麼一說話的空兒，東方瑛已奮不顧身，飛躍過去攔住了她，而眾人也都一齊圍攏，蒼穹蒼松忙不迭從中調解。

熊倜昂然而立，神態悠閒，用不使她太難堪的語氣說：「老尼姑不要瞎說！在下熊倜，從未足履峨嵋，此劍乃武昌一位朋友所贈。另有家師所賜倚天劍，至今還被人盜去，沒查訪回來呢！」

熊倜心事中，最重要而棘手的，還是毒心神魔給他一年限期，設法找回來的倚天劍這一樁事。

熊倜語氣中，多半帶些氣憤，奇怪的這位流雲師太，竟惱羞成怒，推開圍繞在她身畔的二徒小蘭小靜，和東方瑛，一揮長袖，一股內家潛力，破空呼嘯，向熊倜捲去。她怒喝道：「胡說！姓熊的小子，你是天陰教下的角色麼？」

熊倜天雷行功，已至爐火純青的地步，又得了飄然老人的神髓，內功也火候極深，忙運內功護體，也揮手相抗。

兩人相距約七八尺遠，轟然一聲疾風震響，熊倜初次使出本身內功潛力，和她相抗，只覺如同撞上了銅牆鐵壁，震彈之力，使他一直身體搖搖晃晃收樁不住，身體自然倒退了幾步。

而這位流雲師太呢，也受到了同樣的震力，踉蹌倒退。這使流雲師太瞠目咂舌不已，對於熊倜感覺無限驚奇。

蒼穹蒼松做主人的，只怕這衝突擴大得不可收拾，慌忙上前攔勸雙方住手。

眾人見流雲師太流雲飛袖神功，竟不能傷及熊倜一毫一髮，都十分驚奇熊倜內功造詣的程度，已臻上乘。

散花仙子夫婦，則不為這個場面感到出奇，他倆是試過熊倜本領的，只不解何以老尼要硬誣熊倜偷她的劍？

老尼又逼問熊倜是否天陰教下，田敏敏和尚未明都覺得這是跡近侮辱的話，尚未明冷笑說：「蒼穹道兄，讓她把話說清楚點，她峨嵋派有什麼鎮山神劍，叫什麼名子？無理取鬧，還要栽誣熊大哥是天陰教人！這真是從何說起！話不說明白，今兒她這一番狂妄的舉動，尚某是看不下去的！」

散花仙子也忿忿道：「老禿婆倚老賣老，就算你有一口劍，人家就不許有同個式樣的寶劍麼？」

流雲師太因為熊倜背上的劍，確實是太相似，拿在手裡也未必立刻分辨出來，而她天生燥烈的性子，是不能忍耐一刻的，所以才鬧出這個場面。經眾人勸解，又在二人譏諷斥責之下，才似感自己過於性急。

流雲師太忿怒道：「本派掌門殘雲尊者，新近自天陰教中奪來一口神劍，乃三十年前武林馳名的倚天劍！」

她話還沒說完，已足使熊倜驚喜萬分了！這一來毒心神魔留給他的難題，總算有了著落，精神為之一振。

尚未明聽說過熊倜失去了倚天劍，心說：「原來是峨嵋派人又從天陰教偷去此劍，你還向人家索劍，只怕說明以後，你這賊贓也保不住呢！」

流雲師太又指著說：「這位朋友背上的劍，確實太相像了……」她正在自圓其說，眾人多半不明原委。

突然間蒼勁笑聲大作，自碧崖上方林中，閃飛出來兩位五十左右的奇逸人來。左邊黃衣黃冠的笑說：「本派神物，這可一齊有了著落了！原來流雲禿婆同門人，也不過是雞鳴狗盜之流！真該按律問罪呢！」

左邊闊袖襴衫的也笑說：「貫日劍怎會落在這姓熊的手中？而且倚天劍和他還有著什麼關係，真是費解！」

這兩位乃是崑崙派鐵劍先生門徒，塞外愚夫堯雈與師弟笑天叟方覺。鐵劍先生當年與師弟銅劍書生，合用倚天貫日雙劍，掃蕩天陰教，手誅蒼虛上人，而他自己也重傷在太行山下，銅劍書生遠遊江南，人劍俱不知下落。

毒心神魔在那時也站在正派這一面，他去得較晚，太行山下天陰教巢穴中，屍橫遍地，他卻發現了這口倚天劍。名劍豈能無主，而當時武林，以崑崙派力量最為雄厚，經過太行一役，名手死傷累累，卻極少出現了。

堯雈和方覺當年倖免於難，隱居東崑崙，潛修本門內功，因聞天陰教再度興起，才出現中原，無意中與飛鶴子相遇，遂敦請這兩位崑崙僅存的碩果，前來共商大計。峨嵋流雲師太師徒，也是武當派禮聘來的。

五大正派之外的江湖豪傑有頭有臉的，武當派無不派人送帖子邀來助威，但是各方豪傑，已大多數被天陰教人威逼利誘，收羅在教下，少數正派的人，只有埋頭不出，潔身自愛，四年來武林形勢為之大變。

師門舊物，塞外愚夫倆怎不認識，倚天貫日雙劍，正是他倆久想訪尋收回之物。流雲師太衝口說出倚天劍下落，竟因此武林正派間釀成了莫大的糾紛。

崑崙這兩位高手現身出來，流雲師太是認識的，他們倆都已來玉真觀三日，彼此各懷仰慕之心。

塞外愚夫這時威儀棣棣，眼神一掃由山下新來的幾位，崑崙雙傑最驚訝的是常漫天夫婦重現江湖。

二十年前點蒼派的玉面神劍，確震懾了本派群英，也使各派為之側目。新自山下來的六位中，他倆只認識常漫天夫婦二人，其餘都很陌生。熊倜的姓名，是自老尼和他問答時才聽出來的，對熊倜也素不相識。

同樣玉面神劍夫婦，也因這崑崙派兩個過去的奇傑，出現在武當山中，而感到了非常驚異。

四位本來相識的人，反而各各交換了四道詫異的目光，並未立即寒暄客套。

流雲老尼卻為崑崙雙傑一搭一擋那幾句話，感到了異常的不安。她是明白倚天劍原來的主人翁是誰。

流雲老尼以峨嵋老輩子身分，剛才錯認熊倜拿走峨嵋派人得自天陰教的宇內名劍，師出無名，反而熊倜竟是倚天劍的後來所有人，更不幸的塞外愚夫和笑天叟，才是倚天貫日雙劍的真正主人翁呢。

很顯然的原物應歸原主，雖不會便宜了熊倜，但是終必引起一場不大不小的糾紛，看來反而多此一舉了。

蒼穹蒼松，則以主人的身分，向雙方逐一介紹說：「這位是點蒼掌門玉面神劍常漫天，散花仙子田姑娘，名滿江南飄然老人的高足熊倜，兩河總瓢把子鐵膽尚未明，南北雙絕劍出塵劍客東方靈，東方姑娘兄妹……」二道士滔滔不絕，如數家珍。

自然不多不少，卻使流雲師太受到些震驚。

怪不得這四位少年，態度狂傲，倒也算是新近崛起武林名字響噹噹的人物呀！崑崙雙傑，也微有所聞。

塞外愚天不耐煩由蒼穹道士代他們介紹，先自接口說：「在下崑崙堯窪，與愚師弟笑天叟方覺。」

緊接著向熊倜背上貫日劍注視了幾眼，歎息說：「熊小俠這口名劍，得自何人？」

熊倜冷靜的態度，明知這兩位必與倚天貫日雙劍，極有關連，卻仍神色夷然，說明了受人贈劍的經過，更爽利的把毒心神魔數年前賜劍，蘇州府無心失劍種種都說明了。總之他是和盤托出，直言無隱。

最後熊倜又補充了一句話：「堯老先生有何賜教？我確不知毒心神魔重視倚天劍重於生命的理由何在？」

笑天叟頭臉仰天，縱聲大笑，聲出丹田，響震林樾，使散花仙子和尚未明都覺得他笑得十分突兀。

笑天叟這種奇異狂笑的姿勢，是他一生怪癖之一。

笑聲方罷，他又以很沉重的語調說：「那麼侯生老傢伙的使命，我哥兒們可替你找回這口倚天劍，讓你有話向他交待！熊小俠緣分不淺，竟作了本派先師遺物——倚天貫日雙劍的一度主人！」

這話裡含義，自不用說，他二位要收回倚天劍，貫日劍呢，則語意還不十分明朗，但也足使熊倜為之色變了。

流雲老尼面對著這種尷尬局勢，激怒了她，也似沖犯了峨嵋一派的尊嚴，她忍不住先挺身出來，冷笑一聲道：「崑崙雙傑！倚天劍出於何人鑄造，輾轉經過何人之手，這都是過去一段陳跡，只怪自己不肖，把東西丟掉，不能把合法的得主，應享的權利抹煞！改朝換帝，山河依舊，誰又能去追溯過去的產業呢！」

她這一番話，拒絕了塞外愚夫等將要出口的要求，也很輕鬆的排斥了熊倜的念頭，究竟占了多少理，是否強詞奪理？只能屬於各執一詞，公說公有理婆說婆有理吧！因為倚天劍終不是鐵劍先生自己願意放棄的東西。

塞外愚夫以極冷酷的口吻，堅決的說：「流雲大師竟能說出這種不近情理的話來，使堯寉不敢相信我的雙耳，武林各派名宿，只怕無人不為你齒冷！況且你峨嵋派並非正當手段獲得此劍，儻來之物，算得了數麼？堯某夙承先師遺命，終必親上峨嵋斷雲崖評一評理！」

流雲師太紅漲了半邊臉，叫起來道：「來吧！我峨嵋同門隨時恭候大駕，倚天劍就永掛在光明洞石壁之上，等候你崑崙雙傑前來收取！」

三人已劍拔弩張，繼舌劍唇槍之後，當然是免不了一場惡鬥。但知趣的主人，蒼穹蒼松雙道，惟恐因此把聘請來的群英，攪得稀亂，完成不了對付天陰教的計畫，慌忙分向雙方勸解。

蒼穹道士說：「倚天劍的事，由貴兩派另行解決！目前天陰教橫行不法，難得各方名宿高手，一齊降臨荒山，家師定於明日午時，與各位會談此事。萬望暫忍小忿，共禦強敵，為武林大局著想，貧道不能事先消除誤會，確實抱歉已極！」

熊倜堅決的神態，邁前一步，抱拳當胸說：「崑崙雙傑！倚天劍失自在下手中，熊倜也要算上一份，待把名劍交還毒心神魔之後，在下方能心安。名劍誰屬，小子不敢過問，並且也無心久占！」

塞外愚夫炯炯出神的目光，掃視著他笑說：「台端倒很有些抱負和自信！雙劍關係著武林盛衰，小俠可知道雙劍作用所在麼？」

熊倜被人冷冷的問住，自然他答不上話來。

笑天叟又仰天哈哈大笑說：「侯生老魔，與你什麼關係？最好你去請示一下毒心神魔，看他拿什麼話吩咐你！」

熊倜不肯忘本，遂抗聲說：「熊倜幼時，得星月雙劍陸飛白戴夢堯兩位秘授天雷行功蒼穹十三式，經毒心恩師加以深造，復在泰山受業飄然老人門下三載。」他又斬釘截鐵的說：「倚天劍我熊倜必親手收回！以謝侯恩師。」

塞外愚夫和笑天叟被這少年慷慨陳詞，突然互相交換了一下神秘的眼光，同時呵呵大笑說：「原來是他的安排！熊小俠緣分不淺！」

塞外愚夫又正色道：「熊小俠，你可知你陸叔叔戴叔叔的師承是什麼人？」這自然又是熊倜無法回答的話。

崑崙雙傑的問話，使熊倜有些懷疑，難道崑崙雙傑，和自己的戴叔叔們還有什麼關係？但是塞外愚夫二人對熊倜的態度，顯然和初見面時大為不同，由視如路人轉變成十分親切之色。

笑天叟說：「熊小俠，你再向侯老魔問一下，這柄貫日劍，暫時寄存在你身上，千萬小心，不可使它再為宵小所乘！峨嵋一行，勢所不免，你也不妨去會會異派的名宿高手！至於……」

他沒說下去，笑笑道：「以後再談吧！」

崑崙雙傑不向熊倜索回貫日劍，使在場的人，感到他倆必與熊倜有什麼特殊的關係，但何以還要熊倜去峨嵋呢？就是熊倜本人，也茫然不解。

熊倜怔怔的說：「在下還要立即尋訪一位朋友，峨嵋之行，早晚還不能定準日期，最好各行其事，尚請原諒！」

笑天叟和塞外愚夫相視一笑，沒有再說什麼。

流雲老尼把兩個徒弟一招手，竟自飛步下山，她已忍了一肚子惡氣，以離開這個使她難堪的場合為妙。

但蒼穹蒼松兩位道士，卻笑容可掬，趕過去攔住了她，無論如何，請她明天開完了會再走。

流雲老尼雖然性情爆烈，但眼前點蒼雙俠崑崙雙傑，無一不是硬對頭，對方人多勢眾，不能吃眼前虧，回到峨嵋以後，有諸同門共起禦侮，不怕熊倜和崑崙雙傑不吃上個大虧。所以她沒有立時再發作出來。

經過蒼穹蒼松兩位道士，苦口勸解，總算把這位嵋峨怪傑勉強留下。眾人在彼此極不融洽的氣氛中，重又向玉真下院走去。

崑崙雙傑，則和熊倜述敘起來，細問他學藝的經過，出身來歷等等。熊倜對於自身來歷，依然懵懂無知，只曉得還有個妹妹，不知下落。而仇家寶馬神鞭薩天驥的名子，數年來，深深印嵌在他的腦海裡。

點蒼雙俠散花仙子夫婦，也和塞外愚夫等互相交談，因之使流雲老尼自覺形勢非常孤立，幸虧出塵劍客兄妹，和她是熟識的，談及天陰教目前猖獗的形勢，崆峒派人，已有歸於天陰教旗幟下的趨勢。

眾人談虎色變，對於天陰教，大家是同仇敵愾，一致深惡痛絕的。

玉真下院，在一片松杉林中，境界幽雅，碧崖環抱，修篁蔽日，而觀宇卻不很大，只有五間三清殿，兩面都是幽雅出塵的靜院。

各方高手，先後雲集，正殿已打掃得非常潔淨，佈置了一個各正派聚會的場所，而各方高手，分住在兩側靜院內，蒼穹蒼松引這幾位少年英雄，自月洞門進入左側道院。兩排很整潔的丹房，花木扶疏。

另有照應的小道士，伺候茶水素齋。

熊倜等被迎入極潔的丹房，他們六位分住了三大間房子，同在一排，中間是個鶴軒敞廳，眾人暫集廳上款茶。

流雲師太則攜了二徒，悶悶回到右側院中。

谷小靜廝纏著東方瑛，她又悄悄溜來，其目的不待說是想和出塵劍客多親近些，看看東方靈究竟有情還是無情？

敞廳上崑崙雙傑，熊倜尚未明，散花仙子夫婦六人加上東方靈，由蒼穹道士陪坐閒談，但談的還是離不了天陰教的問題。

東方瑛則與谷小靜在丹房中密語，同是小姑無郎，無疑的要品評一下熊倜和尚未明的人品武技。

熊倜心裡的重擔，減輕了一半，倚天劍不至於茫無頭緒了，但是芸妹妹呢？伊人如有什麼閃失，更是使熊倜心碎，何況她極有被天陰教人誘騙的可能！這使熊倜心裡，沉重得像墜著一大塊東西。

熊倜仍和崑崙雙傑等笑語，他不能缺了禮數。

突然自月洞門湧進來三位氣概不凡的人，其中一位年不滿三十的漢子，巨吼如雷，遠遠就向熊倜喝道：「熊倜！天山三龍，與你有緣相會！今兒我鍾天仇再來會會你！」

第二十四回 丸落風雨，掌起陰煞 仇跡乍明，戰訊初傳

眾人都為這三位湧進靜院來的人物起了紛擾。

崑崙雙傑久處西北，認得這秉性殘酷的天山三龍父子，最稱毒辣的是老俠鍾問天，不知自何處得來一套秘書，新近花了十年面壁苦功，練成了一種威力強大的陰煞手，是否和天陰教秘笈有什麼關係，無人得知。

但這種陰煞手，還從未向武林中表露過。

大俠鍾天宇，小俠鍾天仇，父子三人僅年齡上略有差異，而一色黑衫黑履，使人看見有些刺目。

一樣是蒼白淒慘的臉色，只鍾問天多了幾綹蒼鬚。

四年前熊倜和鎮遠鏢局二鏢頭吳詔雲，護送何首烏在臨城道上與少俠鍾天仇，曾作過

一次意氣相爭的搏鬥，而鍾天仇以飛龍七式劍法，沒有討到一絲便宜，懷恨熊倜的心，直到他埋首苦練，自以為足可報復熊倜了，才翩然重入江湖，同時也是老俠鍾問天想要稱雄武林，現露陰煞手的時機。父子三人遊蹤遍及江南。

他三人懷有莫大的野心，想先在武林第一大宗派的聖地武當山，樹立威名，與飛鶴子相遇，正在網羅各方好手，遂把他父子邀上山來，謁誠款待，也可以說是開門揖盜，引狼入室了。

天山三龍的野心，不在天陰教主焦異行夫婦之下，而他們遲遲未向武當派人示以顏色，是想藉武當派邀齊了各方各派高手，然後施展絕技，一舉震懾群英，達到他父子稱雄一世的目的。

鍾天仇卻發現了熊倜，昔年那一段過節，在他引為奇恥大辱，竟未能把熊倜打敗，彷佛失了很大的體面。又聽說點蒼派的名手同來，懇求父兄，代他找回以前的面子，而熊倜自然是他父子藉以發揮的好題目。

熊倜的名望，列入三秀，確實更使天山三龍氣憤。

廳上眾人都愕然驚起，熊倜則以更安詳的神色，向鍾天仇微笑拱手道：「鍾少俠，臨城比劍，受益匪淺！少俠如還不能忘懷那夜的事，熊倜敬候賜教就是！」

蒼穹蒼松仍以主人的身分，舌敝唇焦，出面斡旋。

玉面神劍也久聞天山三龍凶暴的名氣，但他在點蒼比劍時，三龍卻還隱居天山，課授天宇天仇的武技，未曾與會。

常漫天和散花仙子相視一笑，兩人似都以武當派延聘這種似邪非邪說正不正的人物，殊為遺憾。

武當飛鶴子是有深意的，正派方面增加一股力量，就可多操一分勝算，讓天山三龍被天陰教拉過去，那就太不合算，寧肯委屈將就他們些。

鐵膽尚未明，二次來武當山。崑崙雙傑，峨嵋流雲師太等都似對他露出一絲輕視之意，再說你是綠林總瓢把子，江湖上把式，怎能與五大名門正派相提並論？尚未明目無餘子，早就想自我表現一番。

尚未明輕輕一閃，已躍在熊倜前面，他雙手抱拳說：「我兩河鐵膽尚未明久仰天山三龍英名，無緣領教，今日卻正遂了平生之願。但三龍有三位，熊大哥也無法分身奉陪，我尚某倒願跟三龍中一兩位玩玩！」

尚未明這幾句話，輕鬆，狂傲，兼而有之，使天山三龍幾乎氣炸了胸膛。天山三龍真沒想到一個綠林豪傑，竟敢在他父子面前，如此放肆。

大俠鍾天宇蒼白的臉上，青筋微微牽動，毫無表情只透煞氣的目光一轉，以極不屑的態度，目光上掠，只微微頷了一下首，道：「難得難得！你尚當家的還有這份兒膽量！天山三龍，要破例教誨一下江湖後輩了！」他說出的話，更狂傲入雲。

鍾問天則把熊倜尚未明，以及散花仙子夫婦，用鄙夷不屑的眼光掃視一遍，他自然是不肯和這些年青人動手的。

散花仙子田敏敏嬌笑著，笑得如同花朵兒搖頭。

她向玉面神劍說：「那邊還有個老頭子呢，該我倆去打發他了！」崑崙雙傑塞外愚夫見快鬧得不可收拾，他順著主人的意思向雙方攔勸，說：「我們不能虧負了主人的盛意，任何人中間私下裡的樑子，應該另找機會去解決，最好在明天主人主持的大會之後，老夫想熊小俠不會一走了之，畏首畏尾的！問天兄以為我這句話可以採納麼？」

鍾問天多少對於崑崙雙傑，有些畏忌，但是狂妄故態，依然輕輕答道：「早晚總是一樣，小兒與熊倜談不上什麼深仇大恨，但是互印證一次武學，也不至於有負主人盛意，老夫可吩咐小兒天宇天仇，點到為止，略略詣識一下這些不識進退的後生小子，老夫袖手旁觀就是了。」

他把話說過了火，似乎他兩個兒子，保能有勝無敗。而崑崙雙傑也覺得這些大話，太過刺耳，至於尚未明和熊倜，更是無法忍受了。

散花仙子卻纖手一指鍾問天說：「鍾老頭兒，你也脫不了手，憑你那兩頭惡犬，是不值人家一擊的，聽說你練了些什麼鬼把戲陰煞手，我田敏敏倒想見識見識——」

天山老龍鍾問天，多少為散花仙子刁鑽倨傲的話，感到無限驚奇，吹彈得破的花樣美人，竟敢來捋虎鬚？

武當兩位道士，生恐事態愈加擴大，明天這個會也就裂痕百出，崑崙派已與峨嵋派弄得極不愉快，那這一次延聘各方高手，反而促成了自相火併，徒勞無功。但是任他倆舌上生蓮，又怎能打動天山三龍呢？

天山三龍固然狂態逼人，尚未明等又何嘗不是氣焰沖天，這種局面之下，誰也不能先伏弱引退。

鍾天仇則以四年來功夫已進步不少，自持獨門絕技，不相信熊倜還能在他劍下討巧，他急爆的性子，奇快的身法已亮劍飛步而出，不料卻是鐵膽尚未明接住了他。

鍾天仇方待喝他閃開，繞撲熊倜，而尚未明竟以迅雷不及掩耳的手法，揮動一雙肉掌，掌影如雨，迎面撲至。

天仇以為自己多了一口鋒利寶劍，勝之不武，忙先竄至側面，收劍入鞘，也以雙拳相敵。

鍾天宇卻暫時收住架勢，他並非怯敵，只是想先估一估這些少年們的分量，究竟有些什麼本領！

天仇和尚未明兩人的身法都妙到毫端，快無倫比，武當派蒼穹蒼松兩位道士想出手攔阻卻再也來不及了，只有分勸其餘未動手的人，暫且息怒。

尚未明一上手，就使展開塞外飛花三千式，招式奇幻莫測，使崑崙雙傑不由哦了一聲道：「原來這少年果然有些來歷呢！」同樣，天山老龍鍾問天也不禁神情一肅，他頗為愛子擔心，因為鍾天仇還沒練成陰煞手功。

尚未明這套絕學，一式裡千變萬化，掌影繽紛，上下四方形成千條幻影，饒是鍾天仇本身功夫不低，但他那飛龍七式拳招，卻一點使不出來。因為尚未明已竟占了先著，他處處受制於人，落得只有挨打的份兒。

打到後來三十招以後，鍾天仇費盡吃奶氣力，一味躲閃，汗出如雨，蒼白的臉色反而漲出些紫色。

老龍鍾問天心疼兒子受窘，再也顧不得什麼道義，他暗施辣手，伸出烏黑發亮的右掌，黑筋暴起，把十年來心血煉成的陰煞手，突然自側面斜斜向尚未明猛如山崩雷震，破空震響，打出一記劈空掌。

尚未明距他發掌之處，不過一丈來遠，武林中能在這麼遠的距離，發掌傷人，正是所謂隔山打牛的上乘功力，確實沒有幾人。熊倜天雷行功已至無聲無息階段，但是平素還沒練過這種手法。

他無意迎拒流雲師太，對拍了一掌，自己也不懂得其中奧妙。但崑崙雙傑卻是此中老手，不免心中大驚，以為尚未明必遭毒手。

單憑天山老龍發掌時手上黑光迸現，發出那一種奇異的嘯音，這陰煞手必然惡毒無比，但是崑崙雙傑也來不及趨前搶救。反而是玉面神劍常漫天，也懂得這種手法的陰毒，不由嚷道：「敏妹快些出手！」又喝道：「尚俠士快快躲避，鍾老頭陰煞手不可輕敵！」

而散花仙子真是眼明手快，一大把精妙奇詭的鋼丸，已漫天花雨，向鍾問天擲去。

星飛珠跳，銀影翩翩，而且四面八方，以不同的角度，齊向鍾問天那隻右手上面射去。天山老龍不得不抽了一口冷氣，心中一震，向後倒縱丈餘。因之他發出來的掌力，自然是向後一縮，不能到達尚未明身畔了。

散花仙子這種奇妙的手法，天山老龍竄退丈餘，鋼丸還從地下躍射過去，幾乎使他無法應付。

而同時鍾天仇，也因側面銀影紛馳，著也有些驚慌，被尚未明五指掠過肩頭，一陣劇痛，他強咬牙忍受，也不由敗退下去。尚未明收往招式，兀立如山，怒喝道：「天山三龍，暗下毒手，未免太不夠光明磊落！」

又道：「任您哪位，我尚某再奉陪一場。」

天山三龍，大俠鍾天宇自問也未必能勝過尚未明，只有望著父親出手了。鍾問天則因剛才散花仙子這種散花手絕技，使他不寒而凜，一時疼惜愛子，暗中傷人，偏又找了個沒趣，對方人才濟濟，還不知別人是什麼門路。

鍾問天空有一腔抱負，卻不料竟在武當山上徒自取辱。天山三龍，父子同一倔強性格，贏不了人，便立即歸山苦煉，所謂有仇必報，終生忘不掉一顆芝麻大小的過節，常人惹惱了三龍，非死即傷，無一倖免。

至於究研有什麼惡性，卻也難說。

鍾問天自信以他的陰煞手，打敗尚未明還不成問題，何況尚未明還在那裡叫陣，他惱羞成怒，霍地聳身而前。向尚未明喝道：「姓尚的小子！接老夫幾招，你這小子未免太狂妄了！」他已忍不住一腔忿怒。

但是武當兩位道士，怎肯讓雙方再打下去，那可就要變成了拚命了。蒼松蒼穹雙雙死拖活拉，攔住了鍾問天，這個場面，比山下熊倜對流雲師太，崑崙派與峨嵋派舌劍唇槍那幕，還要惡劣數倍。

崑崙雙傑稱讚了尚未明兩句，也立刻把熊倜尚未明，勸回廳上，不讓再打下去。

鍾問天戟指怒叱道：「姓尚的小子，還有熊倜，躲了今天，躲不了明朝！明天會罷，就在玉真院外，作個最後了斷！」

熊倜點點頭說：「很好，不干尚賢弟的事，我熊倜一人接著你！想不到天山三龍，竟是蠻不講理的人！」

蒼穹蒼松再三苦勸，方把這場風波暫時結束。

於是這幾位俠士又增加了一項話題，就是天山三龍的為人行事，以及他所煉的陰煞掌性能威力等等。

熊倜因倚天劍有了著落，心情稍為開朗，他們又談及赴峨嵋之約，散花仙子嬌笑說：「老禿婆口氣不小，我倒要去看看她們峨嵋派巢穴，算得上龍潭虎穴？」

玉面神劍較為持重，他點點頭說：「我們自然要陪熊老弟去一趟，賞玩一下峨嵋勝景，但憑崑崙雙傑和熊老弟的身手，倒用不著別人幫助，但不知熊老弟定於何時前往？」

這可把熊倜給問住了，他不能拿準何時找著夏芸，熊倜略一沉吟，常漫天呵呵大笑道：「我竟把老弟找芸妹妹的事忘了！不妨把時間拖遠一點，愚兄回甜甜谷一行，然後束裝西上，只要天陰教不再蠢動，愚兄看似無需逼得他們鋌而走險。」崑崙雙傑和他意見相差，認為以從速剿滅為安。

熊倜正在考慮這許多問題，突然院門中走進來玄冠羽衣的飛鶴子，還有一老一少兩位衲衣和尚，並肩而入。

熊倜看那年約四十的褐衣僧人，面目十分熟慣，只一時想不起是誰。而那位老僧，道貌岸然，目射奇光，顯然是一位內功很醇厚的人物。

熊倜再一細看，腦海中浮現了四年前的往事，那不是鎮遠鏢局托他北上保護何首烏，同行的吳詔雲鏢頭麼？

飛鶴子已邀了二僧，上得廳來。

飛鶴子先作了一番客套，並因點蒼雙俠，崑崙雙傑，熊倜，尚未明，出塵劍客兄妹的蒞臨，引為莫大榮幸。

武當派對於客人，是彬彬有禮的。

飛鶴子介紹二僧，說是：「關外帽兒山大雄法師和他的高足詔雲和尚。」自然可以定準是吳詔雲了。

詔雲和尚趨前與熊倜互相握手，歡然道故，熊倜驚訝他為什麼要披剃出家，吳詔雲卻有他一番苦衷。

鏢貨輕易地落入天陰教人之手，最可恥的是由於粉面蘇秦王智逑的賣身投靠，鏢局名譽是掃地了，吳詔雲是無法再吃這一行飯，又在臨城一帶，遇見無數武林高手，自己越發感到渺小得微不足道。

他本想從此隱姓埋名，一生再不提武技二字，卻無意中遇見了關外隱世高手大雄法師，練武功的人是得了機會決不放鬆的，大雄法師一生絕技未得傳人，看上了吳詔雲，於是為他披剃，作為衣缽傳人。

四年以後，吳詔雲的武功，確實有了長足的進步，而大雄法師聞知天陰教興起，他嫉惡如仇的心理，當年剿滅天陰教，他也是最出力的人，豈能容他們再度塗炭生靈，遂攜徒南下，訪查二次重興的天陰教的劣跡。

他師徒自徐州南下，這時北道上英雄，七毒書生唐羽，海龍王趙佩俠，五虎斷門刀彭天壽，勞山雙鶴，黃河一怪都已被天陰教網羅勾結，尚未明崛興兩河綠林道上，他所能領導的已只是些二三流角色了。

大雄法師在揚州與飛鶴子相遇，武當派人是分批四出撒帖子的，而飛鶴子遍歷蘇杭江左各地，遂與大雄法師師徒結伴而返。

吳詔雲和熊倜殷殷話舊，他瞟了在座諸俠一眼，歎息一聲說：「我不想王智逑變節出賣鏢局，投身天陰教下，再碰面就是仇敵勢如水火了！」他又使個眼色，低聲道：「我倆找個僻靜地方一談吧！」

吳詔雲一臉重要而機密的神氣，使熊倜大為吃驚。

兩人遂暫時告退，攜手至角落一間丹房裡。

熊倜不知他要說些什麼，惟一希望的就是他能夠報告芸妹妹的行蹤。而結果卻是另一件使他驚喜的事。

熊倜金陵城闖入鎮遠鏢局，訪問仇人寶馬神鞭薩天驥，粉面蘇秦王智逑是惟一薩天驥的心腹，只是王智逑不肯洩漏出來南鞭大俠的行藏，反而乘機利用這個初出茅廬的小夥子，替他經歷江湖上極險惡的風波。

吳詔雲是個血性漢子，也很同情熊倜。

兩人進入房內，吳詔雲慨然道：「我這幾年在關外學藝，風聞落日馬場主人虬鬚客，是一位隱名的怪傑，終於有一次得到機緣，窺破了他的廬山真面，你知道這位在關外聞名赫赫的怪傑是什麼人嗎？」

熊倜搖搖頭，但他卻知道虬鬚客就是所愛的芸妹妹的父親。

吳詔雲義憤填膺的說：「十三年前的事了，薩天驥對不住武林朋友，殺害了星月雙劍，使鏢局裡朋友，人人皆側目寒心！」

又厲聲道：「誰知他竟做了落日馬場的關外梟雄！」

這一句石破天驚飛來喜訊，使熊倜震駭得答不上話來。他這時熱淚盈眶，腦海裡返回到金陵城外戴叔叔臨死時那一幕，數年來他一直沒敢忘懷的大事，終於到了眼前，正是他替戴叔叔申報血仇的良機！

可是熊倜內心確實起了錯綜複雜的變化，這不是局外人所能把它描繪出來的。眼前放著三樁須他立即去辦的大事：找尋夏芸，峨嵋赴約奪回倚天劍，與找那寶馬神鞭報雪深仇。

熊倜不是為這三件事孰先孰後，無法決定而焦慮，卻是千萬料想不到夏芸竟是大仇人的女兒，將來是多麼刺傷芸妹妹的芳心！況且再想和她結合，是否可能？恩恩怨怨，兒女情長英雄氣短，熊倜畢竟不能太上忘情啊！

又加上夏芸目前行蹤飄忽，很可能投入天陰教中，一朵白蓮花無上高貴的氣質，讓它陷入污穢而不能自拔，又是何等殘酷而痛心的事。

熊倜儘管內心彷徨，煎熬，焦慮，種種酸甜辛辣的滋味，使他陷入一種無法擺脫的苦網裡，但是他仍苦笑著向吳詔雲道謝，謝他的關懷和盛情，以堅決如山的口氣說：「熊倜如不在最短期內，完遂復仇心願，何以對星月雙劍在天之靈！吳大哥，我絕不把你今日說的話，洩漏出去，使大哥有失對於薩天驥的情誼！」

吳詔雲道：「老弟這話是多餘的，薩天驥負心不義，我吳詔雲也非常痛恨他！還有老弟須多加考慮的，落日馬場上已出現了天陰教人蹤跡，很可能薩天驥已和天陰教人，搭上了線，報仇的事不免須多費周折了！」

熊倜慨然說：「只要我曉得他在那裡，就是火坑我也要跳進去！和他一拚！」他倆又互談別後情形，匆匆返回廳上，與眾人歡聚。

大雄法師的性格，竟非常爆烈，他把二三十年前的天陰教人視為毒蛇猛獸，而目今在焦異行夫婦領導之下的天陰教，他認為是死灰復燃不堪一擊的。但是經過飛鶴子敘述天陰教人偷襲武當實力極為雄厚時，眾人方知問題並不是那麼簡單，很可能天陰教還結合了不少厲害的魔頭！

這一個下午，他們都消磨在討論這件大事上面。

東方靈對於熊倜，本想表明他愛慕朱若蘭的心事，但是卻又說不出口，熊倜最近又沒見過若蘭，更不知悉兩人間都已發生了情懷，在東方靈提起若蘭在飛靈堡安居無恙時，他熱誠地連連致謝。

粉蝶東方瑛也夾在中間，很大方的說笑，可厭的峨嵋谷小靜也隨伴在她身旁，所以這四人雖然避開了眾人，於斜陽一抹時，在清泉碧樹之間，流連閒步，而終都沒有一個較好的機會，說一兩句話。

自然熊倜是愁腸九迴，掙扎著陪東方靈兄妹說話，內心似乎輕鬆，而實際上是沉重得喘不出一口氣來。

他與東方瑛間，是沒有什麼拘忌的，因為熊倜並沒有什麼心事，態度自然非常大方，而粉蝶則比他大一兩歲，芳心牢牢繫在熊倜身上，已竟四年多了。若非有谷小靜在旁，她可要控制不住快奔放的感情了。

男女間的事是極端微妙的，久別重逢之下，那一腔想吐出來的話，往往變為無話可說，於是靈犀一點就完全顯現在一雙眸子之中，不徒粉蝶是含情脈脈，只要碰上了熊倜的眼光，就露出無限光輝，神秘的意味是非個中人不能領會的，而谷小靜更比她表現得露骨一點。

東方靈是故意用話題纏住熊倜，自然他甚至有些過分，那冷淡的程度加於谷小靜投來的眼波，幾乎使谷小靜傷透了芳心，但是她還是不忍離去，粉蝶嫌她不自知趣，為何不走開，而盡在中間夾纏呢？

同樣谷小靜也巴不得熊倜自己識相，退出這個場合。

誰也不願提議早些回去，直至半輪明月斜掛在兩峰缺口，依然娓娓忘返，可是熊倜只是信口酬酢，竟不知他自己說了些什麼。最後終被散花仙子夫婦出來一攪，大家才意興闌珊，倦意促使他們提步走回去。

熊倜突然看見黯淡的月光下，澗水對面松林中，似有一黑一白兩道瘦小婀娜的身影，在眼前一晃，但立即瞥然失去。他不相信是一時眼花，他猛然提身縱去，大喝道：「什麼人？何方同道，請出來一談！」

眾人因他這種動作，而立時紛擾起來。但是武當派人自山口起到處都設有伏樁，熊倜相信必是天陰教人，因為那種衣服顏色是太可疑了。他以極快的身法，在林中搜尋一遍，卻沒找見什麼蹤影。

散花仙子，東方靈等，也在各處搜索，終於又會合在一處。常漫天認為天陰教人，絕沒這麼巧，恰在此時來偷探虛實。東方靈則同意熊倜的看法，認為天陰教中不乏好手，武當派大張旗鼓邀聘各方豪傑，怎能不洩漏風聲？

接著又看見武當派巡查的人，四個道士一起兒在岩峰幽澗中出沒，確實武當派人也佈置得非常周密。

熊倜不願把這事告訴飛鶴子，因為怕是沒須有的事，庸人自擾，反而添了一件笑柄，他們遂各回丹房就寢。

第二天依然清談了半日。

會場匆急佈置，耽誤到申正時分，方才由飛鶴子蒼穹蒼松等分別導引他們入席。妙一真人已星冠羽服，含笑在正殿階前迎候。

以武當派掌門之尊，親自迎接，這是很少有的事。

殿內佈置得異常潔淨精微，多半是兩人一席，面前一張條桌，本山的雀牙香茗，每人面前放了一個蓋鐘兒。

另有四儀劍客和蒼穹蒼松等一流弟子，侍立殿外廊上，照應四周，小道士們肅然往來伺應，與會的黑壓壓坐滿了這座正殿，足有四十餘位各方名宿高手。

席次的上下，是含有崇敬的意思，自然峨嵋崑崙點蒼三大正派，要占著重要的位置，熊倜和尚來明也被排列在較靠上席僅次於散花仙子夫婦的位置，而東方靈兄妹又在他倆的下手。足見武當派如何器重他們四位。

峨嵋派流雲師太師徒三人外，又多了個孤峰一劍邊浩，孤峰一劍竟和徐小蘭並肩而坐，他有些愧對熊倜，但是為了爭奪倚天劍，更惱怒這位少年，所以他一直以最憤怒的目光，瞪視著熊倜和尚未明。

點蒼派也另有兩位成名的劍客列席，此外受尊重的就是大雄法師師徒，丐幫龍頭藍大先生以及他的夥伴六人，天山三龍席次，排在峨嵋派側面，也算很占要位，其他人中，熊倜只認得子母金梭武勝文，展翅金鵬上官予數人。

江南一帶著名的老少武師，請來的不在少數。

妙一真人緩緩起立，以很沉重的語調，說明此次集會的意義，主張一致對付天陰教，他慷慨陳辭，在場的人無不感動。而天陰教勢力瀰漫江河南北，已逼得武林正派的人，幾乎無法立足。

這是每個人本身生死存亡的問題，不僅是武當崑崙峨嵋點蒼四大正派的禍福攸關，人人勢所難免，不聯合起來，確不容易撲滅這漫天妖氛呢。

各人對於妙一真人的話，無不歡然首肯，目前只是缺少個領袖的人，在坐各位都一致默認武當為武林最大宗派，實力充足，妙一真人德高望重，自然是最理想的人選，不待推戴，這已成定局。

其次究竟應該採取什麼步驟，先把各地天陰教人消滅？抑或是聚而殲之犁庭掃穴？受天陰教勾結煽惑的人，是否可以設法離間分化，以減弱天陰教的實力，這一連串的問題，沒有一個人指揮若定，步伐就不易一致呢。

藍大先生見景生情，立刻站起來首先提出，由武當妙一真人作主，主持這次對付天陰教的大計。

眾人轟然贊同，妙一真人略作謙遜，由於大家熱誠擁護，妙一真人只有義不容辭的首肯。

都是武林名宿高手，也用不著歃血定盟。

藍大先生把丐幫探聽得來天陰教的消息詳細陳述了一番，各人也都偵知天陰教一二動靜，於是經過一番互相研討，認為天陰教勢力羽翼已成，再不設法消滅，武林正派人士，就不免受他們惡勢力支配控制了。

綜合大家所得的消息，天陰教人已傾巢而出，而以長江中下游皖蘇湘鄂諸省，作為根據地，爭雄中原，而網羅的醜類也越來越多了。

武林五正宗派，惟獨崆峒一派無人出場，這無異暗示著崆峒派人已和天陰教有了默契，自然這是極不幸的事。

大雄法師提議大家摒棄已往的嫌隙，先以大局為重，在消滅了天陰教之後，再各了結私下的公案。

這話可就有些人默默不語，尤以天山三龍，峨嵋流雲師太，孤峰一劍面露悻悻不平之色，妙一真人慨然歎息了一聲道：「承各派各方高手，辱臨荒山，良機一縱即失，先發制人方為上策，如何就此開始我們的行動！」

自然妙一真人是怕夜長夢多，萍蹤四散，再召集就不容易了。眾人各有恩怨，雖在正義旗幟下不容推諉，但還有許多人未能立即首肯。

恰在這時，飛鶴子自外面飛步而入，神色顯得非常緊張。

眾人立刻神情隨之不安，飛鶴子躬身禀告：「天陰教人已派司禮童子黑衣摩勒白景祥白衣龍女葉清清送來一函。」又看了熊倜一眼說：「還有一封信是給熊小俠的，是轉來雪地飄風的信！」

熊倜神色為之一變，那些不明瞭熊倜來歷的人，都紛紛起了懷疑，而天山三龍，流雲師太，更是對熊倜表示著鄙夷不屑之色。無疑的大半人都懷疑到熊倜，是否與天陰教有著特殊關係？

夏芸的信，由天陰教人轉來，不是證明夏芸已經失足了麼？無論出於自願與否，這是多麼不祥的事啊！

散花仙子衷心替夏芸惋惜著。

熊倜以極悲痛的心情，仍能撐持著冷靜的態度，伸手接過飛鶴子交來的一封信，夏芸娟秀纖弱的字跡，這不是別人可以作假的。

散花仙子激動著，壓不住急促的呼吸，不知夏芸究竟寫著什麼刺激熊倜的話，她秀目一直注視熊倜發抖的手。

而與會的眾人，也以激動的心情，期待妙一真人宣佈天陰教的來書。天陰教無孔不入，居然把武當派召集群雄的時期拿得很準，恰好在此時遞來帖子，足見他們耳目爪牙遍佈在這一帶了。

妙一真人且不拆信，冷似嚴霜的臉色問道：「天陰教來人還沒走麼？」

飛鶴子低聲說：「他們還要一聲回話！而且……」他又看了熊倜一眼，說：「還請熊小俠出山外一談呢！」這話說出以後，熊倜不啻成為眾矢之的了。

崑崙雙傑也以極冷酷的眼光，注意觀察熊倜的表情。人言曾參殺人，曾母尚且疑子，所見雖聖賢也不能免於眾口鑠金，使人生疑。何況一大半人對於熊倜是不瞭解呢？

天山三龍已怒目發出極難聽的梟笑之聲。

藍大先生卻勸眾人暫時保持冷靜，尚未明手握劍把，他血性爆烈，倘若有人誣衊熊倜，那他是立刻就要拔劍而起，只有武當派人明瞭熊倜與天陰教的不睦，上次解劍泉畔，為貫日劍一場搏鬥，可為佐證。

妙一真人把天陰教焦異行夫婦示名的一封信，朗聲讀了一遍，大意是譏諷武當派遍撒英雄帖，字裡行間充滿些輕蔑的話，表示天陰教暫時決不退出長江一帶，進一步以洞庭君山為大本營，竭力與自命正派的人周旋到底。

信末還表示著雙方冰炭不能相容，不妨在明春草長鶯飛之際，來一次大規模較量，這簡直是挑戰了！

妙一真人肅然變色，眾人也都非常緊張不安，武當派不能向惡勢力低頭，只有與天陰教硬拚之一途。

自然這種重要的決定，妙一真人要徵詢一下大家的意見，結果是一致同意，明春如約和天陰教人決一雌雄，只這決鬥地點，還未能決定，而且也須通知天陰教，這就是天陰教來人等候答覆的問題。

熊倜則把那厚厚的封套拆開，而信裡並沒寫著一個字，僅僅是一枚古錢。這是夏芸得自熊倜，葉老大兄弟送給熊倜的東西。這究竟表示什麼意義呢？使熊倜如墜入五里霧中，尚未明也不知他和夏芸有什麼默契！

但那枚古錢尚未明是認識的。

眾人也只看見夏芸信中，僅僅是一枚古錢，流雲師太自作聰明，嘻嘻笑道：「原來是這點兒玄虛！這一定是天陰教人的暗記了！」

這句話氣惱了鐵膽尚未明，霍地躍起厲聲喝道：「這是在下朋友葉氏三英的標記！禿婆不要信口雌黃！」

妙一真人也覺事情非常蹊蹺，忙勸兩人暫時罷手。

妙一真人嚴肅的神態道：「除惡務盡，我們就去天陰教江南總堂洞庭君山去會會他們，各位以為如何？」

崑崙雙傑等都無異議，時間就決定了明春清明節。

妙一真人說：「那飛鶴你去備一張簡帖，用四派及武林各位名義，寫明日期赴君山候教，交付來人就是了。」

飛鶴子應了諾，立即備了拜帖文具，在場的人個個義形於色都簽署了名字，於是這一樁武林空前沒有的浩劫，終於在這次會議中造成！飛鶴子封好了泥金簡帖，遲遲未去，卻向熊倜道：「熊小俠要不要一同去見見天陰教人？」

熊倜心急夏芸的安危，匆匆起身而出，說：「正要問問他們，為何劫擄一個弱女子！」尚未明也隨著出了正殿。

天山老龍鍾問天冷笑入雲，霍地起立說：「待老夫出去看一看是怎樣兩個魔崽子！」又以極難堪的語氣說：「老夫倒要看看他們賣些什麼關子！別讓吃裡爬外的人，把大家出賣了！」這話未免太過分點，幸而熊倜等已走出下院，未及留心聽到，否則尚未明的火烈性子，是不會容忍下去的。

這次會中的決定，是非常沉重的。

還有些人在嘀咕著，低聲議論熊倜和尚未明。

天山三龍父子，一哄而出，妙一真人恐再生是非，立即擺手令蒼穹蒼松，也隨同去一趟，武當派人備了極豐盛的酒筵，務請這五位再回來歡筵。

熊倜卻早已心飛在夏芸身畔了。會已開過，他只想問出夏芸所在，立即兼程就道。尚未明也急於弄明白這事，急性的人，什麼事都說做就做，沒有考慮的餘地。尚未明何以也如此關心夏芸，連他自己也不明白。

熊倜尚未明，與飛鶴子馳抵解劍泉畔。

只見武當八位藍袍道士，仗劍而立，對面卻是一雙俊美少年男女，若無其事的在山徑上徘徊觀賞風景。

他們都認識是天陰教下兩位司禮護法——黑衣摩勒白景祥，和白衣龍女葉清清。這兩位身手是不凡的，上次偷襲武當就表現出來他倆的驚人絕藝，而這次深入虎穴，投下戰書，也顯然是有超人的膽量。

熊倜一看這兩位少年，就聯想起來昨天月下的兩條身影，不是他們還有誰呢！

天陰教果然厲害，爪牙已滿布武當四周，武當派人一舉一動，他們都不已探聽得很明白麼？

白景祥和葉清清，都面色十分和善，微笑施禮說：「熊大俠久違了！敝教教主一直在敬等著閣下，可巧夏姑娘又到了我們那邊，為了夏姑娘幸福著想，教主渴誠盼閣下前往一談呢。」這些話是何等的動聽，充滿了誘惑的氣味，而且還挾持著熊倜的愛侶！

熊倜也略還一禮，正色道：「夏姑娘現在何處？請速明說。其他不必多費唇舌！夏姑娘如係被你們劫擄，我熊倜可不能放鬆任何一個壞蛋！」

葉清清嬌笑一聲，笑得那麼甜，又柔聲道：「熊大俠太言重了，敝教何至難為一個女子，夏姊姊人生得美麗絕頂，我倆很談得來呢！她正是我的朋友，也如同閣下一樣是敝教願意結識的朋友呀！武當派人才是一而再的要擄劫她，不是我和白哥哥及時趕到，夏姑娘倒真的危如累卵呢！如蒙閣下不棄，我們就一同馳往荊州府，閣下會見了夏姑娘，一切自然明瞭！」

熊倜冷冷笑道：「熊某正要去見她，任你龍潭虎穴，有何畏懼！用不著煩勞二位帶路，請把地址留下，我熊倜自會前往。」

任是熊倜一再惡聲相向，兩個少年卻毫不動怒，依然是極和氣的神態，連尚未明的火烈脾氣，也發作不起來。

可是在後面竊聽的天山三龍，已抓住了把柄，三條身影猛然竄出當地，鍾問天怒不可遏的戟指叱道：「熊倜，還有姓尚的，分明都是騎牆派，兩面倒的武林敗類！昨天的事還沒有了，老夫豈能讓你等從容逃去！」

熊倜冷笑說：「天山三龍，信口胡嚼，我有要事在身，豈是故意畏避你父子！你把話說明白點！熊倜在泰山頂上，獨抗天陰教，有目共睹，你別想藉端滋擾，我一切遵命，絕不含糊，在哪兒了斷，任憑你劃出道兒！」

尚未明更是氣得變了臉色，長劍一揮，塞外飛花三千式，極奇詭變幻的招式，已躍過去撲奔鍾問天，遞了過去。

第二十五回 雙美何來，一往情深 兼程赴約，群芳迎賓

尚未明劍花亂顫，閃成無數寒星，裹住了鍾問天的身形。鍾問天赤手空拳，身形飄忽如風，就以一雙肉掌來迎敵尚未明，天山老龍功力醇厚，而身手異常奇詭，旋繞在尚未明四周，劍影竟沾不上他的衣角。

老龍二子蒼龍鍾天宇墨龍鍾天仇，本想拔劍圍攻熊倜，身後蒼穹蒼松道士趕至，竭力阻攔，而飛鶴子把回帖遞與天陰教兩個少年男女以後，也回身苦勸。只尚未明和鍾問天已纏在一起，無法把他倆分開。

熊倜不願尚未明為他受累，本待施展潛形遁影之法，上前把兩人架開，但飛鶴子已臨身畔挽住他的胳膊說：「熊小俠千萬不要動手，不可使自己人誤會加深！」

熊倜又向白景祥葉清清叱道：「你倆不要妄想藉端要脅，熊某絕不受騙！有膽量就把

夏姑娘地址說出，否則我熊倜就面見你們教主夫婦，當面索人！」

但是天陰教這兩個少年，卻和鍾天宇兄弟倆互相交換了一下神秘的眼光，黑衣摩勒白景祥竟向鍾問天喝道：「天山鍾前輩，怎麼這樣莽撞找熊倜和尚當家交手？你們不是同氣相連，反而自相殘殺？」又向熊倜說：「雪地飄風原是貴相知。敝教豈敢怠慢錯待了她！荊州府地面不大，敝教隨時有人專誠接待，熊大俠何必再問地址，我倆在前途專候大駕就是了！」

白景祥說的話，語意雙關，只有個中人才能體會得出所含意味。鍾天宇和鍾天仇飄了這兩個少年一眼，雖仍然掙扎著要擺脫二道攔阻，上前廝鬥，但卻只是虛張聲勢而已，而同時又很注意熊倜的態度。

白景祥和葉清清使命已達，為何還不離去，是否等候武當派下令逐客？熊倜的神色又那麼決絕，那麼他倆又眷戀著什麼？顯然他倆是以極關切的神態，注視尚未明和鍾問天的拚鬥了。

葉清清嬌笑得非常甜蜜，秀目遞過去一種含意不明的眼色，她是朝著天山老龍而發，咯咯咯笑道：「你們倆這麼無意義的打鬥，打到幾時才完呢！你們倆都是自己人呀！這不是讓敝教同人看著有趣麼？」又道：「可笑武當派請來的客，竟不知道怎樣招待別人！勸一勸打破了頭，從此誰也不肯再光顧你們武當名山了！」

她這些話，含有諷刺意味，卻又似語義雙關，並且有些不倫不類，天陰教與武當派勢同水火，正應該幸災樂禍，何必又假惺惺貓哭耗子呢？葉清清把這些話說完，才扭轉嬌軀，拉了白景祥一同向山下走去。

但是他倆臨去時，仍然彬彬有禮的向熊倜拱手告別，對於武當派的道士，則連正眼也沒有看。

鍾問天游身移步，和尚未明拳劍相爭，卻態度略略變了些，他竟捨棄了他最擅長的陰煞掌，沒有下一招毒手。

飛鶴子見他倆打得漸漸出招緩慢些，有機可乘，把天山老龍伸手拉過一邊，回身攔住尚未明的劍鋒，口中連嚷：「尚當家的快請收招！」

熊倜心思極細，他感覺出天陰教那兩個少年剛才出語頗有神秘意味，正在凝神思考，但也隨著飛鶴子走過去勸住尚未明。

鍾問天則仍是傲岸自負的神色，向熊倜尚未明冷笑一聲道：「你這兩個小子！為顧全大局，權且把樑子記下來，待明春君山大舉之後，再行結算！老夫這還是看在武當派主人面上呢！」

奇怪的，天山老龍竟率領他兩個兒子，翩然重返玉真道院，也不需要武當派道士們勸解了。

飛鶴子等安慰了尚未明一番，力加解釋雙方不可誤會，並邀熊倜倆回玉真道院赴宴，他言詞極為誠懇。

熊倜卻心裡說不出的彷徨，焦慮，恨不得立時去見著夏芸，把一切應該談的向伊人表白一下，可以說他已心亂如麻。

他激動的捱著尚未明的手說：「我自己的事，不必再麻煩尚大哥了，請回去和各位前輩，各派高手歡聚，熊某尚有要事，煩代我向妙一前輩告罪！明春……」熊倜似乎不能決定日期，歎息了一聲，向飛鶴子道：「無論如何，明春我一定趕回武當，聽候妙一前輩驅使，共赴君山之會！恕我不再向各位道長一一告辭了。」

熊倜把時間拖得這麼長，那麼他要去很遠的地方麼？又去做些什麼？使尚未明大為吃驚。他和熊倜相識以來，肝膽相照，無異骨肉，怎忍一刻分離？又恐熊倜為了夏芸，獨闖天陰教網羅，吃了大虧，不由說道：「熊倜大哥不讓我同去，使我心實不安！尚某浪跡江湖，難得知己，你的事也就是我的事。你不願在這兒耽延，我回去告訴常大哥田姐姐一聲，我們一同幫你些忙，總比你一人可多湊些意見辦法。你在穀城客店中等候吧！」

熊倜面上微微苦笑說：「這不是大哥們所能幫忙的事，此時無暇詳說，約定日期雖遠在明春，但天陰教有什麼信義可言，隨時可能蠢動，大哥們與武當派同心協力，澄清妖氛，方為上策！」又歎息道：「我不是抽身避事，而是另有本身一宗私仇未了，並且與夏姑娘有關，大哥們能參加在裡面麼？大哥盛意，我是非常感激的。最遲明春重在武當相會，大哥又何必依依惜別呢！」熊倜語重心長，只心事未便與別人商談。

尚未明不知他另有什麼私仇，竟與夏芸有關，相交再深，當著武當派人也不便細問，而心裡焦燥不安的程度，簡直和熊倜如出一轍。

這是尚未明天生來的豪俠肝膽。

飛鶴子因涵養較深，更不願談及別人隱私，但熊倜既拒絕尚未明同行，他就乘機敦勸尚未明回山中歡聚。

天陰教人適於群雄定盟之時授下戰書，更足見他們耳目靈通，勢力遍佈武當四周，時刻在天陰教監視之下，不能不重作一番部署。尚未明少年英傑，正可延攬作為一個臂助，熊倜另有私事，自應讓他去從速料理。

所以飛鶴子等再三懇勸，把尚未明拉回去。

尚未明心裡早打定了主意，向熊倜交換了一下眼光，懇切的握著熊倜的手，說：「前途再見！」

熊倜心理上紛亂的情形，正如一團亂麻。

熊倜草草與飛鶴子等道別過，獨自馳下山去。最使他驚異的山下竟不時遇見黑衣勁裝的漢子，分明都是天陰教的爪牙。使熊倜深深的吸了口氣，覺出武當山實是處於極不利的地位。

然而他自己的事情，又怎能一刻從緩不去辦理呢！

熊倜擔心那些天陰教人，或明或暗，會找他糾纏，自然在目前情勢之下，為了夏芸的安全，不能彌然反目。

熊倜惴惴不安的回至穀城客棧。

夜色沉沉的垂下了一層黑影，熊倜快要燃燒起來的心，本想連夜趕往江陵，而怪異的事又發生了。

熊倜要些菜飯狼吞虎嚥，甚至他不知自己吃下些什麼，何況菜的滋味呢？店伙計則探身進來說：「熊客官，你家還有兩位熟朋友麼？」

熊倜怔了一怔，他想不出還有什麼朋友，夥計自作聰明的擠擠眼睛，神秘地笑笑，道：「你家這兩位朋友，比你還年青，她倆暫借你家和尚客官的坐馬一用，明天一早就送回來的。」又低聲說：「好漂亮的兩個小妞兒，你家，你家，你家……」

夥計不知還想說些什麼，熊倜大出意外，自然他會聯想到夏芸身上，難道她已竟來至穀城！

但是另一位女子又是什麼人呢，熊倜百思不得其解，他忙追問夥計，這兩個女子的容貌衣著姓名等。

夥計也愣了道：「既是你家的朋友，你家還不曉得麼？」

這一說又把熊倜僵得無話可說。

這個夥計頂愛瞎三話四，而得意地滔滔不絕講了下去：「兩個小妞兒，都穿的一身雪白衣服，小說可不敢仔細盯住人家瞧，我是頂老實的人呀！一個頭上包著青色絹帕，這位姑娘是個冷面孔，不大愛朝理人的。」

夥計又道：「另一位姑娘，嘴角老是帶著甜甜的微笑，頭上用紅絹包紮，都像官宦人家小姐，尊貴無比。」

這使熊倜更加陷入迷陣，聽去都不像是夏芸，但這又是什麼來歷的人物？明明素不相識，卻要自稱是他和尚未明的朋友，熊倜疑心重重，好在明早人家會把馬匹送回來，到時自可看看是什麼來路。

熊倜問說：「她既然知道我們的姓名，她們有沒有留下什麼話？她倆的姓氏可曾告訴你？請你詳細說一下，使我想想是哪兒來的朋友！」

熊倜說得非常輕鬆，店伙計笑道：「豈但知道兩位的姓名，而且還說過，等你家自武當山回來，再轉達一聲，臨時借用坐馬，不及當面致謝呢。可是兩位姑娘卻不曾自己表明姓名，這小的也不敢多問，你家久走江湖，諒來交結的朋友很多，一時記不起來。」

熊倜托他明晨送回馬匹時，務必把兩個白衣女子，留住見見面。夥計沒口的應諾，又神秘地一笑說：「美極了，畫也畫不出來，和你家同來的那兩堂客，一樣的美，而且還年青得多。」夥計見熊倜態度莊重，似乎把許多溜到口邊的話，都咽了回去。最後仍然補上一句：「不過她們都像是老走江湖的人呢。」

熊倜由夏芸身上想起，想及生平所遇見過的少女，只有東方瑛，散花仙子數人，使他又重新加入了一種疑慮。

熊倜一夜中，輾轉反側，心事重重的人，是不會容易熟睡的。熊倜回憶到幼年時的情形，侯門似海，恍然老父慈祥而莊嚴的容貌，在腦海中一現。由戴叔叔們帶著南下，風塵僕僕，似乎還有個可愛的妹妹。

這些印象太久，太久，以至於非常模糊。戴叔叔受傷，把天雷行功秘書留給他，那是在白茫茫的莫愁湖畔，戴叔叔親切的腔口縈繞在耳旁留給他的遺言——為死者復仇，使他心中凜凜，不自主的冒出一身冷汗。夏芸太可愛了，但是這血海深仇，絕不能為了她而罷手！

行將出現的一幕，夏芸的父親虬鬚客，該是個雄偉的老人，貫日劍橫屍五步，血濺黃土，夏芸悲痛縷絕的面孔，由遠而近，一步步向他逼來！

這些都是熊倜半醒半寐，腦中湧起的幻象。

熊倜是個飽經憂患的孤兒，若馨的遭遇，以至於青塚埋香，使他缺乏了活下去的生機，天幸遇見她夏芸，使他又重新獲得了再生的勇氣，但是現在呢？夏芸將會永遠啣恨著他，這難道是造物者愚弄人麼？

熊倜起初還打算悄悄奔向關外，把仇人手刃了，不使夏芸得悉，但是這種做法，問心是無法得安的。

殺了人父，卻熱戀著欺騙著一個天真無辜的少女，這是多麼卑鄙可恥的事。熊倜深夜從噩夢中驚醒，幾乎要痛斥自己，無論如何，必須向她——夏芸表明一切，寧肯失了夏芸的心，不能做這種陰險卑鄙的事！

熊倜終於決定了，先與夏芸一晤。倘若夏芸失足受騙，更必須把她從天陰教魔掌中救出來，而且是刻不容緩的。

熊倜腦海中沒有一刻停止過這種亂無頭緒的思慮，但在有了個決定之後，也能很安詳的作了片刻的熟睡。

次晨日上三竿，熊倜方才起身漱洗，他惟恐誤了那兩位還馬女子來臨的機會。但是他終於失望了。

因為並沒有如他意料，兩個白衣少女的倩影，始終未在客棧前再現，店伙計捏著一把汗，惟恐是遇上了騙子，而多少他須擔承這個擔子。要賠客人被騙的馬呀！

熊倜等候了半天，代替還馬女子而來的卻是尚未明。

尚未明昨夜返回玉真道院，武當派人以極精美豐盛的宴席和特釀的藥酒，招待各方豪傑歡呼暢飲。

天陰教人出沒無常，使妙一真人為之談虎色變，眾人也都凜凜自危，大多數江南武師都恐單獨行動遭受擊襲，武當派更巴不得眾人都留在山上，於是重新作了一種部署，決定先肅清襄陽府附近的妖氛。

尚未明和散花仙子密談之後，常漫天以為熊倜必有隱情，無須干預他的陰私，是故他夫婦除了準備一現身手之外，仍擬暫時回甜甜谷一行，因為卻不過武當派人的殷勤款待之情，決定暫留一日。

尚未明遂向飛鶴子等告別，來追隨熊倜。

失馬的事，也大出尚未明意外，他很機警的判斷出來是天陰教人設下的陷阱，不過猜不出用意所在。

熊倜無法抑制焦急的心，遂與尚未明就在當地另選購了兩匹塊頭高大的馬，即日啟程南下。

尚未明乃兩河總瓢把子，隨身攜帶的珠寶，都價值連城，失去兩匹馬原只付諸一笑，但這事畢竟來得太突兀了，遂成為他倆研究的一項問題。

當日抵達襄陽，次晨沿漢水向宜城進發。

秋高氣爽，沿途仍然林木蔥籠，野花紛列。兩人策馬馳出四十餘里，眼前出現了自西而來一條叉道，楓杉交布，翠色迎人，這條路他倆已往返了兩趟，無心去賞玩景色，卻自叉路上鸞鈴響處，並列馳來雙騎。

馬上一雙十七八歲嬌柔明媚的白衣勁裝少女，正如那店伙計所述，美豔絕倫，而頭包青絹的面罩秋霜，神色極為冷肅，紅絹帕包頭的則淺笑盈盈，秀目盼睞，似露出無限動人的風致。

奇怪的兩個少女竟策馬直向他倆衝來。青絹包頭的少女只向他倆用秀目不在意的輕輕一掠，而那一位少女，卻滿面春色，先掠了熊倜一眼，又把目光移向尚未明，而她的秋波，一直閃閃放光，盯著尚未明。

熊倜和尚未明血氣方剛，自然眼前一亮之下，觸目有些心旌搖搖，她倆那兩匹馬又箭一般直衝過來，若不收勒坐馬，四人四騎會撞在一堆了。

妙在兩個少女騎術比他倆還來得高明，恰好衝至他倆身邊，相距不及三尺，把馬頭勒住。

紅帕少女嬌笑著吁了一口氣，她笑得那麼甜，而秀目一直和尚未明在相對凝視，她笑得如同花枝搖顫，嗔道：「你們兩個人毫沒道理，不是我勒住馬，早撞在一起了！真把人嚇一大跳！」青絹帕少女則略後數尺，她似看不慣她同伴的妖嬈舉動，向她背上狠狠盯了一眼，竟自拍馬橫越官道，正好擋在熊倜尚未明馬前。

他倆想走也走不成了。而尚未明正為那紅帕少女的丰姿愣住了，距離太近，使他得以飽餐秀色。

紅帕少女又笑道：「啊呀！原來是熊大俠和尚當家的，恕我眼拙還沒看清呢！兩位不要尊騎了麼?我和眉妹正是送還二位大俠的寶馬，若是錯過了那更麻煩，別讓尚當家的疑心我姊妹是馬騙子！」

熊倜和尚未明同時一驚，方看出兩個少女正騎著他們的馬，顯然這其中大有文章了！

熊倜毫不在意的拱手說：「兩位姑娘，熊某素昧平生，區區兩匹劣馬，何必認真起來交還呢。」熊倜說著，留心觀察兩女的舉動。

紅帕少女妙語如珠，淺笑中益增嫵媚，不過她卻是把全付精神，貫注在尚未明身上，而那青帕少女，則以很莊重的神色，略為瞥視尚未明，她那清雅絕俗的高貴丰姿，竟像一朵出污泥而不染的白蓮。

紅帕少女斂衽一福道：「不瞞兩位俠士，我乃天陰教白鳳堂下稚鳳壇主朱歡，她是我的助手，崆峒女傑柳眉，外號雲中青鳳。熊大俠和尚當家的，難道還不明白我們的來意嗎？」說完，向著尚未明嫣然一笑。

紅帕少女朱歡傾城之貌，加上這極有魔力的一笑，任是鐵石人也不能無動於心，何況尚未明已被她這種無形的吸力牽引，早已心頭蕩漾呢。

熊倜若不是已有了可愛的夏芸，那也未免有情誰能遣此！紅帕少女雖非十分淫蕩之流，只是天生的一付骨格性情，是與夏芸截然不同的，同樣和那青帕少女的冷霜孤傲，恰成了個對比。

朱歡這樣大膽的暴露身分，使熊倜和尚未明都為之一怔。熊倜心說：「你的來意，怎麼我們就知道呢？」

尚未明搔搔頭皮笑道：「姑娘們專誠來還馬，其實這是多餘的，兩匹馬所值幾何，只是姑娘們身列天陰教下，倒使尚某不勝惋惜！」

紅帕少女櫻唇一撇，道：「尚當家的獨霸兩河道上，自然看不起這兩匹馬。但是我們借了可不能不還，天陰教為武林同道謀取福利，凡是歸入教下的，都在前途事業上受到一重極大的保障和協助。」

她又神秘地霎霎眼說：「兩位大俠，請勿多疑，我們不會向您說教的。尚當家的替我們惋惜什麼！尚當家的是兩河總瓢把子。勸你回去看看，兩河道上只怕早已壁壘一新，旌旗易色了呢！」

這句話更是驚人之言，尤其使尚未明神色大變。

朱歡又格格笑道：「尚當家的句句不離還馬，其實我姊妹也不是不曉得尚當家的威名震服兩河綠林豪傑，還在乎這區區之物。尚當家的再猜上一猜我們的來意吧！」尚未明一世豪傑，竟被這姑娘說得非常尷尬。

熊倜確實有些不耐煩了，他想起四年前泰山頂上天陰教那種陰森殘酷的場面，斷臂殘肢，使人心有餘悸。

讓他們自己誇張起來多麼好聽，但又怎能抹煞事實呢？

熊倜雖然討厭這紅帕少女，卻究不能和個荏弱少女計較什麼，也就是不好意思給她難堪，遂冷冷不語。

尚未明心中突然生了一絲警覺，本能地右手撫摩了一下劍柄，俊眉一揚朗聲道：「難道天陰教讓你兩位姑娘，來對付我們不成？狹路相逢，用不著多說，就請動手吧！」

紅帕少女斜睨了他一眼，巧笑盈盈道：「尚當家的太言重了！敝教景仰兩位大俠，請還請不來呢！哪有把客人錯待之理，我們是奉白鳳堂主繆老前輩之命，特來迎迓兩位俠駕的！」

熊倜已在泰山上面，受過天陰教龔天傑一番勸誘，曉得這是天陰教一向慣用的伎倆，不由對少女起了反感。

但是熊倜又不能不顧慮及夏芸的安危，猛然憬悟。眼前這兩個女孩子，不正是詢問夏芸下落的好機會麼？

熊倜撥轉馬頭，搶著說：「素不相識白鳳堂主，何勞遠道派人迎迓。只敝友夏芸姑娘，現在何處，姑娘若肯告知，熊某不勝感激！」

紅帕少女眼光還不肯自尚未明身上移開，略偏過頭來淡淡向熊倜一笑，嬌聲道：「還是熊大俠說話爽快，其實我們除了奉繆老前輩指示，一多半還是受夏姑娘之托來敦請熊大俠呢。不必耽誤時間，一同上道吧！」

紅帕少女又露出極頑皮的樣子，笑說：「夏姊姊天天巴望您，若不是她……」

熊倜驚問：「她怎麼了？」

朱歡故作神秘，一攔嘴道：「看你急成什麼樣子！我包給你一個活潑嬌縱的芸姊姊不成麼？」

熊倜吃她拿話一癟，縱然心急，卻不好再表示出來。

紅帕少女的舉止，多少欠莊重些。

朱歡反催他倆快些上道，但那位青帕少女——雲中青鳳柳眉，卻始終頭也不回，自然更不會給他倆的顏色看了。

尚未明初入溫柔鄉中，遇見了兩個截然不同的女孩子。一個是笑語逢迎，嬌媚可人，一個是冷如寒霜，傲骨凌雲。可是同樣的美，而又各有她的專有美。

一件東西能輕易得來的，往往使你不會十分珍重，而想望撈摸不上的反使你更加垂涎，兩性之間能夠一拍即合，固然可喜，可是那落落寡合獨具風格的青帕少女，尤其使尚未明發生了極大的興趣。

紅帕少女催他們就道，尚未明莫名其妙的依從下來，他似不為朱歡的魅力所吸引，相反的卻是想從青帕少女身上探求什麼似的。熊倜則仍有許多事橫梗在心，他暫時強忍著只為了夏芸。

紅帕少女看出熊倜面上神色恍然，不由嬌笑說：「熊大俠諒是不滿意我的答覆，該不是怕我姊妹存有歹念！」

熊倜傲氣如雲，扭頭瞪視了她一眼，冷笑道：「熊某在泰山力抗貴教群雄，此心堅如鐵石，更何怕什麼龍潭虎穴！只是夏姑娘——」

紅帕少女抿嘴笑道：「芸姊姊好好的，等著你呢！你請放心吧！」

熊倜冷冷道：「若是有人難為她，熊某可不能善罷干休！」

他說的斬釘截鐵，使前面的柳眉也為之一震。她回過頭來，肅然一睇這位不可一世的武林三秀。

但是她卻和尚未明的目光接觸上了，而尚未明是從未得著機會，現在還說不到親近，只要青帕少女目光不太冷淡，對他就是一種安慰。

紅帕少女和他倆並馬而行，她幽愁地歎息了一聲道：「芸姊姊首先和葉清清交成好友，又得九天仙子愛顧，誰敢來難為她，又是你熊大俠的……」她想了半天繼續道：「總之，你熊大俠放一百個寬心就是了！兩天後你就見上了她，何苦說這些狠話。」

熊倜聽她說話的口氣，夏芸必無凶險，自然由衷地泛上一絲喜意，但轉瞬間又為更多的難題，使他臉上罩起嚴霜。

四人中熊倜是計畫著如何向夏芸解釋抑或是暫時隱瞞住，使她能暫時享受著心靈上的安慰而不至心碎。

熊倜是很少發言，仍然比不上那位青帕少女，她自見面以來，竟像金人三緘其口，甚至沒一句禮貌上的招呼。

頭一天落店，分室而息，次日又結伴而行。

青帕少女或前或後，總和他倆拉開一段距離。因之使尚未明無法和她接近，但是尚未明內心卻益發難於自持，稍有機會，總要瞻仰一下這位孤芳自賞的女孩子，難道她另懷有什麼隱衷。

有一次，尚未明留心聽見青帕少女悠悠發過一聲微歎，但這含意又是什麼？臨風自嗟呢，還是為著別人？

尚未明對於天陰教，懷著無窮的疑問，他一試探問及教中的情形，紅帕少女立刻口如懸河，妙語生花，但是卻只是推崇、讚譽，空空洞洞讓你摸不著邊際。

尚未明聽厭了她這一套阿諛的話，但是除此之外。他又能問出些什麼呢！熊倜則連這些話也付之淡然一笑。

來至荊州府，天陰教龍鬚壇主單掌斷魂單飛，已率領四名黑衣人迎候道旁。熊倜在飛靈堡看過單掌斷魂的功夫，當時他一聞鑼聲，飄然離去，致未能一較身手，但這人既是崆峒派下，陷身天陰教不是很可惜麼？

單飛含笑為禮說：「熊俠士久違了！這次駕臨荊州，盼能多盤桓幾日，若熊俠士不吝賜教，單某決心奉陪。但是現在情勢和飛靈堡大不相同了！」

他這些話，表示他頗為自負，而且有與熊倜一較短長之意，熊倜雖不為忤，卻仍報不屑的神色道：「朱姑娘和柳姑娘遠道相迎，難道就是閣下要和熊某一較身手麼？」這話自然是非常輕蔑而刺耳的。

單飛敗於凌雲子劍下，平日傲氣稍為減煞些，但卻換了口氣道：「熊俠士誤會了，我正以上次飛靈堡中未能領教絕技為憾呢。此次出於繆老前輩之命，正是為著台駕和夏姑娘雙雙幸福著想，請面謁繆堂主，便知其詳。」

單掌斷魂卻似另有居心，把熊倜尚未明以及青帕少女間的態度，仔細觀察著，面色原是極難看的，慢慢緩和下來，他賣著殷勤向柳眉絮絮問話。

青帕少女被他一連串師妹長，師妹短的，問了一大篇話，口中嗯聲微應，或是點點頭表示答理，又以幽怨的眼光，掃視了他倆一眼。熊倜比尚未明心思細密，發現青帕少女，對單掌斷魂師兄頗有憎恨之意。

單飛比她大了十幾歲，對她的殷勤，卻近乎輕佻，如沒有非常密切的情誼，似乎不應有那種態度。

單飛又和尚未明略事寒喧，他看出紅帕少女正以全副力量，籠絡尚未明，使他深深得了一種安慰。

紅帕少女向單飛白了一眼道：「單壇主，這次是例外，繆堂主要親自接待，稚鳳壇恕不能讓你伴陪他二位，用不著壇主費神了！」

她說出的話意，等於下令逐客，迫單飛離去。

單掌斷魂惟還心裡不甘，毋寧說還有些不放心，但是礙於教中規例，只有悵悵告退，這突兀的出現，既未向熊倜挑釁，也沒有盡他龍鬚壇主的本分職責，似乎是多此一舉。於是單飛一走，青帕少女精神上似乎輕鬆了許多。

紅帕少女對引他倆向一座極大的宅第馳去。

青帕少女破例讓朱歡策馬走在前面，而她卻與尚未明聯轡而行，她以很快的身段，嬌軀斜傾，與尚未明相距不及三尺。勝過幽蘭秋桂的芳息，突然重襲到尚未明鼻竅之中，尚未明反而嚇了一跳。

尚未明以為她不善騎術，怕她跌下馬背，正待伸手持扶，青帕少女極快而極低的聲調，呢喃說：「尚俠士，前途小心，茶酒切勿入口！」

她一說完，玉頰微赮，嬌軀挺起來，一領馬韁，達達達馳出好遠。尚未明接受了柳眉這一番盛意，自然不免心神大震，忙附耳把原話轉告了熊倜。果然天陰教要玩什麼手段，而青帕少女開誠示警，這是表示著多麼對他關心啊！一縷甜蜜蜜的快感，使尚未明身體飄飄然了。

天陰教難道要設用江湖下五門的蒙汗迷魂藥對待他們麼?這使熊倜和尚未明都起了戒心。那青帕少女的話，真的完全可信麼。熊倜立刻心靈蒙上一層暗影。

但是不入虎穴，焉得虎子，現下更無退縮之理。

這座高大宅第，似是王侯舊府，建造在城外綠楊深處，斜陽一抹，歸鴉成陣，他們似是人在畫圖之中。

熊倜會晤夏芸的時間漸漸縮短，而他的心情卻格外激動得不住的震顫。

天陰教又是怎樣待芸妹妹呢？

熊倜昂然策馬至花照壁後面，和尚未明一同下馬，八字縮入的大門，竟冷清清地掩閉著，而附近也極少住家，紅帕少女招呼說：「馬匹自有我們照料，兩位大俠不必管了。」

她當前輕扣門上銅環，應門的是兩個垂髫白衣幼女，逸然顯得清雅絕塵，但卻與這麼高大的第宅不相稱。

熊倜和尚未明，被邀走進去，不知何時青帕少女已是無影無蹤。另有兩位十八九歲白衣少女，像是朱歡的姊妹淘，她們一見面就鶯嗔燕吒，喧鬧成一片。這兩位也是出來迎接他和尚未明的。

宅內廳堂相望，樓閣連雲，不知有多少層院落。

他倆隨著穿堂過院，門戶重重，奇怪的每一處都鴉雀無聲，偶然有一二白衣少女走動，寂靜得像一座尼庵。

熊倜和尚未明處身於這種境界裡，覺得分外蹊蹺，天陰教的作風，果然有些使人難於捉摸。他倆雖想找出些天陰教的法壇法器，也不可能。

既然號稱一種教，難道就沒一點怪力亂神之處。天陰教過去在武林中橫行過一段時間，的確是陰毒無比，提起來人人頭痛的事。但是焦異行夫婦重振天陰教，卻把以前的作風，大為改變了。

他倆被對引至一面華燭高張的大廳前，廊上靜肅地站著四對兒白衣飄飄的垂髫少女，春蘭秋菊，各極其美，燕瘦環肥，脂光粉膩。他倆如入眾香國裡，目不暇接，奇怪的始終沒看見一個男子。

廓柱上一列紅紗宮燈，盆蘭雛菊，裝飾得宛如王侯巨府，而廳中的陳設更是光怪陸離，金迷紙醉。

紅帕少女向珠簾內嚶嚀躬身稟告：「繆堂主，熊大俠和尚當家的駕到。」簾內婦人聲口說：「快請進來！」

立刻珠簾高卷，眼前珠翠繽紛。早有一位擦胭脂抹粉，滿頭簪花的紅衣老婦，含笑出迎。熊倜在泰山時曾見過這位九天仙子繆天雯一面，眼前還是這個不可思議的老怪物，四周有七八位白衣美女簇繞。

尚未明幾曾見過這種怪場面，但是他頭一眼留心看到的，是那青帕少女柳眉，竟也羅袂飄揚，侍立老婦身旁。

只是少女柳眉顰蹙，似望著他和熊倜含有一種深意。

紅衣老婦粉面上堆出笑容，一伸手說：「名滿江南的熊小弟弟，威震兩河的尚小弟弟，惠然來臨敝堂，快請裡面暢談一下，老身這些小妹妹們招待不周，兩位都是自己人多包涵了。」

試想兩個飄逸美俊的少年，處在這珠圍翠繞之中，應該是什麼心情呢？尚未明雖然揮金如土，偶而涉足花叢，但那些庸脂俗粉，怎及得眼前都是幽雅絕俗的人采，他倆便有凌雲的豪氣，也不能向這些女孩子發橫！

紅帕女子把他倆安置在八扇水晶屏風前座位上，九天仙子對坐相陪，群女則圍繞四周，奇怪的只有紅帕少女一人頭上裹著紅帕，柳眉頭上的青帕，卻不知何時業已解去，露出一頭釵簪高堆的雲鬟。

絹帕代表著什麼意義，只有天陰教人自己明白，尚未明似乎又窺破青帕少女微含幽怨之色，自然他又和柳眉四目接觸過一次了。

九天仙子白髮蒼蒼，而丰神治蕩，很客氣的噓寒送暖，似把他倆當作親戚子弟，而她心中卻很得意著，正如獵人捕獲了獵物一般。

九天仙子繆天雯內功之深，不難自她的眼神中觀察出來，但是天陰教對付他倆，卻另是一種不可思議的手段啊！

九天仙子笑語婆娑，道：「熊小弟弟，我說夏小妹妹是幾生修來的，你一定茶思飯想一刻忘不了她，有情人都成眷屬，這是敝教唯一的願望，和樂於促成的事。否則你熊小弟第一個人也不合本教入門的規矩呀！」

她這一說，像是熊倜已樂意入教，而且還要感激她玉成好事呢！熊倜自然心頭泛起一絲憎厭，朗朗回答道：「夏姑娘現在哪裡，請帶我去先和她會會面。至於貴教宗旨我還不深悉，人各有志，熊某泰山一會已決定此志終身不變。若貴教真能造福武林，不以征服各大宗派各方豪傑為目的，彼此各行其是，我是樂於調停貴教和別人間之爭端的。至於夏姑娘我也不能勉強她做違心的事！」

九天仙子聞言，不以為忤，反而笑得面上皺紋開花，宛如一朵枯敗了的毒玫瑰，殘紅賸綠，在西風中搖曳。

她笑了一陣說：「我早知道熊小弟弟和我們是志同道合的。小弟弟自然千里奔馳急於一見，但老身不能不先盡點東道之誼，難道一杯茶一口飯都吝於招待麼？況且熊小弟弟與夏妹妹從此儷影成雙，不能不替你們祝賀一下呀！」

她向左右的女子略一揮手，立刻有兩個白衣少女趨出捧茶相敬。九天仙子又呵呵笑道：「尚小弟弟，我也替你選擇一位最逗人憐愛的小妹妹，做你終身的伴侶，我想你一定猜得出來是哪一個，就是遠道迎接你的人兒呀！」

尚未明馳騁江湖，宰了不少貪官污吏，目前卻百煉鋼化為繞指柔，九天仙子竟當面替他做起媒來，難道天陰教人是想用美人來籠絡他的心？尚未明立刻感到極為尷尬。

但是他極盼望九天仙子能把青帕少女替他撮合。

尚未明臉上火辣辣的，又不好立即應允。他急於明瞭這天陰教屬意於他的人兒，卻不好啟齒去問。

尚未明陷於瑟瑟不安的地步，雖明知這是個溫柔陷阱，卻終沒有勇氣，堅決拒絕九天仙子的話。

尚未明對於青帕的少女，確是一見傾心，尤在最後一段行程中，青帕少女傾身密語，不是含有無限深情麼？

狡獪的九天仙子，似已看出尚未明的心事，卻故意玩弄這個少年英雄，又笑著說：

「尚小弟弟請相信我，我絕不會使你失望。」

秀麗淡裝的少女，分送給他倆各一杯碧色湛湛的香茗，熊倜略一欠身接住，他已看出來尚未明神志恍漾，忙向尚未明遞過一道眼色：意思說：「這茶可不能吃！」

第二十六回 情話綿綿，同伸積愫 芳心曲曲，辜負春光

同時，已去了青帕的少女柳眉，也向尚未明丟了個眼色，使尚未明陡然心情一震，方算把小鹿亂撞的心暫時收攝住。

那紅帕少女，卻嬌笑得更加嫵媚，她心暢神快，露出無限得意之色，和那柳眉幽怨之色，恰成個相反的對照。

熊倜揭開蓋盅，嗅著那茶香之中，另有一種說不出的奇妙芳馨，略熏入鼻孔，就使人渾身虛飄飄的舒適無比，他虛虛張口啜弄出聲響，卻暗暗把茶汁吐在地下。

又用手帕拭抹一下唇吻，連口讚美主人所賜的香茗。

九天仙子一聲吩咐，眾少女立即抬上席面，水陸雜陳，而且都是極精美的杯具器皿，菜餚更是活色生香。

九天仙子立請他們入座，並且笑盈盈說：「讓我這幾個小妹妹，各敬兩位一杯，然後就送熊小弟弟和夏妹妹……」她又笑個不止，不再說下去。

突然九天仙子一收笑容，正色向熊倜說：「夏妹妹的令尊虬鬚客你還沒會過面吧！」

熊倜神色一肅，騰口問道：「虬鬚客，什麼，他在這裡？」

九天仙子淡淡一笑道：「熊小弟弟不要性急，早晚可以見面！但是你諒還不知道他就是當年北劍南鞭，寶馬神鞭薩天驥吧！」

這話更使熊倜憤恨之色，溢於眉宇。他強忍下去，淡淡道：「夏姑娘隻身放浪江湖，虬鬚客自然不會放心她的。」

九天仙子卻沒留心熊倜的變態，依然笑容可掬道：「我們還沒有請他來江南，關外本教的事務，都托他辦理，夏妹妹性情倒是倔強得很，她還不相信她令尊加入了本教，我說熊小弟弟你要好好規勸她，怎能夠不孝順父母，和父親背道而馳呢！」

寶馬神鞭薩天驥加入天陰教，熊倜並不十分重視，天陰教本就是正派人士所要消滅的對象，而夏芸竟能不受天陰教人的威脅利誘，確使熊倜行為上光榮，假若夏芸也投入天陰教，那該是多麼麻煩的事。

熊倜眉飛色舞，為夏芸與他有相等的不屈不撓骨氣，而神情分外興奮。但是眼前鶯飛蝶繞，這一群白衣仙子執壺相敬，頗使熊倜和尚未明十分為難。天陰教下的女孩子，並沒有絲毫蕩檢越禮的地方，反而予人的是淡素潔雅的高尚之感。

熊倜又嗅出杯中的酒香，和茶杯裡是同樣一種異馨，尚未明不敢放懷暢飲，因為柳眉的幽怨眼光，不時偷偷窺視過來，但是多少應個景兒，不能不略沾濡了唇舌。他可沒有熊倜的機變，善於應付。

奇怪的酒香入肚，並不覺出什麼異樣滋味，反而身體之內，異常舒適，頭腦裡也沒有昏暈的現象。

可是青帕少女，則幽悠一聲輕歎，深深垂下頭去。

酒過了三巡，九天仙子似已覺勝利在握，她才滔滔不絕訴說天陰教的宗旨，無非說他們教義只在聯絡武林同道，主張把武林各派的絕技綜合起來公諸同道，大家一同研究，於是就把一切過錯安在武當派頭上。

武當派有一種內功秘書，關起門來自己練習，這是不夠大方的。上次就為索取此書起了個不大不小的衝突。

九天仙子這種強詞奪理的話，熊倜等聽去頗為刺耳。

九天仙子也很狡獪的看出兩個少年不滿意她的話，好在她計畫就緒，獵物已入網羅，便催促他倆用飯，說：「這是本堂第一次破例的事，承兩位小弟弟遠道而來，不能趕客人走，權且請在本堂留宿一宵。熊小弟與夏妹妹可以暢述離情了，明早盼望能給老身一個懇切的答覆！就是不能入教，這事我們也不勉強，但總可以攜手合作吧！」

熊倜胸中一亮，明瞭他們的步驟是非常縝密的，只要一步走錯，下面就會使你按照他們的步伐，一步步墮落下去！他為了夏芸，暫時不能反臉，而且九天仙子殷勤款待，情理上也不能這樣做。

而尚未明呢，他卻陷入了情網，惟一希望的，是能和伊人多通款曲，至於入教的事，他認為那是笑話，天陰教人再說得天花亂墜，還能改變了他的初衷麼？

尚未明和熊倜，遂在這種不同心理之下，接受了天陰教人為他們安排的事。

尚未明由兩個垂髫少女，打著一對兒紅紗宮燈，引導他去向側邊一座極幽雅的偏院裡，妥為安置。

熊倜由紅帕少女和另外兩名提燈少女，送入與尚未明去向相反的對面偏院裡，燭影搖紅，花徑曲折，導至五間極精巧的花廳之前。紅帕少女笑說：「熊大俠自己進去吧！莫使夏姑娘望穿秋水！我不打擾你們了！夏姑娘小性兒我惹不起，祝福你們花好月圓！」

她說完，嫣然一笑，依然是路上那種放浪不拘的神態，而且她還有更大的幸福，等待著她去享受呢。

提燈少女也轉移蓮步，隨著她折回去。

熊倜這時卻心裡頭緒紛弦，料想夏芸必在期待著他，而他呢，卻竟要手刃於愛侶之父的胸腔，以快積恨！

熊倜心弦震盪，幾乎無法自制。

熊倜一咬牙，拉開門湧入室中。

熊倜一跳進去，熟悉的少女驚呼聲已震入耳鼓，眼前已飛躍過來他的芸妹。

兩人都被這突如其來的會晤迷惘而愣住了。

夏芸果然丰姿一如往日，而且被安置在這樣一面珠環翠繞的香閨裡，熊倜一眼掠過之下，被這過於豪華的陳設愣住，夏芸受到這樣隆重招待，使他格外安慰。

夏芸的第一句話是：「倜哥，你怎不早些來看我？」

她幽怨而含著恙恙的眼光，幾乎閃出許多淚花，這是久別重逢時極珍貴的情誼流露，反使熊倜起了誤會。

他不自覺的雙手握住夏芸的柔荑，驚問：「你怎麼了？天陰教人難道使你受了委屈？我兩次上武當，往返奔波，都是為了你！」

夏芸驕傲的性子一撇嘴道：「你以為武當派人能再度制服我嗎？凌雲子不過是用巧招勝我一次，我根本看不起他們什麼九宮連環劍法呢！」

她又道：「天陰教人並不如人們想像中那麼邪惡，可怕，他們沒敢對我失禮，據說是為了欽佩你的本領。他們願意和你結交，我也正拿不定主意，我父親已經投身教下，只待你來決定，決定你和我應否和他們合作。」

夏芸一提起她的父親虬鬚客，也就是寶馬神鞭薩天驥，使熊倜如同良心受到毒蟲鑽噬，他張大了眼。

熊倜抑壓不住心中感情的起伏變化。

熊倜又做了個錯誤的決定，他決定暫時享受著夏芸繼長增高厚的少女熱情，陶醉在兩種不相容的愛與恨漩渦裡，於是他倆熱烈地依偎在一起。

他倆並肩坐在最美麗的床頭，款款在互訴別後的情形。

熊倜對夏芸說她對文理不深，所以那封信只封了那枚古錢，只表示她在等候熊倜相見而已，而且千言萬語也寫不盡無限相思！夏芸提出來關於天陰教的問題，暫時還不答覆，因為他明瞭夏芸天真無邪，對她好的，她不免要認為是好人了。

夏芸首先敘述與常漫天夫婦相識的經過，她沒有隱藏什麼，她認為田姐姐的本領確實值得欽佩，這是熊倜啞然失笑的事，這小妮子居然也有她敬服的人了！

熊倜把她的手握得更緊，夏芸感覺一種無比的熱流，浸遍全身，使她心靈之扉，敞開著接受這少年所帶來的溫暖。

夏芸把遇見凌雲子東方靈兄妹搏鬥的事，眉飛色舞描繪她怎樣把凌雲子用鋼丸嚇退，表示她已不是以前的她可比了。其次她是在那客店裡染上了一場不輕不重的病，心情鬱結也是致病的主因。

病中，天陰教單掌斷魂單飛，和司禮童子白景祥葉清清竟自動找來照料她，尤其葉清清也是個活潑少女，對她照應得無微不至，以後就邀她移住荊州府天陰教白鳳總堂，九天仙子繆天雯更十分憐愛她，就像媽媽一般。

夏芸又認識了不少的天陰教下美麗的姊妹，都把她當親人看待，夏芸的病魔也開始撤退，當她要離去找尋熊倜時，九天仙子向她宣佈了一項驚人的消息，已派人去迎接熊倜來此，而她更不敢也不願再去武當自取其辱了。

夏芸從稚鳳鳳翼兩壇姊妹口中，得悉天陰教下許多規矩，凡是在九天仙子教導下的女孩子，除了各授以高等武技，就是等待著擇人而事了。而這選擇對象的權利，卻由天陰教人代為行使，女孩子是沒有拒絕餘地的。

凡是頭上裹了包帕的女孩子，就是表明落花有主只等著涓吉結縭了。天陰教人從來沒放棄對夏芸說教的機會，但是遇上了這個倔強無比的女孩子，也沒有好辦法來對付，最後才以虬鬚客已列身教下作為理由。

九天仙子更揣摸透夏芸的心理，天陰教人早已偵出武當派以及各正派人士的舉動，因之想把熊倜尚未明誘來荊州府白鳳總堂，餌以美女，收羅在天陰教下。對付其他各派的人，他們也都有離間分化的毒計陰謀。

九天仙子既安置下夏芸，以為熊倜不會不入彀中，不料夏芸竟同樣的非常倔強，但是夏芸多少對天陰教人發生好感，是無可諱言的。這對進行拉攏熊倜是格外有利，熊倜早已在武當山奪劍時，便是焦異行夫婦急於爭取的人物！尚未明領導兩河綠林之士，更是不容忽視的人物。

天陰教這次舉動，本已十分成功，熊倜多少會因夏芸獲得優厚的款待，改變些對天陰教的看法，而尚未明竟輕易的愛上了天陰教下女孩子，不幸仍然發生意外而卒告破裂，否則天陰教將不致招來日後的覆滅呢。

熊倜聽完伊人吐氣如蘭一遍細訴，心裡頗為夏芸欣慰，於是夏芸問他：「你呢？你和武當派人又怎樣攪在一起？」

熊倜知道她恨透了武當四儀劍客，與其多費唇舌解釋，不如順著她的性兒好些，日後散花仙子會以大義曉喻她，而且夏芸會聽她的田姐姐的話的。

熊倜先述及初上武當情形，夾著甜甜谷中一幕驚險場面，夏芸聽說他和尚未明幾乎傷在散花仙女鋼丸之下，不由一撇嘴得意地笑道：「啊呀，我的熊大俠，你也碰上硬點子了！田姐姐那種手法，我已經學會了！」她自然要表示她身手更加不凡。

熊倜樂於恭維田敏敏一番，間接也就是恭維夏芸，使夏芸心頭非常得意。但是散花仙子經熊倜一劍劃破皮膚，而藥性頓失，恢復她的花容玉貌，這是多麼一種使人驚奇的事呀，夏芸對此提出許多問題，熊倜卻又怎能答覆呢？

第二次武當大會正派人士的事，熊倜略而不談，只說是和尚未明常漫天夫婦，去質問武當四儀劍客的。

夏芸聽見他們都為她奔波，心裡非常快慰，她問說：「尚未明這人奇怪，怎麼姓名的含義，是自己尚不明白呀！」她爭強好勝之念，使她追問這尚未明本領如何？

熊倜笑說：「尚大哥是兩河綠林總瓢把子，和我一見莫逆，極富豪俠肝膽，上次你就在人家鋪號裡養傷的。」

熊倜沒有稱讚尚未明的武功，是怕這小妞兒任性不服氣，夏芸聽說尚未明也來至白鳳總堂，歡然說：「我想他本領錯不了，否則不能跟你熊大俠結為好友呀！」

熊倜笑說：「你還是嘴上不饒人，誠心挖苦我是不是？」

夏芸嬌嗔道：「算了！難道大家不稱你是武林三秀？」

夏芸一顆芳心何嘗不以熊倜武功超人，引為她的光榮呢。

突然窗前人影一閃，尚未明的口音，輕聲一噓，道：「熊大哥仔細！有她們人伏在暗處偷聽你們的話！」

熊倜恐夏芸不願在她房裡接見尚未明，正露出為難之色，夏芸已嬌聲呼道：「尚大哥，請進屋裡一談！」

熊倜這才欣然開門相迎，但他奇怪尚未明怎會半夜來找他們？比及尚未明說明他的遭遇，熊倜不勝快慰，而天陰教人一切的計畫，也歸之泡影了。

尚未明多少吃了幾杯酒，席散之後，被二女導入北面側院中一座精緻花廳裡，這廳中的陳設，對他太不適宜了，簡直是大家小姐閨閣，鴛衾繡被，錦帳流蘇，而梳粧檯上高燒著一對兒臂粗細的龍鳳花燭。

壁上的字畫，如太真出浴，洛神戲水圖之類，每件東西都帶有一種色情刺激，這使尚未明大為惶惑不安。

一盞熱茶入肚之後，尚未明酒量是極大的，這幾杯酒平時只能潤潤喉嚨，這時卻熏薰陶陶，周身漸漸起了火辣辣之感，而頭腦也似有一股力量促使他向肉慾方面衝動著，尚未明神志雖極清楚，卻抑制不住這種衝動。

當然這不是尋常酒力所發生的後果。

倘若目前有個略帶色情挑逗的少女，在他身畔，尚未明那鐵膽的綽號，名不虛傳，會做出他生平從未做過的事！但是房裡又空虛寂寞得只是他一個人呀！

人類天賦的本能，加進去一種藥物的力量，使尚未明獨守這觸目刺激的空閨，幾乎快達到瘋狂的程度。

尚未明想起了青帕少女，娟娟倩影，如在目前，尚未明雙臂一抱，空飄飄的他又能摟抱住他的幻覺麼？

尚未明覺得心裡非常煩燥，唇舌枯焦使他不得不吃點茶水，而這恰如飲鴆止渴，越吃下得多，越發周身發起燥熱，血管裡的血液奔馳加速，又無疑的增加了身體上某部分的衝動。

窗外本有天陰教人潛伏，而尚未明卻一點也不覺察，突然嗤的一聲嬌笑，發自窗前，單是這女孩子嬌嫩的笑聲，已足夠使他神馳魂銷了。

尚未明如同制服不了的脫韁野馬，竟一個箭步穿簾而出，向那發聲之處撲去。這時縱令是個嫫母無鹽，尚未明也會饑不擇食，向她發洩一下的。

尚未明卻撲了個空，帶有寒意的夜風，拂面生涼，使他頭腦清醒了一二分，他茫茫注視著院中花影隨風搖動，是不是玉人姍姍而來呢？

尚未明終於失望步回室中，一陣陣筋肉賁張，而舉目都是些刺激他的裸女圖畫，又使他一顆心熊熊燃燒起來。

一剎那間，窗外那紅帕少女嬌笑之聲震耳，輕柔嬌婉的聲口說：「尚當家的還沒就寢？一路鞍馬勞頓，該早早安歇了！」

尚未明再也忍耐不住，猛掀簾躍出，口裡央求道：「好妹妹，請進屋裡來談談，我一個人煩悶得要死！」

但是卻又聽得噗嗤一笑，倩影晃動，哪裡還有那紅帕少女的影子。

尚未明望著天空銀河如錦癡癡站著，而嬌聲又起自室中，道：「尚當家的，你請我進來，你怎麼在外面呢！」

尚未明心花俱放，躍入室內，那紅帕少女朱歡，果然端莊得像一尊神像，端坐椅上，秀目盈盈注視著他。

她像怕這一頭野獸，做出什麼可怕的舉動。她隨時準備著逃走。尚未明眼睛枯澀，也注視著她狂笑不已。

尚未明大膽地說：「繆堂主已把你許給在下了，何必還假惺惺躲避我？」紅帕少女啐了一口道：「胡說！繆堂主隨便說句使你開心的話，你就當真了！你又沒有參加天陰教，這是不可能的事！」

尚未明猛然警醒了些，顯然這是一種欲擒故縱的陷阱，但是尚未明已蒙昧了一半心竅，他渾身顫動著，似乎像一頭餓獅，恨不得撲上去擒獲這可愛的少女，理智使他縮退了半步，喃喃央求道：「這有什麼關係，繆前輩不會見怪朱姑娘的。」

紅帕少女故意矜持著，和她一路上那種放蕩不拘的態度，迥然不同，以低沉而堅決的聲音說：「不行！不許你亂來！除非你立刻去香堂立誓入教，你今後永遠不能再來白鳳總堂！傻子，你呆想什麼？」

尚未明被這種冷水澆頭的話，驚呆在那裡。

尚未明色念勃起，但是要他立刻宣誓投入天陰教，仍然是他不肯做的事。他喘吁著，身體上熱力湧注，使他會立即做出一件終身遺憾的事。真的他這樣瘋狂做去，那後果是不難想像的。

而紅帕少女，決心要馴服他這一頭猛獅，絲毫不假以顏色，以急快的身法，飄出室外，冷冷的說：「我給你一段時間自己考慮吧！回頭我再來聽取你的答覆，早些決定，早一刻入教，就早使我安慰呢！」

尚未明再不能抑制自己了，他猛一旋身，跟著衝出室外，以極快的手法，撲上去想把朱歡一把摟在懷裡。

紅帕少女早有防備，而且武功也是天陰教一二流好手，嬌軀一晃，已縱出兩丈多遠。

她毫不躊躇的馳出這偏院門外。

尚未明兩個起落，仍沒把玉人追上，更加意馬心猿，難以禁受。人們在饑渴難當之際，看著擺在面前的食物，而不能到手，怎能不垂涎三尺？尚未明焦燥著，又不能衝入正院去，正像猴子一般抓耳撓腮。

卻聽得室中悠悠傳來一聲女子歎息之聲。

靜夜寂寂，這種淒涼哀怨之音，使人毛髮聳然。

尚未明略一鎮定心神，拔步又躍入房中，他以為又是紅帕少女捉弄他，卻不料室內空空如也，哪有什麼人影，只空氣中遺留下一股蘭麝之馨。

尚未明將要燃起了憤怒之火，他將不顧一切，只要有個美貌少女此時出現，他會做他要做的事。

窗外又是一聲幽怨的微歎，使他肯定了必是紅帕少女，他正以極憤怒的心情，向室外衝去。

突然眼前白晃晃一團事物，朝著他面上飛來。尚未明接暗器的手法，也是極有研究的，他忙一縮步，伸手接住了飛來的東西，只覺入手軟刺刺的，似是一個紙團。

尚未明心頭一甜，以為是紅帕少女投來之物。趕快湊近紅燭，把紙團打開，已折皺了的紙上，赫然現出幾個字：「速服解藥，幸勿自誤！」而紙團內正好包著三粒淡綠色的藥丸，晴天霹靂，震醒了他一場綺夢。

尚未明方才警覺自己涉身極可怕的陷阱邊緣。

他把三粒綠丸嚼碎用唾沫咽下，用桌上玉石鎮紙，冷冰冰的熨貼額上，一轉眼間，涼意入腦，人已清醒許多，而藥力也逐漸生效，一腔邪念慾火，頓時降落下去。他不勝感激這送藥的人，但是這人又是誰呢？

尚未明木然立在室內，回憶剛才經過的情事，冷汗自周身直冒。幾乎一失足成終身大恨，多麼可怕的事！

突然身後香風微動，似有女子來至身後。尚未明以為是那個紅帕少女，他心裡清醒之後，對她憎厭到了十二分，比及他扭身看時，不由眼前一亮，喜出望外，竟是他一路上得不著青睞的青帕少女。

青帕少女面色十分沉重，皺皺眉問道：「你服下那三粒解藥了吧！尚大俠，我警告你，快些離開此地！」

尚未明方知是她送藥解救，美人這份兒濃情厚意，使他異常感激，忙躬身長揖到地，說：「謝謝崆峒柳俠女！」

青帕少女一福還禮，仍然冷冷催他說：「尚大俠勿須言謝，此地千萬不可久留，從速知會熊大俠，一同走吧！」

尚未明料知事態必甚嚴重，但是他以為天陰教不會立即翻臉，而青帕少女芳蹤降臨，正是他渴望不到的事。

尚未明敬重青帕少女，不敢稍露輕佻之態，故意說：「尚某等蒙繆堂主謁誠款留，豈可不辭而去？」

青帕少女微微歎息說：「就是現在你們想走，也未必走得掉！天陰教白鳳總堂是什麼地方，你明白麼？」

尚未明茫茫然點首連連應是，但是他自恃一身絕技，這院中不過一群荏弱少女，心中未免不大相信，遂俊眉一挑說：「走還不容易，熊大哥在泰山絕頂也曾受逼，武當山前，貴教教主率領著那麼多高手，我尚未明還不是從容來去！」

青帕少女蛾眉加蹙，冷冷說：「那是教主以前誠心延攬你們，也可以說是網開一面！不然會好端端把貫日劍還給熊倜？這次是他們最後一著手段，因為你倆確有一身本領，堪為本教羽翼，若還不受牢籠，那豈能放你倆走掉？」

尚未明心裡自然不會信服，少年英傑壯志凌雲，絕不為威武所屈，況且他具有一副不平凡的身手，如何能使他口中認服？但是青帕少女這一番好意，總不能說些得罪她的話，尚未明滿不以為事的神態，柔聲道：「既是柳姑娘指示，我就去通知熊大哥一聲，至於天陰教——」

他沒說下去，換了口氣道：「熊大哥現在何處，請姑娘示知！還有天陰教既不是什麼正派組織，柳姑娘以崆峒高弟，何故在他們教下廝混？尚某不勝替姑娘惋惜呢！」

青帕少女青靨微泛紅暈，但似有難言之隱，皺眉搖搖頭歎息說：「這你不明白，不過今夜你和熊大俠一走，我只有也一走了之！」

尚未明心裡非常欣慰，但不便問她走向哪裡。

青帕少女閃身向室外退出，又一直在傾耳諦聽外面的動靜，似乎發覺了什麼聲音，很快的低聲說了幾句話，指明熊倜和夏芸的所在，立即瞥然逝去。

尚未明等待少女一去，芳蹤飄渺，不勝悵惘，他心頭仍然漾動著一片微漪，青帕少女雖然丰神冷豔，卻得顯然的是屬意於他，而且要為了他脫離天陰教。但是人海茫茫，少女芳蹤何處，這足使尚未明魂夢相思了。

尚未明方待攜劍離去，那位紅帕少女朱歡，又嫋嫋婷婷的走來，尚未明看見她那種柔媚入骨的姿態，不由渾身不寒而凜，心中厭煞她到了極點，恨不一劍結果了朱歡，但是對方終是個女孩子，他不能這樣做。

尚未明意識到紅帕少女二次前來，必要糾纏他投身天陰教，稍一應付不善，天陰教人將會不利於他。

因之不能把剛才藥迷後的態度驟然改變，反而促使她起疑，但是目前通知熊倜為要，尚未明原是磊落光明的漢子，更不肯再和她胡纏，想來想去，只有把她制服住，以免妨礙自己的行動。

點穴手法，他雖跟那番僧練過，卻並不十分高明，按著氣血流行的時辰，應該點她的氣門商曲穴，較為和平，也不至於傷她，同時下手時也較為便利。尚未明這麼一籌思，紅帕少女已淺笑盈盈立於燈下。

紅帕少女抿嘴一笑道：「尚當家的還沒決定主意麼？」

尚未明故意乜斜著眼，緩緩迎著她走近。

他身體故意搖擺著，而紅帕少女依然故態，總是向一邊閃避。尚未明極不自然的笑著，道：「這有什麼難於決定，只待告訴同伴熊倜一下，我們總不能不一致行動呀！再說經過朱姑娘熱心啟示，尚某豈敢執拗！」他口裡喃喃的類似夢囈，而那紅帕少女神色突然一變，變得眉飛色舞，顯然是驚喜她自己將獲得了這英俊的檀郎。

紅帕少女原先是欲擒故縱，使尚未明心癢難搔，在藥性催動之下，俯首就範，這時尚未明已竟低首稱臣，拜倒石榴裙下了，她減少了許多顧忌。要知天陰教下男子雖多，年貌相當而且有大好身手的，那就少之又少了。

怎不使她一顆芳心，快要跳出口腔以外呢。

因之紅帕少女不願也不忍使尚未明過於落寞失望，得不著一點兒安慰，尚未明身軀漸漸移近，她也不忍再逃避了。

事出意外，尚未明的手接近了她腰側，卻不是摟抱她的腰肢，而是重重的點下，紅帕少女嗯哼了一聲，穴道立刻閉過去，她想叫喚也叫喚不出來了。

紅帕少女不知尚未明是何居心，立即羞滿梨渦，以為他必要對她施行一種狂風暴雨般的摧殘，她心想：「我已是屬於你的了，何必用這種手段對付我呢？難道你還不瞭解我對你的情意。」

紅帕少女渴望著尚未明，給她一種溫存，不要太輕狂了，但是她秋水盈盈，一直望著尚未明竟以極迅快的身法，撤棄了她，消失在黑暗之中。紅帕少女這才鴛夢成空，憬悟這少年必已瞭解了她們的陰謀！

尚未明是這樣在溫柔鄉中，打了幾個滾兒，來找熊倜的。他被熊倜迎入室內，自然要瞻仰一下熊倜的膩友了。

尚未明望見夏芸的容貌輪廓，心中呀然一聲，怎麼這樣熟諗，他想不起來何時見過她！而且最奇怪的，眼前這位玉人，竟和自己十分相像，所差的只是男女之別，的確容貌是太相似了。

夏芸第一眼見尚未明，也是一種同樣的離奇感覺，使她也驚訝得說不出話來。兩人都努力在回憶著過去。

可惜兒時的印象不夠清晰，但是他和她倆極自然的各油然而生一種親切之感，是為了容貌太相像麼？還是為了別的，他倆自然的感應是無法理解的。

熊倜正為尚未明和夏芸互相介紹，他倆卻反而怔住了。尚未明離開王府時，年已八歲，不能說一點記不起來，所以他自詡是龍樓鳳閣生長大的人，不過不明身世，兒時有個可愛的妹妹，一同被人擄出王府，多少在他心裡有點影子，以後呢，他就淪落了。他不敢想像夏芸就是他的妹妹！

尚未明尚且記憶不清，夏芸那時更小更小了。但是兩人卻始終都覺得對方非常可親。熊倜問尚未明：「尚大哥半夜來找我，有要事麼？」

這一問才把尚未明從剛才那個場面中喚醒過來，尚未明匆急地敘說了上面的經過，熊倜為之勃然變色。

夏芸卻笑道：「別聽那姓柳的姑娘胡扯，天陰教人對我是挺好的，難道他們把倜哥和尚大哥騙來，要暗害你倆？」

熊倜知道事態極嚴重，現在何必費許多話向夏芸解釋，他以祈求的口吻，向夏芸說：「芸！讓我們先離開白鳳總堂，有話慢慢再說。」

夏芸冷笑說：「看你何必怕成這個樣子，我們說走就走，誰能攔得住我們！」夏芸天生的驕縱脾氣又發了。

尚未明卻因把那紅帕少女，點了穴道，早晚被她們發覺，必難免一場衝突。他竭力催促夏芸快些準備。

夏芸笑著，也表示同意，她原自家中帶來的一囊珠寶，武當派人沒有搜去，還藏在身畔，她來至白鳳總堂，繆天雯特別為她打製了一柄銀鞭，分量長短，和她原用的一樣，此外她也只一小包換著的衣服而已。

夏芸匆匆打疊起來，把銀鞭綽在手裡，熊倜和尚未明更一無長物，各自焦急的等待她收拾好，立即採取行動。

夏芸望著熊倜背上的寶劍，想起了遇見了江干二老的事，她向熊倜身邊湊近些，目注他背上寶劍問說：「倜哥，這是你的貫日劍，還是倚天劍？」

熊倜不勝詫異，夏芸怎會曉得這兩口劍的名字？

夏芸把江干二老的話，說了一遍，她想起那兩個語無倫次的老頭子，覺得滑稽可笑，而熊倜卻大大吃驚。

尚未明也曾見過那兩個老頭，於是他們為此又耽延了半盞茶時。比及他三人準備出室時，院中突然燈火齊明。

院中九天仙子繆天雯半老徐娘的聲口，發出一陣獰笑之聲，笑聲刺耳難聽，接著聽見她朗聲道：「熊小弟弟和夏妹妹都要走嗎？深更半夜匆匆來去，何不待明日成行呢，難道怪老身不會招待客人麼？」

熊倜耳裡卻又聽見遠遠處，有幾聲噹噹的鑼響，那聲音極為熟悉，正是飛靈堡武當山兩處同樣的鑼聲。

三人神情立時大震，但是不能困守在屋裡呀，只有殺出一條血路，和天陰教人一拚之一法了。

三人立即亮出寶劍長鞭，熊倜一腳踢開了門，先後魚貫縱出室外。只見院中一簇白衣少女，或執火把，或提宮燈，把院中照耀得如同白晝。

奇怪的這些女孩子，竟沒一人手中持著兵刃。

九天仙子也還是笑容可掬，由七八個白衣少女簇擁著，紅帕少女也在其中以極憤怒的目光，遠遠瞪視著尚未明。

青帕少女則幾乎渾身顫抖，極為幽怨的目光投在尚未明身上，意思似怨他為什麼還沒走掉，神情極度不安。

而九天仙子則宛然是初接待他們時的神情，只笑聲裡似含有一股震人心弦的意味，她望望他們道：「怎麼，芸妹妹也要走了！你父親來時，教老身拿什麼話交代呢！熊小弟弟仔細考慮過沒有？真個老身招待之誼，不值一顧麼？還有尚小弟弟，竟對於朱妹妹不能諒解，這是格外遺憾的事呀！」

九天仙子說得這麼輕鬆，但是含義又如何呢？

夏芸卻以為九天仙子依然是誠懇的，她以感謝的口吻，施禮致謝，而無法解釋她為什麼要立刻離去。

熊倜和尚未明，見不過仍是這種場面，無法測透天陰教下一步驟是什麼，兩人相視怔了一怔。

熊倜用眼色阻止尚未明，不許他說出難聽的話，熊倜彬彬有禮的向九天仙子拱拱手說：「夏姑娘意欲回關外省親，不便久擾貴堂，熊某和尚當家的也要去峨嵋訪友，至於今晚或明晨出發，那是沒有什麼差異的。繆堂主盛情相邀，我們衷心永記著這一份兒情誼的。」

九天仙子笑得格外動聽，她依然不露絲毫惱怒之色道：「既是兩位小弟弟都經過一番仔細考慮，那老身的話等於白費了，三位決心就走，老身親自送你們走路！」

她最後這兩個字，似乎刺耳得很，但是她又很快的擺擺手吩咐眾少女：「快些開門送客！」

立即有十餘個白衣少女，手執火把魚貫而出。

九天仙子又伸出左手，說：「那麼三位請吧！」

天陰教人在武當山那一幕，熊倜和尚未明經驗過的，甚至和人動起手來，還是滿面笑容呢。目前，九天仙子竟絲毫不加留難，殊出熊倜尚未明意外。

他三人也就不再客套，向大門外走去，尚未明還恐天陰教人埋伏著人暗算他們，但是各處庭院仍是靜悄悄的，兩對兒提燈少女，在前引導，平安無事走出八字大門之外。但是卻不見他倆來時的馬匹。

照壁牆外火把高張，似有很多的人高舉著火把。

尚未明詫異說：「怎不見我們的馬匹？」

但是九天仙子只送到門邊，格格格狂笑不已說：「那麼就請走你們的路！這是最後給你們選擇的一個機會！本教對於各方同道，從來不忍不教而誅！三位快快回頭猛醒！」她說著又向身後一努嘴。

熊倜聽出她口氣的突變，但是熊倜的意志之堅，是任何險阻不能動搖的。夏芸笑說：「繆堂主，你還說這些做什麼，我們日後再來道謝吧！」

尚未明也拱拱手說：「繆堂主請留步！」

熊倜卻已發覺苗頭不對，因為隱隱望見照壁外空場上手執火把的都是黑衣勁裝大漢。九天仙子又一揮手，那紅帕少女已綽起一面小金鑼，噹噹噹敲了三響。砰的一聲，闔住了兩扇大門。

夏芸笑說：「送客就送客，為什麼敲鑼呢？」

尚未明也發覺情形不妙，他說了一聲：「快走！」人已先自照壁左側縱出。熊倜緊緊伴著夏芸，自右側縱去。

三人都被眼前這片廣場上的情形怔住了。

手執火把的黑衣大漢，密密佈了個圓圈形的陣勢，中間的人宛如挺立著十餘尊石像，兵器在火光中閃閃生輝。

他三人很快的掃視一匝，自然天陰教的高手，熊倜認識的較為多些，最中間一位領袖人物，白髮白眉，威武無倫，身穿杏黃色長衫的乃是鐵面黃衫客仇不可。司禮雙童白景祥葉清清緊挨他持劍而立。

另有一位身材魁梧的人，頂上白髮蒼蒼，卻面上遮了一張面具，望不清他的廬山真面目。

使熊倜驚訝的是四年前山東道上所遇的抱犢崗瓢把子托塔天王葉坤然，獨行盜日月頭陀，瘦削而精悍的勞山雙鶴鄭劍平，鄭劍青兄弟也都在場，而且都穿了一色黑衣，顯然都已投身天陰教下了。

此外如單掌斷魂單飛，洞庭雙蛟，這是夏芸所遇見過的。總之，沒一個不是武林中久已成名的好手。

黃衫客仇不可發聲如同洪鐘震耳，臉上罩著凛凛肅殺之氣，厲聲叱道：「熊倜，尚未明，兩個小子，撞入本教白鳳總堂，非立時宣誓入教，便須立斃當場，不能放一個活口走掉！從速自己斟酌利害，生死兩條路自行選擇吧！」

第二十七回 腥風血雨，辣手摧花 鞭影征塵，壯士失劍

仇不可說完，凝如山嶽，靜候這三個少年答覆，天陰教這十餘位高手，都面上嚴肅得不露一絲紋縫。

尚未明心說：「你這老傢伙強詞奪理，是你們的妞兒請我們來的，怎說撞入白鳳總堂？」他本想挺身和這老頭辯理，熊倜知道說什麼都是多餘的，只有憑本領把這些人打發開，才能脫身。

若是熊倜一身臨此場面，就憑他的輕功逃走是不難做到的，但是還得照顧尚未明，尤其是他心愛的夏芸。這就不算頂輕鬆的事，在武當山救走尚未明，是在天陰教與武當派混戰之下，才有機可乘吧。

熊倜向尚未明丟個眼色說：「不必費話，衝出去就是了！我可要照顧芸妹，大哥不可

輕敵。」

但是他話音未歇，黃衫客獰笑一聲，大袖一揮，早有黑衣摩勒白景祥，白衣龍女葉清清，單掌斷魂單飛等五人身形飄飛在那邊將尚未明團團圍住。

白景祥和葉清清，四臂紛揮，輕功快速，而招法十分老辣，單是這兩個少年，尚未明也不容易占上優勢，何況單飛等其餘三位，也都非弱者，尚未明要想從這五位高手合圍之中脫身而出，幾乎是不可能的事。

天陰教這種群打群毆的手段，的確毫無武林信義可言，但是他們決定了採取這種毒辣手段，合乎他們各個消滅的陰謀，天陰教人是不顧一切的。

熊倜和夏芸，也同時被九位天陰教武功卓絕的人，四面圍困住。勞山雙鶴的雙劍，日月頭陀的一雙雪花鑌鐵戒刀，一齊湧向夏芸身畔，黃衫客仇不可和那面罩面具的，卻各以一雙肉掌，向熊倜進招。

其餘的幾位，都在略遠處，舞起各種不同的兵刃，冷不防襲擊他們的背部和側面。總之他們配合得非常巧妙。雖沒有固定的陣法，卻彼此呼應，使熊倜和夏芸四面受敵，彼此不能相顧。

因為黃衫客仇不可發掌十分緩慢，但招法詭異無倫，而且手上帶出呼嘯的絲絲風聲，可以表示出他內力十分雄厚，仇不可用的是天陰教五陰寒骨掌法，一連三招：「扭轉陰陽」，「追魔索命」，「魂斷陰山」。

仇不可這種奇妙掌法，是天陰教蒼虛上人獨擅之技，近些年來武林中人久已不睹其妙，而且出手如風，閃晃出十餘隻手掌，使熊倜為之眼花繚亂。原來天陰教這套絕技，在武當山交手時，還未輕易露過呢。

可是熊倜經過毒心神魔用此種悟招逼他交手也就同時指示了他應操什麼步驟，破這些招式，他這時更加恍然大悟，毒心神魔教給他的十數式奇怪劍招，可以同樣用在手掌上，也正是天陰教五陰寒骨掌法的剋星。

因之熊倜，每一掌迎著拍出，恰好能抓住了仇不可的空隙，攻其必救，於是仇不可這種絕技，無形中被他淡寫輕描地化解了，而且還幾乎吃了些虧。這使鐵面黃衫客，震駭極了！他不測這少年怎能破他們五陰寒骨掌法。

但是熊倜如只對敵仇不可一人，那他是從容不迫遊刃有餘了，可是戴著面具的那人，手心裡黑氣迸現，掌風刮過之處，冷風刺骨，而且力道威猛無倫，熊倜用盡了天雷內功所生的潛力，僅僅只能把他抵抗住，而無法獲勝。

戴面具的人最初不過是些少林羅漢拳，劈掛掌，崆峒少陽掌，招式非常駁雜，偶爾間雜著一兩式特殊的招數，熊倜猛然發覺這是天山三龍的飛龍七式中的招式，不由大為驚異，這人又是誰呢？

熊倜在這兩人合攻之下，雖然倚仗侯生所傳的奇招，足以應付，但也付出了所有的力量，而僅僅能免於落敗而已。外加上洞庭雙蛟袁宙等這些不相干的招式，固可隨時把他們擊退，但又不免多費許多手腳。

眼前的局勢，顯然對他們三人很不利了，因為尚未明那一套塞外飛花三千式掌法，沒發揮威力的餘地，司禮雙童施出五陰寒骨掌法之後，他已手忙腳亂，左支右絀，幾乎難於自保。若非他輕功卓越，閃縱靈巧，早已被白景祥葉清清所乘了。

再加上單飛崆峒鎮山斷魂掌法，也是奇妙無比，縱橫開闔，招招不離他身上重要穴道，沾上一根指頭，也就必須被人家制住，尚未明拔出寶劍，想在兵刃上找些便宜，可是依然施展不開，白景祥葉清清兩口劍，比他更為輕妙。

尚未明四面迎戰，五十多招以後，周身冒出汗珠兒，左肩頭也被單飛掠中一掌，再不設法逃走，那就等於束手就擒了。

尚未明拚起周身之力，作這垂敗以前的困獸之鬥。

夏芸的幾個對手，也都非弱者，當年熊倜也僅險勝過日月頭陀一招，現在與勞山雙鶴聯手合攻，夏芸一條銀鞭，銀龍盤飛卷舞，施展開狂飆鞭法，還是處處受逼，勞山雙鶴多年成名的好手，竟把她這套鞭法拿捏得很準。

夏芸一隻左手也沒法空閒，因為敵方是三件兵刃，招式又個個凌厲老辣，一根銀鞭是無法應付得開的，她幾次想發出鋼丸，都騰不出功夫去袋中摸取。

在尚未明堪堪危殆之際，突然自院中飛落下來那個紅帕少女，她雖然加入作戰，卻嬌聲呼請司禮雙童黑衣摩勒白衣龍女等，不要重傷了尚未明，因之眾人招法一緩，尚未明得著喘息的機會。

紅帕少女橫刀媚視著尚未明，她嬌聲喝道：「尚當家的，你真個自趨死路，還不覺悟麼？快些放下武器，投降天陰教下，我們也不會虧待你的！」

尚未明這時已成了強弩之末，寶劍劈出去都減弱了一半力量，心裡憤怒已極，加上他火烈的性子，他知道若是被天陰教捉住，將會落個什麼結果。求生的本能，使他不得不作冒險突圍之舉。

尚未明猛然想起這紅帕少女，癡情未斷，而且也是四周最弱的一環，若要逃走，只有從她身上想辦法了。

尚未明如同一頭瘋狂了的野獸，猛向紅帕少女，刷刷刷一連猛劈了三劍，果然他這主意收了效果，紅帕少女是不忍還他以毒招的。因之紅帕少女閃身避讓，眼前露出了一道縫隙，正是他衝出的良機。

尚未明把握住這大好機會，猛然自這面空隙躍出，他自然顧不得和熊倜等打什麼招呼，急急向南邊奔馳。

後面六個敵人，也立起直追，轉眼都沒了影子。

廣場上這一角暫告靜寂。

洞庭雙蛟和另一個北道上綠林好手，卻已被熊倜傷在劍下。熊倜無法戰敗強敵，只有拔出貫日劍，作最後一拚。他是不大願意承認不敵就此逃走的，何況夏芸能否救出，還是大成問題呢。

熊倜施展開蒼穹十三式劍法，果然使那黃衫客仇不可大為震驚，他震驚的是當年天陰教就毀在這種劍法之下，不過單憑這十三式是不能發揮威力的，而熊倜又恰好用的是當年鐵劍先生的貫日劍呢。

仇不可是以前碩果僅存天陰教遺老之一，他多年來準備好一件能抵擋倚天貫日雙劍的武器，是用金線蛟筋以及最堅韌的樹汁合鑄而成的軟鞭，雙劍再鋒利，也沒法削斷這種富有膠著性的物件。

仇不可也立即自腰間解上他這件獨門烏龍索，以獨特的招法，迎捲絞纏熊倜的長劍。無如蒼穹十三式，大半是在空中發招，尤其變化神速莫測，輔以熊倜潛形遁影的絕頂輕功，其威力確乎不同凡響。

但是仇不可是吃過這種劍法的虧的，因之他多年精心揣測，悟解了一部分解化劍招的索式，熊倜連攻了數招：「落地流星」，「天虹倒劃」，「泛渡銀河」，「太白經天」，快是快到了極點，卻仍不能傷著鐵面黃衫客。

戴面具的人，卻始終沒拿出兵刃，因之熊倜對他更多發揮較大的威力，但是戴面具的人，功力卻分外雄厚，他甚至以掌上的勁力，在一二尺遠處，就把熊倜的長劍震了開去，所以熊倜仍不能占絕對的優勢。

但是洞庭雙蛟之類的綠林英雄，卻就不免吃些苦頭，因為他們從沒見過這種劍法，熊倜連人帶劍，似乎在他們頭上盤旋，無法猜測熊倜這一劍劈向何處。若不是黃衫客和戴面具的人及時援救，他們會多傷幾個的。

熊倜是為了解除夏芸所受的壓力，不得不下毒手。勞山雙鶴日月頭陀這三位，已是使夏芸手忙腳亂了，何況洞庭雙蛟尤化宇等還抽冷子來一兩下毒招，怎能不使熊倜為之焦急，所以他不得已猛然撇開仇不可等，身形飄閃過去，償這些人一劍。

但是黃衫客和戴面具的人，豈肯放鬆，在熊倜劍傷尤化宇等之後，他倆更是如影隨形，緊緊的把熊倜綴住。

熊倜不時飛臨夏芸身旁助戰，使夏芸更增加了勇氣，在熊倜劍傷三個天陰教人之後，她也摸出幾粒鋼丸，以極輕巧的手法發出。

於是日月頭陀也中了鋼丸倒了下去。

這一來熊倜和夏芸會合在一起了，貫日劍長虹閃繞，佐以夏芸的銀鞭，並肩作戰，聲勢大為改觀。

對方又少了四個能手，形不成包圍的陣勢，看來熊倜和夏芸已脫險境，可是熊倜又顧慮到尚未明，再一看尚未明和黑衣摩勒等一批敵人，均已離開現場，使熊倜大為吃驚，但苦於未及注意尚未明逃走的方向。

黃衫客仇不可見形勢逆轉，久戰無功，他撮口一疊長嘯，把勞山雙鶴等一齊招呼略為後退，他們五位站成一線，把對面一雙少年男女的身體部位亮出來。在他又一揮手之下，左右後三方立刻絲絲之聲不絕。

天陰教人早安置下四周數十條莽漢，各開弩匣，三寸餘長餵有奇毒的連珠輕弩箭，雨點一般射來。

熊倜卻沒防備他們還有這種惡毒手段，一時把貫日劍舞了個風雨不透，而夏芸也鞭影盤旋匝繞，銀龍閃出無邊霞光，錚錚之聲不絕，他倆身旁，落了一地的弩箭。

而黃衫客仇不可和戴面具的人也乘隙發招，使他倆處勢極為危殆。但熊倜人極睿智，他想只有和敵人纏鬥在一起，冷箭自生顧忌。他立刻施展潛形遁影之法，穿花蝴蝶一般，反撲入敵人行列裡。

果然四周冷箭不敢發射了。夏芸也看出熊倜的用意，她施展一種流星步法，圍繞著勞山雙鶴，長鞭旋舞，假若天陰教人再放弩箭，說不定是誰碰上呢。因此，鐵面黃衫客不得不發嘯制止。

熊倜雖然以巧計，使他們毒弩無功，但是一時還是不能對付掉仇不可等這兩位武功極高的人物。

夏芸卻在久戰之下，身體漸漸不支，突然長嘯音發，噗噗噗又自遠處飛縱過來天陰教三位高手。

正是單掌斷魂單飛，黑衣摩勒白景祥和白衣龍女葉清清。這三人勝利歸來，單掌斷魂冷笑著喝道：「熊倜，你倆還不放下兵刃延頸受戮，你那同伴早被我們生擒活捉了！」他自然指的是尚未明了。

熊倜可吃了大驚，他更以極巧妙的蒼穹十三式，分撲單飛三人，他恐怕尚未明已遭毒手。他眼裡都快冒出了血絲，他要為尚未明復仇。他又使出「星臨八角」，「雲如山湧」兩下絕招，希望把單飛等先收拾掉。

熊倜身法神速得使人目眩，果然單掌斷魂單飛，躲避也躲避不過，他想回手奪劍。而熊倜劍虹飛舞起來，宛如一條青龍，矢矯莫測，嗤的一聲，已自他手臂上拂過，劃了一道血槽，使他踉踉蹌蹌的跌搶過一邊去。

白景祥和葉清清功力可比單飛還高明些，兩人聯劍交逼，而熊倜身後仇不可和戴面具的人，又雙雙掌力交至，熊倜顯然又入了重圍。

這座大第宅，並非在極荒涼的地帶，可是夜靜更深，人們都已安詳地入了睡鄉，更有誰來欣賞這一幕血肉交織的惡鬥呢！

熊倜力敵四位高手，若不是侯生授他的奇怪劍法，飄然老人傳他的潛形遁影，恐怕早已受傷被擒了。

熊倜和仇不可等過了兩百多招，消耗真力不少，再加上兩名勁敵，確實使他窮於應付。熊倜自出世以來，這算他第一次把全身氣力都快用罄了，而敵人攻勢越來越緊，他念及尚未明好友遇難，更是憤不欲生。

夏芸此時更顯得疲乏不堪，因為她已喘氣吁吁了。

熊倜明知戀戰下去，他和夏芸難免作同命鴛鴦，但是目前形勢，逃走卻也不易。只要他倆往外面一縱，四周的弩弓手，必會給他倆一個箭如雨下，何況仇不可等四人，沒有放過一絲機會，總是惡狠狠的向他身上招呼。

熊倜考慮了一陣，始終找不著機會突圍。

奇蹟又發生了，站在遠處的四周莽漢，突然陣形大亂，啊呀啊呀的慘嗅聲，夾著撲通撲通身軀倒地之音。

竟有一排兒莽漢，紛紛倒地，而且由於自己所持的火把，引著了衣服，更燒得狼嗥鬼叫，在地上翻來滾去。

從這一排人的缺口裡，已閃閃飛縱進來兩位綺年玉貌，神度不凡的人來。正是甜甜谷的點蒼雙俠常漫天夫婦。

天陰教這數十名毒弩手，正是被散花仙子田敏敏的散花手法，打得紛紛受傷倒地，這些人哪裡能躲得開她的奇妙鋼丸呢。

夏芸遠遠望見了散花仙子，喜極而呼：「田姐姐！快來幫助我們，天陰教人真是蠻不講理的！」

夏芸高興極了，可是心神不免為之一懈，本來她已精疲力盡，不過是一種強烈的求生欲支持著她的身體。

人在驚喜之下，精神也會輕鬆地渙散下來。

而更可惡的，那個戴面具的人，竟以迅雷不及掩耳的手法，偷偷向夏芸背上拍下一掌。這是他認清了夏芸本領不高，容易下手，而只要劫奪了夏芸，仍可能挾熊倜。所以這人的用心是非常陰險了。

散花仙子以極快的身法，自向夏芸身邊馳援，並且以笑聲回答夏芸說：「不要慌，姐姐來幫你了！」

散花仙子如同彩霞繽紛，空中翩翩而降，她身在高處，早已發現戴面具的人猛下手，只是隔得遠些，無法搶上去援救，她一望驚呼：「芸妹妹快躲！背後有人暗算你！」同時她那奇妙無比的鋼丸，又大把飛射而下。

夏芸正在欣喜忘形之際，身後的突襲原不曾留心察覺，但是田敏敏那麼大聲提醒，她才本能地嬌軀向前閃躲。

可是已經遲了，她幸好算是躲開了那人的手掌，但是掌上寒風，依舊使她砭骨生涼，嘭的一聲，背上痛得皮肉欲裂，而且渾身起慄，不自主的顫抖起來，身體再也支持不住，向前爬跌下去。

散花仙子的鋼丸，則已如漫天花雨，同時打中了勞山雙鶴和那戴面具的人。三人都齊聲慘呼，向一旁閃避。

散花仙子飄飄而降，嚇得她搶一步把夏芸抱了起來。

但是夏芸已昏迷得不省人事，而滿口牙齒還吱吱打著寒顫。

玉面神劍也同時落地，熊倜已用劍逼退了葉清清，他慌得跳至三人身旁，只叫了一聲：「常大哥，田姐姐。」

他就俯下頭去，察看夏芸的傷勢。

鐵面黃衫客仇不可，一看見是點蒼派玉面神劍夫婦來到，他面上神色一變，對方又來了這麼兩位駭人聽聞的高手，今夜是很難討著便宜了。

仇不可和黑衣摩勒等站在一處，他又撮口長嘯，大袖揮動處，三面毒弩，如同漫天花雨，嗖嗖而至。

熊倜忙和常漫天相背而立，把劍光飛舞起「八方風雨」的妙招，把散花仙子夏芸二人一齊掩護住。

散花仙子氣變了顏色，她可也顧不得多傷人，又施展散花手撒出無數的鋼丸，向四周那些毒弩手紛紛打去。

一剎那間，星飛丸瀉，夾雜著連連倒地呻吟之聲，那些天陰教的毒弩手，也不是不怕死的，一陣紛擾之後，沒有受傷的所餘無幾，也都撒腿跑得遠遠的。

仇不可見他們的人負傷累累，這一仗不能再打下去了，連勞山雙鶴日月頭陀洞庭雙蛟以及戴面具的人都受了傷，真是天陰教人空前未有的慘敗。仇不可以極沉痛的語調，向熊倜常漫天拱拱手說：「點蒼雙傑，熊小俠，你們請吧！常漫天你夫婦竟來架起這個樑子，老夫決報稟本教教主，改日懲罰你們這些肆無忌憚的惡徒！明春清明節，把以往所有的過節，都在君山作個最後了斷！老夫決心那時奉陪你們三百招！」

散花仙子田敏敏嬌笑說：「黃衫客，你話說的很硬，那又何不目前就較量一下呢？」常漫天立阻她，向仇不可拱手還禮說：「貴教安排這麼多的弓弩手，恕常某夫婦不能不多傷幾個人了！仇不可你既劃出道兒，常某焉能失約！只是熊老弟還有個朋友鐵膽尚未明，請貴教以禮送回，免得再傷和氣！」

仇不可神態仍然傲岸如故，狂笑一聲道：「點蒼雙俠傷了我們這麼多兄弟和武林朋友，仇某又向何人要回公道？尚當家的也是綠林有名瓢把子，只要他肯真心投入本教，絕不傷他一毫一髮，否則本教還有縱虎歸山，自貽伊戚之理！」

他又道了一聲：「再會」，就和司禮雙童，去救治那些受傷的人去了。

熊倜和常漫天夫婦，由散花仙子背著夏芸，一同消失在黑暗裡。

這片廣場上，一切又歸於寂靜，只許多人類呻吟哀呼聲，與秋蟲唧唧之聲，遙相呼應。熊倜這才第二次親身經歷了天陰教的惡毒陰險。

他三人以極快的身法，奔回荊州城內，天光已快大亮，遂找了個客店歇下來，為夏芸醫治所受的傷。

熊倜的心情，為著夏芸一刻不能平靜，他焦急之色溢於眉宇，其實田敏敏也是非常著急呢。

夏芸傷在背上，有巴掌大一團紫黑色腫塊，常漫天久歷江湖，他呀了一聲說：「這是惡毒的陰煞掌傷啊！」

熊倜驚問：「怎麼？這種掌傷該怎樣醫治呢？會不會傷及內腑？常大哥身旁帶有醫傷的藥麼？」

常漫天恐熊倜心碎，勉強笑了笑，令田敏敏在傷勢四周緩緩捋按穴道，皺皺眉說：「這自然不是普通傷藥所能療治的了。受這種毒掌襲擊，寒陰之氣侵入骨髓，若沒有上好的益氣活血之藥……」

熊倜迫不及待，催問：「到底需要什麼珍貴的藥呢？」

常漫天對於療治內傷，頗有經驗，他先開了一劑解內毒活血絡，益氣精神之藥，令店裡小廝以文火煎熬，苦笑說：「靈藥是可遇而不可求的，譬如千年首烏，成形老參，天山雪蓮等等，得到一種都立即痊癒，但豈是一時可以找得著的。不過經我細心體察脈勢，她受傷還不算重，一個月內覓得靈藥不難根治，時間不能拖得太長就是了。」

常漫天見熊倜愁眉緊鎖，他也感到愛莫能助，非常歉疚，於是不得不先從治標方面著手，最低限度不讓她內部所受陰寒之氣，侵入加深，這樣可以使她慢慢自行復元，但是又必須以本身精湛的內功來施救了。

常漫天自然不便著手，散花仙子呢，則內功方面又欠些火候。散花仙子疼愛夏芸，和親姊妹無異，她已經盡了她最大的力量照料解救，熊倜和夏芸固然情非泛泛，熊倜自問天雷行功也還做到高深地步。

但是這需要按撫她周身各大穴，這樣是否會引起夏芸的不快呢，常漫天勸解熊倜說：「老弟和她已經猶如一體，不可存這些世俗之見，目前只有從權辦理。芸妹難道還會怪及熊老弟麼？」

他倆又談及尚未明遇難的事，自然這也是一項極棘手的問題，以尚未明的爆烈脾氣，寧死也不會屈辱，那麼結論就很難說了！這也是必須立即設法營救的事，夏芸又受了傷，這事就只好由玉面神劍夫婦去辦理。

於是常漫天把用內功治療的責任，極自然移在熊倜的身上，散花仙子較為照料夏芸方便些，於是她也不能離開夏芸，常漫天只有獨身再去白鳳總堂打聽一下。

但是常漫天探聽的結果是失望了。

那座大第宅，竟很快的更換了主人，天陰教人竟會連夜走得無影無蹤，房子新主人不過是個顯宦的大紳士，車水馬龍，正為新置的房產，開筵慶賀哩。常漫天在荊州府漫遊了三天，所有那夜天陰教的高手，一個也沒遇上。

天陰教人的行蹤，確是極難捉摸的。

這三天中，夏芸經過服下常漫天所開的藥劑，又經熊倜每天按著子午卯酉四個時辰，以內功之力打通周身各大穴，使陰寒之氣，無法在身上凝滯，因而氣血漸漸暢通，心臟也不至受害，人也清醒多了。

常漫天則徒勞無功，不知尚未明被擒後究落到什麼結果。顯然他們人手太少了，只有武當山還聚有各方的高手，但是常漫天夫婦這次來追尋熊倜尚未明，武當山上也屢屢告警，時有天陰教人出現。

與尚未明有交情的人是很少，而且武當派也不願力量分散，二三流的角色請來又有多大用場呢？

第三天，熊倜替夏芸摩按胸乳下穴道，夏芸這兩日已半明半昧，明知是熊倜的手掌，在她身上許多地方，散出無窮的熱力，她心知是他為自己醫治傷勢，實在太疲乏了，使她眼皮兒都懶得睜一下。

心愛的人，在自己身上撫摸，不惟不會觸怒她，反而是心靈上一種極大的安慰，但是人在病中，親人立即想念起來，疼愛她的爸爸媽媽，若在身畔，她會不會投入他們懷裡，撒嬌哭一場呢。

每當她感覺出熊倜的手心，在她身上散放熱力，而那些部位又是女孩子極不願被人挨碰上的地方，她心裡依然免不了小鹿亂撞。只是心念：「現在是受了傷啊——若是平時他敢這樣，看我不給他顏色看看！」

這次熊倜的手剛剛按住了她的乳下穴道，夏芸雙目一睜，撅嘴嗔道：「我已經好了，你還囉嗦什麼？」

熊倜歎息了一口氣說：「芸！你中了陰煞掌毒，寒風入骨，若不是常大哥施藥並指示我……」底下他不好說了。又道：「據說按摩手法，須維持一個月後，才能緩緩復元，若有靈藥就省事多了！」

夏芸輕輕一撇嘴說：「你別騙人！怎麼我身上毫無痛苦呢？」她又咬咬銀牙說：「是什麼人打傷我的？我非找他拚拚不行！」

熊倜道：「那人戴著面具，年紀不小了，至今我們還猜疑著這人，莫非是和我們認識的人，怕結下樑子，如此遮掩他的面目？」

夏芸又問：「需用什麼藥，倜哥！你怎不設法弄來？」

熊倜把常漫天所說的告訴了她，他的含有熱力的手，並未離開夏芸潤滑柔軟的部位，夏芸並不十分倔強。因為她已試探著在體內呼吸吞吐，運用氣功，而所得的結果是，周身骨節痠痛無比，氣血不能歸元守一。

夏芸蒼白的面上，突然泛出一絲笑意，用她的纖纖素手，握住熊倜的手激動的說：「倜！那你替我費神三四天了，只是田姐姐不在跟前吧！這多麼難為情呀！」

熊倜見她雙頰羞暈得泛起兩朵梨渦，嬌豔得如同極美麗的花瓣，從蒼白中泛出胭脂色來，而一雙明媚含情的眼珠兒，含著無限深情，他倆相挨的那麼近，夏芸身上，散發出來陣陣的幽香，使人心醉。

熊倜得到了她的感謝，心裡甜蜜的滋味，使他更加收攝心神，抱元守一，把他天雷行功所有的火候，熱能，儘量使展，真可以說他鞠躬盡瘁，以報效他這位紅粉知已，這是熊倜自若馨死後，鼓勵他發奮有為的惟一力量。

熊倜覺著歷年的坎坷，都可從她身上獲得了報償，他最擔心的就是：夏芸能不能好起來，而時間越縮短才越滿意，於是他只微微點首。行功時他不能再張口多說話。不過他那雄偉的男子氣息，也得自然的輸送至夏芸心田，而且他眼裡的神秘力量，更使夏芸陶醉了。

熊倜把這一段功夫做完，他喘了一口大氣，鼻端上汗星點點，他已盡到他所能做的一切力量了。

可惜熊倜的內功，實際並非玄門最上乘的功夫，否則夏芸的傷勢，不會這樣纏綿下去呢。

夏芸試驗過，自身的氣功已不能運行，這是多麼痛心的事，今後她成了個弱不禁風的女孩子，武當派天陰教都是她的仇敵，只有長期仰仗熊倜來保護她。

她又想起了爸、媽，她抑制不了感情的奔瀉，胸前起伏加速，她淚珠湧出眶外，她是個堅強的女孩子，但是女孩子天生的多情善感，她不能完全不具備這種弱點。

夏芸不由脫口說：「倜哥，你送我回關外落日馬場吧！」

她是怕自己的身體，終於不能復元？

熊倜卻被她一句話，齧噬了他的心房，臉上突然變了顏色，她要回去，回入父母的懷抱裡！而這可怕的事將要發生了！他不能不為戴叔叔報仇，夏芸將不再是他的了！她會恨他終身，她以萬斛柔情換來的將是無可彌補的大恨！

熊倜張大著眼驚問：「你還不曾復元，就要回家麼？」

夏芸眉飛色舞的說：「回去！立刻回去！我爸爸藏有一株千年老參，回去我的傷就立刻可以治好！你不願我回去麼？你也應該見見我的爸、媽。還有我們要問的事……」

她羞赧著，不能說下去了。

她話裡的含義，是多麼使他心神蕩漾呢！但是他能放過寶馬神鞭，忍心把戴叔叔臨終遺命拋棄不顧麼？

熊倜陷入極端不能相容的矛盾心理狀態。但是為了夏芸的傷，為了她投入她可愛的父母的懷抱，他不能不答應夏芸的要求，而且也是他盼望的事。夏芸若不能治好傷勢，將是一種何等可悲的結局。

練武功人，本身的武功更比生命還寶貴些！

他訥訥的答應了，但是他的心快要麻痹，迷迷糊糊的使他決定了這種不智之舉。

夏芸興奮極了，一雙玉臂突然把熊倜的脖子摟住，她想到未來兩顆並開的生命的璀璨之花！這一回去，水到渠成，她和熊倜將是永遠不再分離了！她柔聲說：「倜哥！我倆從此永遠，永遠不分離了！」

熊倜也抑制不住熱情奔放，和夏芸的心強合在一起，於是他們許久，許久的相偎在一起，口唇相黏合著。

可厭的常漫天夫婦，竟於此時推門而入，把這一雙情侶的美夢驚醒。

散花仙子坐到夏芸身畔，很慈祥的撫慰，關切的問著。玉面神劍聽說了他倆決定出關一行，不由怔了一怔，他雖為這一雙情侶，將要獲得的幸福祝賀，但是尚未明的事，又將如何呢？

熊倜竟為了夏芸，而把好友尚未明棄之不顧麼？

於是他們四人密切地討論著，關於營救尚未明的事。

熊倜以為此時邀請武當各派，掃平君山天陰教巢穴，那是正派人士所不願失信而冒然去做的，熊倜以歉疚的口氣說：「為了醫治夏姑娘的傷，也是刻不容緩，目前只有重煩常大哥再費點心，打聽尚大哥的下落，是否已被他們架往君山？我最遲兩個月內，就重來鄂中，與大哥們一同努力營救，拚了我一腔熱血，出生入死，也不能把尚大哥棄之不顧！」

夏芸不知為什麼聽了尚未明遇險，竟激動得淌出淚珠兒，她驚問：「尚大哥不會發生意外吧？」

玉面神劍苦笑了笑說：「熊老弟，留待你辦的事還很多呢！峨嵋派斷雲崖之約，你的倚天劍也亟待收回，而對付天陰教人，目前武當派已捉襟見肘，還有些人和他們貌合神離呢！武當派萬一撐不住局面，武林大局就完了！」

散花仙子看了看夏芸，情不可卻，她正以祈求的眼光望著田姐姐，散花仙子歎息說：「為了芸妹妹的幸福，熊老弟你送她去一趟吧！我想天陰教人早已離開荊州府，我們還耽在這兒守株待兔麼？」

熊倜為不能分身協助他夫婦營救尚未明，而感到無限的抱歉，他還是勸玉面神劍，且回武當與各派掌門商談一下，或者能提早發動攻勢，或邀幾位高手下山一同尋訪，武當派門下道士，也在各方活動，分頭探聽，來得快些。

現在也沒有什麼更好的辦法，玉面神劍夫婦硬闖入君山，非不可能，但是天陰教人詭計多端，又把尚未明安置在哪裡，還不可定，徒勞無功，也未可知。總之，他們的心情，都是非常的亂。

夏芸傷後之身，不宜於乘馬，遂為她雇了一乘轎子，熊倜乘馬隨著照應，即日登程。他們以不愉快的心情，互道珍重，各自啟程。

玉面神劍夫婦，決心再向沿江一帶奔波一趟，探明尚未明的消息，只要碰上天陰教較有地位的人，不難問出些蹊蹺。

四人黯然惜別，仍約定九月下旬在武當山相會。散花仙子笑說：「芸妹妹傷好了，你也來吧！」

夏芸這次才明白了天陰教人的陰毒，她很天真的想勸她父親虬鬚客，擺脫天陰教。但這已是不可能的事了。

熊倜護送著夏芸，向北方進發，每夜仍為夏芸施功打通穴道，並且繼續服藥，以防傷勢惡化。

出武勝關進入河南省境，路上很少再碰見黑衣勁裝的天陰教人。這日已快到鄭州外了，突然自迎面馳過來一條牲口，比馬匹還顯得神駿，鞍轡鮮明，牲口上卻坐著個白髮如銀的老婆婆。

她一直閉著眼睛，彷彿在驢背上打盹兒。

鞍頭卻栓著一根銀光閃閃的龍頭拐杖，約有核桃粗細，面容十分瘦削，枯皺紋使她顯得老態龍鍾。

但是這老婆婆馳過熊倜身畔時，卻突然把牲口一勒，她口中咦了一聲道：「怎麼落在他的手中？」

熊倜對於來往的人都很注意，他惟恐遇上天陰教人，夏芸傷勢未癒以前，使他不能片刻離開她的身邊。

這老婆婆又叨念些什麼，她又丟過什麼東西呢？

老婆婆瞥然而過，她又向轎子裡瞥了一眼，喃喃自語說：「好俊模樣的小姐兒！要是小倆口兒，才是天造地設的一對兒呀！」

老婆婆瘋瘋癲癲的，使熊倜不由的回頭去打量，但是那牲口快得出奇，只能望見黃塵滾滾中老婆婆一點背影，早馳出一箭之遠了。

熊倜估料這牲口如此神駿，那麼騎驢的老婆婆，必有一身武功，看樣子不類天陰教人，使他仍狐疑不已。

這夜投入鄭州城內大金台客棧歇下來。這大金台客棧氣派不小，鄭州是南北要衝，頗多達官貴人富商大賈往來，所以客棧也分外講究。

客棧裡的夥計，要是高接遠送，招待得非常周到，他倆選擇了第二幢的上房。一路風霜，不免喚來極豐盛的酒菜，與夏芸對酌，夏芸武功雖未恢復，卻已起坐如常，只周身骨節裡痠軟異常而已。

熊倜正和夏芸卿卿我我，淺斟低酌，隔著紗窗，卻望見那個怪婆婆，也風塵滿面拄著銀色拐杖，被店伙計延入右側廂房裡。

熊倜不由心神一肅，他下意識地撫摩背上所背的貫日劍，不由使他驚得呆了！

請續看《蒼穹神劍》下

古龍真品絕版復刻 2

蒼穹神劍（中）

作者：古龍
發行人：陳曉林
出版所：風雲時代出版股份有限公司
地址：10576台北市民生東路五段178號7樓之3
電話：(02) 2756-0949　　傳真：(02) 2765-3799
封面影像處理：許惠芳
執行主編：劉宇青
行銷企劃：林安莉
業務總監：張瑋鳳
出版日期：2022年9月
ISBN ：978-626-7153-21-5

風雲書網：http://www.eastbooks.com.tw
官方部落格：http://eastbooks.pixnet.net/blog
Facebook：http://www.facebook.com/h7560949
E-mail：h7560949@ms15.hinet.net
劃撥帳號：12043291
戶名：風雲時代出版股份有限公司

風雲發行所：33373桃園市龜山區公西村2鄰復興街304巷96號
電話：(03) 318-1378　　傳真：(03) 318-1378
法律顧問：永然法律事務所 李永然律師
北辰著作權事務所 蕭雄淋律師

行政院新聞局局版台業字第3595號 營利事業統一編號22759935

定價：320元　

國家圖書館出版品預行編目資料

蒼穹神劍 (古龍真品絕版復刻 1 - 3)／古龍著. --
臺北市：風雲時代，2022.08　冊；　公分.
ISBN : 978-626-7153-20-8（上冊 : 平裝）
ISBN : 978-626-7153-21-5（中冊 : 平裝）
ISBN : 978-626-7153-22-2（下冊 : 平裝）

857.9　　111009561